중국 고대 교육사
-학교와 서원-

곽제가 지음
임진호 옮김

新汉学计划

문현
MUN HYUN

　이 책은 곽제가 선생이 1995년 편저한 서적으로 북경과학기술출판사에서 편찬한 『중국역사지식전서』 가운데 하나이다. 이 책에서 곽제가 선생은 중국의 고대 교육체계와 내용, 그리고 서원 관련 자료를 수집해 중국 교육제도의 변화 과정을 체계적으로 서술하였다. 또한 이 책에서 다루어지는 주요 내용은 선진시대로부터 춘추전국과 진한시대를 거쳐 청대에 이르기까지 각 시대의 교육제도와 그 특징을 소개하고 있어, 중국의 고대교육제도를 이해하는데 중요한 참고서로서 가치를 지니고 있다. 더욱이 이러한 교육체계의 시대적 흐름과 발전을 중국의 유구한 역사와 문화적 전통과 연계시켜 유기적으로 기술함으로써, 중국의 고대 정치를 비롯한 경제, 사회, 문화 등을 폭넓게 이해하는데 중요한 가치를 지니고 있다.

　일찍이 곽제가 선생은 북경사범대학 교육학과에서 오랫동안 중국의 전통문화교육과 연구에 종사하면서 중국의 교육분야에 많은 성취와 업적을 남겼으며, 또한 중국을 비롯한 한국, 일본 등 국내외의 수많은 졸업생을 배출한 교육 분야의 대표적인 원로교수이다. 그가 남긴 주요 저서로는 『중국교육사상사中國敎育思想史』, 『중국고대학교中國古代學校』, 『중국교육사상통사中國敎育思想通史』, 『중국고대교육가中国古代教育家』, 『중국고대고시제도中国古代考試制度』, 『육구연교육사상연구陸九淵敎育思想研究』 등이 있으며, 논문으로는 『陽明學研究的一个突破－儒學的轉折』, 『중국전통문화여당대시장경제中国傳統文化與當代市場經濟』, 『논중국전통교육적기본특징급기현대가치論中国傳統教育的基本特徵及其現代

價値』, 『서학동점여중국교육목표적근대화西學東漸與中國教育目標的近代化』, 『중국 전통교육철학여전구논리中國傳統教育哲學與全球論理』 등이 있다.

　이 역서를 출판하게 되기까지 많은 분들의 도움이 있었다. 먼저 이 책의 번역을 허락해 주신 저자 곽제가 선생께 진심으로 감사의 말씀을 드린다. 이와 아울러 이 책이 무사히 번역 출간될 수 있도록 지원해 주신 중국 교육부의 "신한학계획新漢學計劃" 프로젝트 담당자에게 깊은 감사를 드린다. 끝으로 출판을 맡아 수고로움을 마다하지 않고 애써 주신 한신규 사장님께도 감사를 드리며, 이 책을 보시는 모든 분들의 따뜻한 충고와 기탄없는 지적을 기대한다.

2022년 2월
동학골 학사제에서
임 진 호

1994년 11월『중국역사지식전서』편찬위원회는 당시 북경시의 책임자였던 이석명李錫銘 동지에게 서명書名의 글씨를 요청하는 한편, 중국의 찬란한 문화를 널리 알리기 위해『중국역사지식전서中國歷史知識全書』를 편찬하기로 결정하였다. "중국은 세계 4대 문명 가운데 하나로써 역사가 유구하고 오랜 역사 발전 속에서 강한 생명력을 지닌 민족의 전통문화를 창조해 내었을 뿐만 아니라, 철학, 사회과학, 문학예술, 과학기술 등의 영역에서도 괄목할 만한 성취를 거두었다. 또한 정치가, 사상가, 문예가, 과학자, 교육자, 군사전문가 등의 영역에서도 무수히 많은 인물을 배출함으로써 풍부한 문화유산을 남겨 주었다." 이처럼 풍부하고 다양한 중국의 역사적 발전에 대해 중국인이라면 그 누구를 막론하고 반드시 배워야 하는 것은 당연한 일이다. 역사 공부를 통해 민족정신을 고취하고 민족의 응집력을 결속시켜 민족의 자존심과 자긍심을 높여나가야 하며, 또한 더 나아가 실제 행동으로 옮겨 중국의 사회주의 건설과 조국의 번영과 통일을 위해 노력해야 한다. 특히 청년들에게 조국의 역사를 배우는 일은 매우 중요하다. 그 이유는 그들이 조국의 미래이자 민족의 희망이기 때문이며, 또한 조국의 역사를 배운다는 것은 그들의 이상과 도덕, 그리고 문화적 소양과 민족 정신을 고양시켜나갈 수 있기 때문이다.

본서는 편찬위원회의 집필 요청에 의해 필자가 작성한 책으로, 1995년 1월 북경과학기술출판사에서 정식으로 출판되었다. 본서에서는 중국 교육의 기원과 학교의 발생을 소개하였다. 특히 춘추전국시대부터 진한시대 이후 중국 교육의 체계는 점차 체계적으로 발전하였는데, 이에 관한 각 왕조의 관리체계와 내용, 인재의 선발, 임용의 특징, 그리고 전 인류에게 끼친 중국 고대교육의 공헌을 체계적으로 소개하였다. 한국의 국제학과 임진호 교수가 본서에 관심을 가지고 필자에게 한국인, 특히 청소년들에게 중국의 전통문화교육을 소개하고 싶다는 바람을 가지고 "한국어 서문"을 요청하였다. 이에 필자는 본서의 한국어 번역에 동의하였으며, 이와 동시에 한중문화의 교류 촉진과 "인류운명공동체"의 건설에 일조할 수 있다는 판단아래 임진호 교수의 한국어 번역에 대해 적극적인 지지를 보낸다.

필자는 80세의 고령으로, 중국의 특색사회주의가 이미 새로운 시대로 접어들었다는 사실을 돌이켜볼 때, 만감이 교차함을 금할 수가 없다. 시진핑 총서기가 제창한 "인류운명공동체"는 한중 양국의 국민을 비롯한 아시아 및 전 세계 인류의 평화와 번영, 그리고 행복을 가져다 줄 것이라 믿는다. 임진호 교수에게 다시 한번 감사드리며, 한국의 독자 여러분에게도 감사를 드린다. 끝으로 모든 일이 여러분의 뜻대로 이루어지기를 기원하는 바이다.

2018년 1월 16일

북경사범대학 교육학부에서

곽제가

중국은 세계 4대 문명을 지닌 문명고국文明古國 가운데 하나로써 매우 오랜 역사를 가지고 있다. 오랜 역사발전 과정 속에서 중국은 자연과의 투쟁과 외부 세력의 침략, 그리고 내부의 부패한 통치계층과 투쟁을 통해 눈물겨운 수많은 사적을 창조해 내었으며, 이 과정 속에서 사람들로부터 존경과 추앙을 받는 수많은 영웅호걸이 배출되었다. 또한 오랜 역사의 발전 과정 속에서 중국인들은 강한 생명력을 지닌 민족의 전통문화를 창조하였으며, 철학을 비롯해 사회과학, 문학예술, 과학기술 등의 분야에서도 눈부신 성과를 거두었다. 이외에도 걸출한 정치가와 사상가를 비롯해 문예가, 과학자, 교육자, 군사전문가를 배출하는 등 풍부한 문화유산을 우리에게 남겨 주었다.

중국의 역사 발전은 이처럼 풍부하고 다양한 까닭에 중국인이라면 누구나 반드시 학습해야 할 내용이다. 역사 학습을 통해 민족정신을 진작시키고 민족의 응집력을 높이며, 또한 민족의 자존심과 자긍심을 제고시키는 동시에 실제 행동으로 옮겨 중국 특색사회주의 건설과 조국의 통일, 그리고 민족번영을 위해 공헌해야 할 것이다. 특히 조국의 미래와 조국의 희망을 두 어깨에 걸머진 청소년들에게 있어, 역사 공부는 반드시 필요하다고 본다. 이는 조국의 새로운 건설을 위해 이상과 도덕, 그리고 문화와 기강을 갖춘 사회주의 공민으로 성장하는데 중요한 밑거름이 되리라 생각된다.

금년 8월 중앙선전부에서 반포한 『애국주의 교육 실시 강령』 중에는 중화민족의 유구한 역사 교육과 중화민족의 우수한 전통문화 교육을 강조하고, 이와 동시에 전 국민을 비롯한 청소년에게 애국주의 교육을 위한 귀중한 자원으로 활용해야 한다는 내용이 담겨있는데, 이는 우리가 『중국 역사지식전서』를 편집해 출판하는 목적에 부합된다고 하겠다. 즉 중등 수준의 문화수준을 갖춘 독자층, 특히 청소년들이 중국의 휘황찬란한 역사와 좌절, 그리고 굴욕의 역사를 기본적으로 이해하고 파악하도록 함으로써 애국주의적 사상을 토대로 새로운 중국의 역사를 써 내려가는데 각오를 되새기도록 하는데 있다. 그렇기 때문에 이는 매우 중요한 의미를 지니고 있는 사업으로서, 사회 각계각층의 관심과 지지를 얻을 것이라 확신한다.

우리는 우선 역사에 등장하는 중요한 사건과 주요 인물, 그리고 과학과 기술을 포함해 찬란한 중국의 문화를 발전시킨 4개 분야 중에서 50개의 주제를 선별하고, 이를 통해 중국 역사의 주요 흐름과 특징을 체계적으로 이해할 수 있도록 구성해 놓았다.

우리의 노력이 우리가 지향하는 목적에 부합되는지 독자 여러분의 귀중한 비평과 건의를 환영하는 바이다.

1994년 11월
『중국역사지식전서』 편찬위원회

목차

제1장

교육의 기원과 고대학교의 맹아

1. 교육의 기원

　태고시대부터 이미 중국의 영토 위에는 광범위하게 분포한 인류가 활동을 해오며, 원시사회의 족적을 남겨 놓았다. 1965년 중국과학자들에 의해 운남성 원모현元謀縣에서 원인猿人의 치아 화석이 발견되었는데, 이는 중국 상고시대 유물 가운데 가장 이른 인류의 화석으로 지금으로부터 약 170만년 전에 출현하였으며, 고고학계에 의해 "원모인元謀人"으로 불리워지게 되었다. 이후 온 세상이 다 알고 있는 북경원인이 대략 4, 5십만 년 전에 출현하였다.

　대량으로 발견되고 있는 고고학적 연구를 통해 볼 때, 중국의 원시사회는 대략 세 단계의 발전 단계를 거쳤다. 첫 번째 단계는 원시무리 시기로 대략 170만 년 전부터 5만 년 전 사이로서, 이 오랜 세월동안 교육의 발전 역시 상당히 더딘 양상을 보여주었다. 두 번째 단계는 모계씨족의 공동사회 시기로 대략 5만 년 전부터 5, 6천 년 전 사이로서, 이 단계의 발전 속도는 비교적 빠르게 진행되었다. 세 번째 단계는 부계씨족 공동사회 시기로 대략 5, 6천 년 전부터 기원전 2천여 년 사이로서, 이 단계에서는 다양한 내용을 담은 교육적 활동이 이루어졌으며, 어느 정도 특색을 갖추고 있었다. 하지만 고대 교육기구의 맹아는 부계씨족 공동사회 말기에 이르러 비로소 시작되었다.

원시시대에는 원시인류가 타제석기와 같은 거친 석기를 사용하기 시작하면서 노동에 대한 경험과 원시적인 예의를 주요 내용으로 교육적인 측면에서 다루어졌다. 원시사회에서 실시된 교육은 일반적으로 노동과 생활 속의 실천과정을 통해 진행되었기 때문에 전문적인 조직이나 형식을 갖추었다기보다는 자연스러운 형태를 취하고 있었다.

4, 5십만 년 전에 생활했던 것으로 전해지는 북경원인은 비교적 많은 양의 실물을 남겨 놓았는데, 이러한 유물을 통해 수십명의 북경원인이 하나의 무리를 이루고 북경 서남쪽에 위치한 주구점周口店 동굴에서 군집 생활을 했다는 사실을 알 수 있다. 그들은 이미 긁게, 자르게, 송곳 등과 같은 거친 석기를 제작 할 줄 알았고, 또한 불을 사용할 줄 알았다는 사실을 엿볼 수 있다. 북경원인의 대뇌 발달 정도에 근거해 추측해 볼 때, 그들에게 이미 언어가 있었다는 사실을 알 수 있다. 그들은 언어를 교제의 도구로 삼아 군집 생활을 하였으며, 자연과 투쟁을 벌여 생활에 필요한 물자를 조달하였다. 그러나 그들이 태고시대에 자연과 투쟁한다는 일은 정말 힘든 일이었다. 주구점에서 발견된 대략 약 40여 구의 북경원인 가운데 1/3 정도가 14살이 채 안 되어 죽은 모습들이 이를 증명해준다. 그러나 어려움 앞에서 그들은 결코 뒤로 물러서지 않고 인간과 자연속에서 더 많은 자유를 누리기 위해 노력하였는데, 바로 이러한 요구가 그들로 하여금 다음 세대에 대한 교육을 촉진시켜주었으며, 이를 통해 후대는 빠르게 노동과 생활속의 경험을 파악하고 자연과 투쟁할 수 있는 능력을 키워나갈 수 있었다.

북경원인 가운데 어린이는 무리의 일부로써 이들에 대한 교육은 무리의 공동 책임이었다. 타제석기의 제작과 사용, 그리고 천연의 불을 이용하는 방법 등이 바로 이들이 어린아이들에게 교육했던 주요 내용이었다.

당시에 타제석기를 만드는 일은 아이들에게 가르친 첫 번째 과목이었다. 어른들은 아이들을 데리고 강가에 가서 돌덩이를 주우며, 아이들에게 어떤 돌덩이가 타제 도구로 적당한지 가르쳤다. 그래서 어른들은 우선 아이들에게 딱딱하고 매끄러운 조각돌을 줍도록 교육 시키는 동시에, 칼날과 송곳같이 날카로운 도구를 제작 할 수 있는 방법을 가르쳤다. 아이들은 어른들의 가르침에 따라 여러 차례의 시험을 거쳐 타제석기의 유용함과 그 제작 방법을 터득하게 되었다.

북경北京 원인猿人

동굴 속에서 모닥불 주위에 모여 사슴고기를 구우며 아이들은 어른들의 입을 통해 불이 얼마나 유용한 것인지에 대해 깨달을 수 있었다. 또한 다 익은 사슴고기가 얼마나 맛있는지, 또 먹고 난 후에 배가 얼마나 편안한지에 대해서도 깨달게 되었다. 호랑이나 곰이 비록 사납다고는 하지만 불을 무서워하기 때문에 동굴 입구에 모닥불을 피워놓으면 밤새 안전하게 잠을 잘 수 있다는 사실을 통해 아이들은 불의 유용함을 깨달았다. 그래서 그들은 자연스럽게 불씨가 남아 있는 자형紫荊가지를 조심스럽게 젖은 흙으로 덮어 불씨를 보존하였다.

석기는 천지를 개벽시킬 만한 놀라운 발견이었던 까닭에 인류의 탄생과 함께 역사 속의 한 페이지를 장식하게 되었던 것이며, 또한 마찰을 일으켜 불씨를 취하는 방법에 대한 인류의 발견은 기계적 운동을 통해 열량으로 전환 시킬 수 있는 자연과학적 원리가 내포되어 있어, 불의 사용을 인류 역사의 진정한 시작으로 보는 견해도 있다. 맹수의 날카로운 이빨과 발톱이 한때 맹위를 떨쳤지만 그 위세가 제한적이었고 오랫동안 지속되지도 못했던 반면, 인류가 오랜 세월 집단 노동을 통해 도구를 제작해 사용하고, 이를 이용해 자연을 정복해 오면서도 그 영역에 제한을 받지 않았던 것은 바로 교육이라는 수단이 있었기 때문이다. 인류가 자신의 역량을 끊임없이 발전시켜 온 역사적 발전 과정 속에서 교육은 인류에게 없어서는 안 될 중요한 수단이었다. 인류의 사회가 앞으로 발전해 나갈수록 생산기술의 수준 역시 발전하는 까닭에, 전 세대는 자신들의 경험을 토대로 젊은 세대에게 계승시켜 나가기 위해 의도적인 목적을 가지고 전수와 지도를 하게 되었는데, 이것이 바로 교육의 기원이 되었다고 하겠다.

2. 원시적 예의-토템과 금기

태고시대의 교육은 노동에 대한 지식과 기술에 대한 전수뿐만 아니라, 사상을 비롯한 도덕, 그리고 풍속에 대한 교육을 실시하였다. 그 시기에는 계층간의 대립이나 통치자 계층의 의지를 대표하는 법률도 존재

김숙甘肅 용남隴南의 신석기시대新石器時代 태양조太陽鳥 토템

하지 않았다. 그렇다면 당시의 인류는 무엇에 의지해 사람들의 생산활동이나 사회생활의 상호관계를 조정해 나갈 수 있었는가? 그것은 바로 다름 아닌 사회의 풍속과 원시적 예의였다.

이른바 원시적 예의라는 말은 바로 "토템과 금기"를 가리키는 것으로, "토템"은 씨족의 호칭과 보호신으로써 인류의 존경과 경배를 받아왔다.

일찍이 『상서尙書·요전堯典』에 "나는 돌을 치고 두드리며 백수百獸의 무리를 이끌고 춤을 춘다."고 하는 한 악사樂士의 말이 전해 오는데, 이 말은 바로 경석硬石을 치면 야수의 무리가 음악에 맞춰 춤을 춘다는 의미이다. 그런데 여기서 야수가 춤을 춘다는 말이 도대체 무엇을 뜻하는 말인가? 이는 바로 원시사회에서 거행되었던 일종의 가장무도회라고 할 수 있는 "토템춤"을 가리킨다. 원시시대 씨족사회에서는 사람들이 일종의 동물이나 혹은 식물을 자신들의 선조이자 보호신으로 삼아 토템으로 숭배하였는데, 그들은 이러한 토템이 자신들의 씨족에게 생활에 필요한 물자를 공급해 줄 뿐만 아니라, 재해를 막아준다고 생각하였다. 그래서 그들은 이러한 토템이 씨족의 생존과 발전에 유리하다고 믿었는데, 특히 동물을 토템으로 삼은 씨족들은 매년 수확기나 명절 때가 되면 어른과 아이들이 함께 모여 자신들이 숭배하는 동물의 토템 형상을 만들거나 혹은 그 동물의 특유한 자태나 동작을 연출하였는데, 이것이 바로 『상서尙書·요전堯典』에서 언급한 "백수를 이끌고 춤을 춘다."는 고사의 연원이라고 하겠다. 이러한 토템숭배는 씨족제가 형성되었던 당시의 시대적 상황 속에서 그 기원을 찾아볼 수 있다. 전설에 따르면, 당시에 황제의 부락을 "유웅씨有熊氏"라고 불렀다고 하는데, 이는 아마도 "곰"을 토템으로 숭배했던 것에서 유래되었다고 볼 수 있다. 그리고 하후씨夏后氏는 "용"을 토템으로 숭배했다고 하는데, 원래 "용"은 상상 속의 동물로서 그 기본적인 형상이 뱀의 형상 위에 짐승의 네발, 말의 갈기와 꼬리, 사슴의 뿔, 개의 발톱, 물고기 비늘과 수염 등의 형태를 지니고 있는 것을 보면, 이는 아마도 부락이 합병되거나 통합되는 과정에서 뱀을 숭배하는 어떤 씨족을 중심으로 형성된 토템으로 보인다.

토템에 대한 숭배가 비록 태고시대 사람들이 자신과 자연에 대한 가장 원시적인 인식에서 나왔다고 하지만, 이러한 토템숭배가 당시의 씨족들에게 자신들을 보호해 주는 보호신이자, 또한 씨족의 구성원들이 모두 같은 조상에서 나왔다고 하는 씨족사회의 혈연적 유대관계를 공고히 하는데 적극적인 작용을 하였다. 즉 씨족의 아이들은 어른들의 춤을 따라 자연스럽게 춤을 배우는 동시에 씨족 공동체의 관념을 강화시켜 나갔다고 할 수 있다.

토템에 대한 숭배로부터 파생되어 나온 여러 가지 의식이나 금기, 가무, 그리고 신화와 고사가 씨족의 문화와 습속으로 자리 잡으면서 후대의 젊은 세대들에게 교육시킬 수 있는 중요한 형식이 되었다. "의식과 금기"는 당시 씨족사회에서 사람들이 어겨서는 안 되는 규범이자 준칙이었으며, 또한 질서이자 법규였다고 할 수 있다. 그래서 예의禮儀 활동을 진행할 때는 반드시 정해진 규정이나 형식을 따라야 했으며, 심지어 손이나 발동작 같은 작은 동작 하나라도 생략하거나 빠뜨리는 것조차 용납되지 않았다. 만일 그렇지 않으면 신을 경시하는 것이기 때문에 자신을 비롯한 씨족 전체와 부락에 재앙을 가져다준다고 믿었다. 이처럼 오랜 세월동안 씨족사회에 계승되어 내려온 풍속과 습관이 바로 원시 형태의 예의라고 할 수 있다.

그 시기의 아이들은 어른들로부터 항상 여와女媧의 "연석보천煉石補天"에 관한 이야기를 들으며 자랐을 것이다. 전하는 바에 의하면, 태초에 하늘이 무너지고 땅이 갈라지자 도처에 불꽃이 활활 타오르고 홍수가 넘쳐났으며, 맹수가 사람을 잡아먹고, 날짐승이 노인과 아이들을 해쳤다고 한다. 이때 뱀의 몸에 사람의 머리 형상을 한 여와女媧가 오색 돌을 녹여 하늘에 뚫린 구멍을 메우고, 거대한 거북의 다리를 잘라 기울어진 하늘을 받치는 기둥으로 삼았으며, 또한 물가에 난 갈대를 베어 태운 후에 그 재를 모아 범람하는 강물을 막고, 맹수를 죽여 사람들이 편안하게 살도록 하였다고 한다. 따라서 우리는 이러한 여와女媧의 형상을 통해 태고신화 중에서 자연을 정복한 여신의 형상을 엿 볼 수 있다.

또한 당시의 아이들은 정위전해精衛塡海[1])에 관한 이야기를 들었을 것이다. 태고시대에 염제炎帝에게 딸이 있었는데, 동해에 놀러 갔다가 그만 물에 빠져 죽어 그 영혼이 새로 변했다고 한다. 그 새 이름이 바로 정위精衛이다. 그녀는 자신의 목숨을 앗아간 동해에 원한을 품고 날마다 서쪽 산에 가서 조약돌과 작은 나뭇가지를 입에 물어다 동해에 던져 바다를 메우려고 했다고 한다. 위의 두 이야기에서 등장하는 여와女媧와 정위精衛의 형상은 인류의 가공을 거쳐 원시사회로부터 후대로 전해지며, 마침내 자연과 투쟁하며 자신의 무리를 위해 희생한 영웅적 형상으로 후대인들의 마음속에 자리 잡게 되었던 것이다.

현재 발굴된 유적지 중에서 서안西安의 반파半坡 유적은 약 6, 7천 년 전에 존재했었던 전형적인 모계 씨족사회의 촌락 모습을 보여 주고 있다. 이 촌락 가운데 주민들의 거주지를 중심으로 160평방미터의 거대한 건물 유적이 보이는데, 고고학자를 비롯한 역사학자들은 이 유적을 당시 "씨족의 공공활동 장소로써 씨족회의와 명절, 그리고 종교적 활동이 거행되었던 곳"이라고 단정지었다. 이러한 공공장소와 활동은 당시 씨족의 풍속과 원시적 예의를 교육하는 작용과 역할을 담당하였다. 전설에 의하면, 신농씨神農氏가 다스릴 때는 "형벌로 다스리지 않아도 나라가 잘 다스려졌으며, 법령을 제정하지 않아도 백성들이 모두 순종하였다"고 하며, 또한 신농씨가 "명당明堂에 제사"를 지냈는데, 이 "명당"을 "대교지궁大敎之宮"이라고 불

---

1) 역자주 : 『산해경山海經·공산경孔山經』에 전한다. 삼황오제三皇五帝의 하나인 염제에게 와娃라는 딸이 있었는데, 물놀이를 좋아하여 항상 동해에서 헤엄치며 놀다가 어느 날 너무 멀리까지 헤엄쳐 나갔다 물에 빠져 죽고 말았다. 후에 머리에 꽃무늬가 있는 흰 부리에 빨간 발을 가진 작은 새로 변한 와의 영혼은 매일 쉬지 않고 서산으로 날아가 나뭇가지나 돌을 물어다 동해에 떨어뜨려 메우고자 했다고 한다. 그런데 그 울음소리가 "정위精衛, 정위精衛"하고 들렸기 때문에 사람들이 이 새를 정위새라 불렀다고 한다.

렀다고 한다. 이상에서 소개한 내용을 통해 우리는 다소나마 교육과 관련된 역사적 사실을 엿볼 수 있다. 특히 반파 유적지에서 발굴된 "거대한 건물" 유적은 어쩌면 아마도 위의 전설에서 언급한 "명당, 즉 "대교지궁"으로 추측해 볼 수도 있을 것이다.

옛 고서에 의하면, "수인씨燧人氏 시대에 천하에 물이 넘쳐남으로 백성들에게 고기 잡는 법을 가르쳤고", "나무를 비벼 불을 만들어 백성들에게 곡식을 익혀 먹는 법을 가르쳤으며", "복희씨伏羲氏 시대에 천하의 짐승이 들끓자 백성들에게 사냥하는 법을 가르쳤으며", "신농씨神農氏는 농사를 짓고 토기를 만들어 사용하는 법을 가르쳤으며", 또한 "신농씨는 뇌사耒耜(쟁기의 일종)라고 하는 농기구를 발명해 사람들에게 사용법을 가르쳐 주었다"고 한다. 이와 같은 전설 내용들을 통해 살펴볼 때, 인류가 모계사회로 진입한 후 출현한 생산활동과 교육에 관한 역사적 사실이 반영되어 있다는 사실을 알 수 있다.

특히 부계사회에 이르러 출현한 전설 속에서는 이전에 비해 더 풍부한 내용을 담고 있는데, 그 중에서도 특히 황제黃帝와 관련된 이야기가 많이 등장한다. 당시 부락 연맹의 수장이었다고 볼 수 있는 황제의 신상에 관해 "황제는 궁실宮室을 짓고 추위와 더위를 피하였으며", "황제는 수레를 만들어 무거운 짐을 싣고 멀리까지 갈 수 있도록 하였으며", "황제는 수산首山에서 동철銅鐵을 채취하여 검을 제작하였으며", "황제가 노弩를 만들었으며", "황제는 제후들을 거느리고 탁록涿鹿의 벌판에서 치우蚩尤와 싸웠다"는 등등의 전설은 당시의 시대상을 반영한 것으로, 생산과 문화적 측면뿐만 아니라 교육적 측면에서도 많은 발전을 이룩했다는 사실을 알 수 있다. 또한 이 시기에 무기의 제작과 전쟁 훈련 역시 교육의 한 분야로 새롭게 대두되었다는 사실 역시 주목할 만한 사실이다.

이상의 원시시대 교육 활동을 통하여 교육이 인류에게 존재하는 특유한 사회적 현상이라는 사실을 알 수 있다. 인류는 태어나면서부터 무리 생활을 하며 역사적 영역에 진입하여 인류의 역사를 창조하기 시작하였는데, 특히 이러한 인류의 역사발전 중에서 교육이 중요한 역사적 작용을 하였다. 교육의 작용은 단순히 생산과 관련된 경험뿐만 아니라, 사상을 비롯한 문화, 도덕, 풍속의 전승, 그리고 교화 작용을 가지고 있는 까닭에 우리는 교육을 노동력의 재생산, 또는 "사회인"의 재생산이라고 부를 수 있을 것이다. 즉 교육은 인류의 공동생활과 생존 투쟁에 있어서 없어서는 안 될 중요한 수단이며, 또한 이와 동시에 종족의 계승과 인류사회 발전에 필요한 중요한 수단이라고 볼 수 있을 것이다. 그러므로 인류 특유의 교육 활동은 인류가 사회생활에서 필요로 하는 요구에 의해서 비롯되었다고 볼 수 있다.

3. 고대학교의 맹아

학교의 교육 활동은 인류사회가 역사적 단계로 발전하면서 등장한 산물이라고 할 수 있다. 그렇기 때문에 중국에서 고대학교의 출현은 어느날 하루아침에 이루어진 일이라기보다는 상당히 오랜 역사적 기간을 거치면서 그 싹이 배태되고 터서 성장의 과정을 거쳐 나온 산물이라고 할 수 있다. 고대의 문헌 기록에 의하면, 중국의 고대학교는 대체로 원시시대 말기부터 시작되었다고 볼 수 있는데, 그 당시 사회의 생산활동이 발전하기 시작하면서 사람들은 자신과 가족 구성원들의 생활을 유지하는 일 이외에 점차 노동을 통해 얻은 잉여물을 모을 수 있게 되었고, 또 소수의 사람들은 다른 사람들의 잉여물을 공급받으며 지적인 노동에 종사하게 되었는데, 이것이 바로 학교가 출현하게 된 중요한 밑거름이 되었다고 볼 수 있다.

인류는 사회생활 속에서 일찍부터 어떤 사건이나 일에 대한 기록과 정보를 전승하고자 하는 필요에 의해 여러 가지 원시적인 기사記事 방법을 고안해 내었다. 예를 들면, 결승

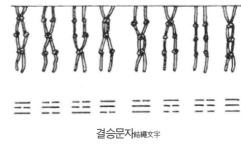

결승문자結繩文字

結繩, 각목刻木 등과 같은 경우이다. 이러한 기사 방법은 인류가 오랜 세월 동안 사용과 비교를 통해 개선하고 발전시켜 왔으며, 특히 씨족사회 말기에 이르러 사건이 많아지고 교류도 빈번해지면서 새로운 기사 방법과 도구가 절실하게 요구되었다. 이에 따라 문자가 처음 발명되기에 이르렀다. 이미 발견된 유물을 통해 볼 때, 서안의 반파 지역에서 발견된 50여 가지의 부호와 산동성 대문구大汶口의 그림문자, 그리고 사천성의 대량산大凉山 이소인耳蘇人의 그림문자는 문자의 맹아기부터 발전 시기에 이르는 각 단계의 발전상황을 보여주고 있다. 그래서 어떤 사람은 한자가 그림에서 기원한다고 주장하기도 하였다. 예를 들어, "일日"은 ☉와 같이 그릴 수 있고, "월月"은 ☽과 같이 그릴 수 있고, "산山"은 ﬔ과 같이 그릴 수 있다는 것이다. 즉 실용적 수요와 요구에 따라 그림이 점차적으로 부호화함으로써 원시적 그림이 상형문자로 발전하여, "일日"자가 "☉"와 같이 쓰이고, "월月"자가 "☽"과 같이 쓰이게 되었으며, "산山"자가 "山"과 같이 쓰이게 되었다는 것이다. 상형문자의 출현으로 문자는 한 걸음 더 발전되었는데, 옛 역사서에 의하면, 황제시대의 사관이었던 창힐倉頡이 최초로 문자를 창조했다고 전하고 있는데, 이 말은 초기의 문자가 점차 발전하여 규범화되어 가는 과정에서 아마도 창힐이 중요한 작용을 했던 것으로 보여진다.

문자의 탄생과 함께 날로 복잡해지는 사회와 자연의 지식이 쌓이게 되면서 문자 발전에 유리한 조건이 마련되었고, 이와 동시에 학교의 탄생이

라는 현실적 수요가 대두되었다. 그렇기 때문에 문자와 그 문자 안에 보존된 사회적 경험을 파악하기 위해서는 보다 더 전문적인 지도와 학습이 필요하게 되었던 것이다. 다시 말해서 전문적이고 체계적인 조직의 교육이 요구되었음을 의미한다. 그래서 중국 맹아기의 학교는 대개 "명당明堂" 안에 있었는데, 이는 아마도 최초의 교사가 문자를 장악하고 있었던 "무사巫史"였으리라고 추측해 볼 수 있다.

옛 서적의 기록에 의하면, "성균成均에 오제五帝의 학學이 있었다."고 하는데, 여기서 "오제"는 바로 황제黄帝, 전욱顓頊, 제곡帝嚳, 요堯, 순舜 등을 가리키며, 전설 속에서 언급되는 원시사회 말기 부족 연맹체의 수령들이었다. "균均"은 예전의 "운韻"자를 가리키

최초의 학교 상庠, 서序, 교校는 무예 위주의 교육 실시

며, "성균"은 음악을 배우는 곳을 뜻하기 때문에, 아마도 오제五帝 시기 맹아기에 있던 학교의 명칭으로 사용되었던 것으로 보인다. 또 다른 기록에서 "미름米廩은 유우씨有虞氏의 상庠이다"고 하였는데, 여기서 "상庠"은 순임금 시대 학교의 명칭을 가리킨다. "상庠"의 원래 의미는 "양養"의 뜻으로, 즉 도덕, 경험, 지식을 갖춘 노인이 그곳에서 봉양을 받으며 전문적으로 젊은이들을 교육하는 일에 종사하던 곳을 가리킨다. "상庠"이 노인을 봉양하던 곳이기 때문에 어느 정도 일정한 양식을 항상 저장해 두고 있었다. 그래서 후세에 "상"을 또 미름米廩(창倉)이라고 불렀던 것이다. 여기에서 공양한 노인은 당연히 무사巫史 중에서 선출되었을 것으로 보인다. 예를

들어, 창힐蒼頡과 같은 사람이었을 것이며, 제사와 교사를 겸하는 이중 신분이 아니었나 싶다. 이와 같은 사람들이야말로 아이들에 대한 문자를 교육하고 무술巫術의 예의를 강의하며, 또한 아이들에게 음악과 무사巫史의 직무와 관련된 역법류 등의 지식을 교육할 수 있었을 것이다.

그래서 "성균成均"과 "상庠"이 비록 전문적으로 중국의 고대학교 교육을 전담했던 정식 학교라고는 볼 수 없지만, 나름 목적을 가지고 조직적으로 젊은이들에 대한 교육을 담당함으로써 후대 전문적인 교육기구의 출현에 토대를 마련해 주었다고 말할 수 있을 것이다.

제2장

하夏 · 상商 · 주周 시기의 학교

1. 하나라 시대의 학교

하나라(기원전 21세기~16세기)는 400여 년의 세월을 거치면서 지금의 산서성山西省, 협서성陝西省, 하남성河南省 등의 세 개 지역을 활동 중심지로 삼았던 국가이다. 하나라 시대에 이르러 이미 문자로 기록할 수 있는 문명시대에 접어들었기 때문에 선진시대의 『좌전左傳』, 『국어國語』 등의 전적에서는 하나라 시대의 자료를 많이 인용하고 있다. 『예기禮記·왕제王制』에서 일찍이 공자가 기杞 땅에 도착하여 역사를 조사하면서 『하시夏時』를 얻었다고 밝히고 있는데, 이는 춘추시대 말기에도 여전히 하나라 시대의 천문역법과 관련된 서적을 찾아볼 수 있었다는 사실을 설명해 주는 것으로, 하나라 시대에 이미 문자의 기록이 출현했다는 사실을 증명해 준다고 하겠다.

하나라 시대의 학교에 관한 기록은 여러 고적古籍에서도 찾아 볼 수 있다. 예를 들어, 『예기禮記·명당위明堂位』에서 "서序(학교)는 하후씨夏后氏의 학교이다."는 기록이 보이며, 『예기·왕제』에서 "하후씨는 나라의 원로를 동서東序(학교)에서 부양하고, 일반 백성 중에서 70세 이상의 노인들은 서서西序에서 부양하였다."는 기록이 보인다. 그리고 『고금도서집성古今圖書集成·학교부學校部』에서는 "하후씨는 동서東序를 대학大學으로 삼고, 서서西序는 소학小學으로 삼았다."고 밝혀놓았다. 이상의 전적 기록을 통해 하나라 시대에 이미 "서序"라는 학교가 있었다는 사실을 알 수 있는데, 『맹자孟子·등문공상滕文公上』에서 "서序라는 것은 궁술을 일컫는 것이다."고 언급한 바와 같이 "서序"는 원래 활쏘기를 하던 장소를 가리키는 말로써, 동쪽과 서쪽에 담만 있고 건물이 없는 활쏘기 장소를 가리킨다. 또한 『문헌통고文獻通考·학교고學校考』에서 "하후씨는 궁술로 군사를 훈련시켰다."는 말이 보이는데, 이를 근거로 유추해보면 하나라시대는 학교에서 활쏘기가 중요한 군사교육 가운데 하나였다는 사실을 알 수 있다. 당시 활과 화살은 중요한 무기였던 까닭에 활쏘기는 당연히 교육 훈련 과정에서 중요한 과목이 될 수밖에 없었을 것이다. 역사의 발전 규칙에 따라 원시사회의 말기는 군사부락연맹 시기가 출현하게 되는데, 하나라 시대 역시 이에 상응하는 역사적 발전 단계였거나, 혹은 이 시기를 막 지난 시기였을 가능성이 크다고 보인다. 이 때문에 하나라 시대는 군사훈련을 매우 중시했다는 사실을 엿 볼 수 있다.

하나라 시대는 나라의 수도에 학교가 있었을 뿐만 아니라, 지방에도 역시 학교가 있었다. 『맹자孟子·등문공滕文公』상에서 "하나라에서 교校라 말한다."고 하는 말이 보이는데, 여기서 "교校는 가르친다"는 말이다. "교校"는 원래 "나무 울타리 난간"을 뜻하는 것으로, 말을 키우고 훈련하는 곳이었는데, 후에 군사를 조련하고 무예를 겨루는 장소가 되었다. 이 역시 군사훈련의 필요에 의해서 만들어진 것이라고 볼 수 있다. 한漢나라 시대의 학자들은 이미 "교校"자가 향학鄕學, 즉 지방에 설치된 학교라는 사실을 증명해 놓았다.

하나라 시대의 "서序"와 "교校"가 비록 지금 우리가 말하는 것처럼 문화와 지식을 전수하는 진정한 의미의 전문 교육기구라고 말할 수는 없지만, 최소한 일종의 군사훈련과 윤리 교육을 실시하던 장소였다는 사실을 분명하게 말 할 수 있다. 이와 같은 기록의 편린들을 통해 하나라 시대의

"서序"와 "교校"가 이미 고대의 학교와 유사한 성격을 지니고 있었다는 사실을 증명해 주고 있지만, 아쉽게도 현재까지 출토된 유물 속에서 이를 구체적으로 증명할만한 유물은 발견되지 못하고 있는 실정이다.

2. 상나라 시대의 학교

은허궁전殷墟宮殿의 종묘宗廟 유적지

상나라 시대(기원전 16세기~11세기)는 600여 년의 세월 동안 지금의 황하강 중·하류에 위치한 광활한 지역을 중심으로 활동하였던 나라였다. 상나라의 역사는 이미 문자로 기록되어 있을 뿐만 아니라, 출토된 유물을 통해 이에 관한 연구가 상당히 많이 진행되어 있는 상황이다. 상나라 시대의 후기 왕도였던 은허殷墟(지금의 하남성 안양현安陽縣 소둔촌小屯村 일대) 지역에서 상나라 시대의 갑골과 청동기가 대량으로 발견되었는데, 이러한 유물은 상나라 시대의 정치, 사회, 문화, 교육 등의 상황을 잘 반영해 주고 있다.

안양에서 출토된 16만 편의 갑골을 살펴보면, 복사卜辭가 160여 만자가 기록되어 있으며, 사용된 글자 수도 4,672자에 이른다. 그 가운데 현재 우리가 식별해 낼 수 있는 글자는 1,072자에 달하고 있다. 문자의 구조상으로 볼 때, 한자의 구조를 이루는 원칙인 상형象形, 회의會意, 지사指事, 형성形聲, 가차假借 등의 구조를 모두 구비하고 있을 뿐만 아니라, 당시에 이미 널리 사용되었다는 점에서 당시 문자의 발전이 이미 상당히 성숙한 단계에 이르렀다는 사실을 알 수 있다. 한편, 당시 글자를 쓰는 도구로 각도刻刀와 모필毛筆이 사용되었다. 복사卜辭 가운데 보이는 "♣"의 형상은 마치 한 손으로 붓을 쥐고 있는 듯한 모양을 나타내고 있는데, 바로 "필筆"자를 가리킨다. "책冊"자는 "冊"와 같이 쓰며, 그 모양은 마치 하나는 길고 하나는 짧은 대나무 서찰을 함께 묶어 놓은 듯하다. "교敎"자는 "敎"로 쓰며, 좌측의 반인 "爻"은 바로 "효孝"자를 가리키는데, 이는 마치 "자식이 부모에게 구부리고 엎드린 모양"처럼 보이고, 우측의 절반인 "攵"은 바로 "攴"자를 가리키는 것으로, 마치 손으로 머리를 잡고 있는 듯한 모양을 나타내고 있다. 따라서 "교敎"자의 원래 의미가 처음에는 아이들에게 효도를 가르치는 뜻으로 사용되었다는 사실을 알 수 있다. 가령 아이들이 말을 듣지 않으면 회초리로 말을 잘 듣도록 때리는 것을 의미한다고 하겠다.

갑골에 보이는 복사卜辭에는 상나라 시대의 학교 교육과 관련된 내용이 적지 않게 보인다. 가령 갑골의 복사를 예를 들어 보면, "임자壬子일에 점을 쳐서 근심하는 바를 상제께 물었다. 왕자가 입학할 때 상을 차려 조상님께 제사를 지내고자 하는데, 이렇게 해도 괜찮겠습니까?" 라고 묻고 있는데, 이는 바로 상나라 시대의 귀족들이 다음 세대의 교육을 큰일로 여겼던 까닭에 입학 시에 점을 쳐서 제사상을 차려

갑골甲骨 복사卜辭

놓고 조상께 제사를 올리며 점을 치는 상황을 설명한 것으로 볼 수 있다. 또 다른 갑골의 복사에는 "병자丙子일에 점을 쳐서 상제께 물었다. 아이들이 학교에 갔다가 돌아올 때 큰비를 만나지 않겠습니까?"라는 내용의 복

사가 기록되어 있는데, 이는 날씨의 변화로 큰비가 내려 아이들이 집으로 돌아올 때 영향을 받지 않을까 두려워 걱정하는 마음을 나타낸 것이다. 또한 우리는 이 말을 통해 학교와 거주지 사이에 일정한 거리가 떨어져 있었다는 사실을 엿볼 수 있다. 상나라 시대의 학교 교육은 비교적 완비된 체제를 갖추고 있었기 때문에 인근의 제후국에서도 자제들을 보내 유학을 시켰다고 한다. 또 어떤 갑골의 복사에서는 "丁酉卜, 其呼以多方小子小臣其教戒?"라는 말이 보이는데, 여기서 "정유복丁酉卜"은 정유일에 점을 쳤다는 말이고, "다방多方"은 즉 여러 나라를 뜻한다. 그리고 "소자소신小子小臣"은 젊은 세대를 가리키며, "교계敎戒"는 창을 잡고 무술을 배우며, 음악을 익힌다는 것을 뜻한다. 다시 말해서 이 말은 이웃 나라의 젊은이들이 상商나라에 유학을 왔다는 사실을 설명해주는 것이라고 하겠다. 그래서 일찍이 곽말약郭沫若은 이러한 사실에 대해 "은대殷代 유학생 제도의 기원"이라고 언급하였던 것이다.

이외에도 갑골의 복사 중에는 학교의 명칭에 관한 내용이 기록되어 있는데, 이미 발견된 명칭으로는 "대학大學"과 "상庠" 등이 보인다.

한편, 갑골편 조각 가운데 부서진 소의 견갑골 조각에서 문자를 발견하고 서로 붙여보니 "갑자甲子, 을축乙丑, 병인丙寅, 정묘丁卯, 무진戊辰, 기사己巳, 경오庚午, 신미辛未, 임신壬申, 계유癸酉" 등의 간지가 보이고, 그 옆에 문자 세 줄이 새겨져 있는데, 가운데 줄의 문자는 질서정연하면서도 정밀하게 새겨져 있는 반면, 나머지 양측의 문자는 거의 문자라고 볼 수 없을 정도로 삐뚤빼뚤하게 새겨있었다. 이를 가지고 우리가 추측해 본다면, 질서정연하고 정밀한 문자는 교사가 본보기로 새긴 것이고, 일그러지고 삐뚤거리는 문자는 바로 학생이 교사의 문자를 모방해 새긴 것이 아닌가하는 생각이 든다. 일찍이 곽말약이 이에 대해 "참으로 흥미 있는 발견이다"고 말한 것처럼 매우 흥미로운 발견일 뿐만 아니라, 또한 상당한 가치를 지니고 있다고 볼 수 있다. 즉 이는 상나라 시대의 학교에서 학생들에게 문자를 가르쳤던 상황을 직접 엿볼 수 있으며, 또한 일상생활에서 필요한 문자를 아이들에게 모사를 통해 익히게 했던 당시의 학교 교육과 학습방법에 관한 상황을 사실적으로 보여주고 있기 때문이다.

갑골문의 발견과 연구는 고적古籍 가운데 전해 오던 상나라 시대의 학교와 관련된 기록이 믿을만한 사실이라는 점을 증명해주고 있다. 『예기禮記·명당위明堂位』에서 "은殷나라 사람들은 우학右學을 대학大學이라 불렀고, 좌학左學을 소학小學이라 칭하였으며, 고종瞽宗에서 음악을 즐겼다."는 기록이 보이며, 『예기禮記·왕제王制』에서는 "은나라 사람들이 나라의 원로는 우학右學에서 부양하였고, 일반 백성들 가운데 70세 이상의 노인은 좌학左學에서 부양하였다."고 하는 말이 보인다. 이러한 기록은 당시에 이미 대학大學, 소학小學, 고종瞽宗 등의 명칭이 사용되었다는 사실을 증명해 주고 있다. 대학과 소학은 상대적인 말이기 때문에 대학이 있으면 당연히 소학이 있게 마련이다. 따라서 우학右學과 고종瞽宗 모두 대학의 성질을 띠고 있다. 그렇지만 사실 이는 명칭에 대한 차이만 있을 뿐 동일한 기구이다. 옛 사람들은 서쪽을 우측으로 삼았던 까닭에 상나라 시대 사람들 역시 오른쪽과 서쪽을 숭상하였다. 그래서 대학도 서쪽 교외에 세우고 우학右學이라 불렀던 것이며, 고종은 상나라 시대에만 존재했었던 대학 특유의 명칭이라고 할 수 있다. 당시 대학에서는 음악에 대한 교육을 중시하여 음악을 가르치는 교사를 악사樂師라고 불렀다. 고종은 원래 종묘를 가리키는 말로서, 그곳에서는 도덕적 소양을 갖추고 예악에 정통한 문관文官이 귀족의 자제들을 교육하였다. 그래서 후인들은 고종이 상나라 시대의 학교를 대표하는 까닭에 서쪽에 설치하고 서학西學이라 불렀다고 보았다. 이를 통해 "우학"이나 "서학", 그리고 "고종"이 모두 동일한 학교로서 상나라 시대의 대학을 의미한다는 사실을 알 수 있다. 또한 후인들은 상나라 시대의 대학을 벽옹闢雍, 혹은 "서옹西雍"이라고 칭하기도 하였는데, 당시 이곳은 예악을 배우던 곳으로 상나라 시대 대학의 또 다른 명칭 가운데 하나였다는 사실을 알 수 있다.

대학과 소학, 혹은 후학과 좌학 등의 명칭을 구분해 사용한 것을 보면, 상나라 시대에 이미 연령에 따라 각기 다른 교육의 필요성이 요구되었으며, 실제로도 교육 단계를 구분 지어 교육했다는 사실을 엿볼 수 있다.

상나라 시대 왕도에는 크고 작은 학교가 있었으며, 지방에도 학교가 있었다. 『맹자·등문공상』에서 "하나라에서는 교校라 하고, 은나라에서는 서序라 하며, 주나라에서는 상庠이라 하였다. 학學은 삼대三代가 모두 인륜을 밝히던 곳이다."는 말

주대周代 상庠의 모습

이 보이는데, 이 말의 의미는 하나라 시대에 일반적으로 학교를 "교校"라 일컬었으며, 은상殷商시대에는 학교를 "서序"라 일컬었으며, 주나라 시대에 이르러 학교를 "상庠"이라 일컬었다는 사실을 말해준다. 그리고 대학은 하夏·상商·주周 삼대 모두 "학學"이라 일컬었으며, 그 목적은 학생이 사람과의 여러 가지 관계를 잘 처리하고, 아울러 사회의 윤리와 도덕을 잘 지켜나갈 수 있도록 교육하고 가르치는 데 있었다는 사실을 설명한 것이다. 또한 『한서漢書·유림전서儒林傳序』에서 "은나라에서는 상庠이라고 일컬었다."는 말이 보이는데, "상庠"은 우순虞舜시대 학교의 맹아기에 등장했던 기구의 명칭이었다. "서序"와 "교校"는 하나라 시대의 학교 명칭이었으며, 상庠, 서序, 교校 등은 모두 향학鄕學을 가리키는 말로서 당시 지방에 설치되어 있었던 학교의 명칭이었다.

상나라 시대는 천문역법에 있어서도 이미 커다란 발전을 이룩하였는데,

이는 수학의 발전과 관련이 있다고 하겠다. 상나라 시대는 수학 교육에서 이미 10진법을 사용하고 있었다. 갑골문에 1부터 10까지, 그리고 백, 천, 만 등의 숫자가 등장하고 있으며, 최대 3만이라는 숫자까지 등장하고 있다. 이는 당시 사회의 발전 수준을 나타내는 것으로, 수량에 대한 인식과 표현에 있어 상당한 성취를 보여주고 있음을 알 수 있다. 현재 출토된 문물을 통해 볼 때, 그 시기에 이미 일반적인 산술 연산을 할 수 있었을 뿐만 아니라, 일부 기하학적 도형도 그릴 수 있었다는 사실은 수학이 당시 교육에서 중요한 과목으로 자리잡고 있었다는 사실을 반영한 것으로 볼 수 있다.

위의 내용을 종합해 보면, 상나라 시대는 학교의 교육을 매우 중시하여 귀족을 위한 "서序", "상庠", "학學", "고종瞽宗" 등의 학교를 설립하였으며, 교사는 국가의 관리가 담당하였다. 특히 상나라 시대에 이르러 문자가 성숙단계로 접어들었기 때문에 효과적인 교육 수단으로 활용되었다. 또한 연령에 따라 교육 단계를 나누고, 이러한 단계를 근거로 각기 다른 교육 조직을 설치해 운영하였다. 교육 내용은 여러 가지 다양한 내용을 포함하고 있었으며, 이 가운데는 종교, 윤리와 도덕, 군사, 그리고 일반적인 문화지식에 이르기까지 다양한 영역이 포함되어 있었다. 이와 같은 상나라 시대의 학교는 중국 최초의 관학官學적 성격을 지니고 있었으며, 후에 서주西周 시대 학교 교육의 토대가 되었음을 알 수 있다.

3. 서주 시기의 학교

서주 시기(기원전 1066~771년)는 대략 300년 동안 중국 고대사회의 전성기를 구가하였던 시대였다. 서주 시기는 하나라와 상나라 시대의 학

서주西周 시대 관학제도官學制度의 발전과 "육예六藝" 교육의 형성

교 교육을 계승해 발전시킴으로써 비교적 완벽한 정교政敎합일의 성격을 지닌 관학체계를 세우고, 점차적으로 문무를 겸비한 "육예六藝"(예禮, 악樂, 사射, 어御, 서書, 수數) 등의 교육체계를 형성해 나갔던 시대였다.

서주 시기에는 귀족의 자제를 교육하는 학교인 소학이 있었다. 예를 들어, 주周나라 강왕康王 때 『대우정大盂鼎』의 명문銘文에 강왕의 아들 소왕昭王이 유년시절 소학에 입학한 일이 보이며, 주나라 선왕宣王 때 쓰여진 또 다른 명문에서도 소학이

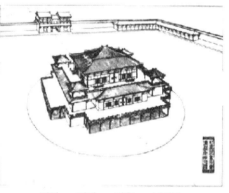

한말漢末 명당明堂 벽옹辟雍 복원도

보이며, 또한 소학을 가르치는 관직의 명칭을 소보小輔라고 부른다는 말도 보인다. 귀족의 자제를 교육하는 학교였던 소학의 입학 연령에 대해서는 각 고적古籍마다 조금씩 상이한 내용을 보여주고 있다. 어떤 고적에서는 8세에 소학에 입학 한다고 언급하고 있는 반면에, 어떤 고적에서는 10세, 혹은 13세에 소학에 입학할 수 있었으며, 또 어떤 고적에서는 15세가 되어야 비로소 소학에 입학할 수 있다고 언급하고 있다. 소학은 왕궁의 동남쪽에 건립하였으며, 수위와 관리는 사씨師氏와 보씨保氏가 책임을 지는

동시에 소학의 사장師長을 겸하였다. 소학에서 우선적으로 덕행에 관한 교육을 강조하였으며, 이외에 또 예의禮義, 무도舞蹈, 사전射箭, 가차駕車, 서사書寫, 계산計算 등의 교육 역시 중요한 교육 내용 가운데 포함되어 있었다. 이는 사실상 귀족의 행실에 대한 도덕적 준칙, 사회생활의 지식, 그리고 기량에 관한 기본적인 훈련이었다고 하겠다.

서주 시기 대학의 기능은 주로 귀족의 자제들을 그 신분에 따라 입학시켜 교육하는 역할을 담당하였으며, 평민 중에서는 극소수 우수한 인재를 엄격하게 선발해 대학에 입학시켜 교육하기도 하였다. 당시 대학에 입학할 수 있는 연령은 대략 15세 이후였으나, 어떤 경우에는 20세가 넘어 대학에 입학하는 경우도 있었다. 서주 시기의 대학은 일반적으로 모두 교외에 세워졌으며, 주나라 천자가 거주하는 왕성에 세워진 대학은 벽옹辟雍이라고 불렀으며, 각 제후국의 국도에 세워진 대학은 반궁泮宮이라고 불렀다. 이처럼 대학을 부르는 명칭은 여러 가지가 있었다. 예를 들면, 청동기인 『정훼靜毁』에 쓰여진 명문에서는 대학을 일컬어 "학궁學宮"이라고 불렀다. 벽옹 역시 오학五學으로 나누어 중앙에 위치한 학교를 벽옹이라 일컬었는가 하면, 또한 태학太學이라 부르기도 하였다. 그리고 남쪽에 위치한 학교의 명칭을 성균成均이라 부르거나 혹은 남학南學이라고 불렀다. 그리고 북쪽에

직하학궁稷下學宮 유적지遺跡址

위치한 학교의 명칭은 상상上庠, 혹은 북학北學이라고 불렀다. 동쪽에 위치한 학교의 명칭은 동서東序, 또는 동교東膠, 혹은 동학東學이라고 불렀으며, 서쪽에 위치한 학교의 명칭은 고종瞽宗, 또는 서옹西雍, 혹은 서학西學이라

고 불렀다.

고적에 기록된 내용을 살펴보면, 벽옹은 대청식으로 이루어진 초가집 형태로 사방이 연못에 둘러 쌓여 있었으며, 그 연못 안에는 물고기와 물새 떼가 노닐었다고 한다. 그리고 그 옆에 커다란 정원이 있었으며, 그 정원에는 조수가 무리지어 살았다고 한다. 이는 서주 시기 대학의 시설이 비교적 원시적이었다는 사실을 설명해 주는 것으로, 띠로 덮은 대청을 중심으로 주위에 연못과 정원이 있었음을 의미한다. 귀족 자제들은 연못에서 물고기와 새를 잡거나 정원에서 수레를 몰며 사냥을 하였는데, 고기잡이와 사냥 활동이 서주 시기 대학에서 익혀야 할 일종의 중요한 실습 훈련이었기 때문이다. 그러나 서주 시기의 대학은 단순히 귀족 자제들만 공부했던 곳은 아니었다. 당시 대학은 귀족들이 모여 예를 행하거나 집회를 열고 회식을 하며, 혹은 무예 연마나 음악을 연주하던 장소로서 강당, 회의실, 클럽, 운동장, 학교 등과 같은 다양한 기능적 성격을 지니고 있어, 사실상 당시 귀족들의 공공활동 장소였다고 할 수 있다. 따라서 이러한 사실은 서주 시기의 대학이 아직 전문성을 갖춘 완전한 대학으로 독립하지 못하고, 귀족들의 사회생활이 결합된 형태의 학교 모습을 가지고 있었다는 사실을 설명해 준다고 하겠다. 서주 시기의 대학에서는 "행례行禮", "사전射箭", "가차駕車", "주악奏樂", "무도舞蹈" 등의 공공적 성격을 지닌 활동이 주류를 이루었기 때문에, 그 교육 내용 역시 주로 "예禮", "악樂", "사射", "어禦"가 중시되었다. 이와 같은 교육 내용은 귀족들이 자제들을 교육시키는 목적과 깊은 관계를 가지고 있었다. 특히 자신의 자식들을 통치자로 양성하고자 했던 귀족들은 예악禮樂 교육에 많은 신경을 썼는데, 예악禮樂은 당시 귀족 내부의 조직을 공고히 하는 수단이었던 동시에 백성을 통치하는 주요 수단이었기 때문이다. 이외에도 귀족들은 자신들의 정치적 기득권을 보호하고자 군사적 측면의 교육을 강조하였다. 그래서 군사적 훈련 목적의 활쏘기, 수레와 말타기 등이 중시되었으며, 무도舞蹈에서조차 군사적 훈련의 색채가 가미되어 있었다.

서주시대 중기에 이르러 예악禮樂을 중심으로 문무를 두루 갖춘 육예六藝 교육이 형성되기에 이르렀다. 이른바 육예에는 여섯 가지 교육과정이 포함되어 있었다.

직하학궁도稷下學宮圖

1) 예禮

예禮에서 언급되는 내용은 매우 광범위하여 정치, 윤리, 도덕, 예의 등의 내용을 모두 포함하고 있었으며, 사회생활의 각 영역에서도 예는 반드시 필요한 교육 가운데 하나였다. 당시 귀족의 자제들은 예를 알고 행할 줄 알아야 했으며, 또한 몸가짐에 있어서도 반드시 준수해야 할 준칙이었다. 그렇기 때문에 예의를 익힌다는 말은 단순히 예법만을 익히는 것을 말하는 것이 아니고, 견실하게 배우고 익힌 다음 반복적으로 연습해 익혀야만 했는데, 그 이유는 그들이 예의를 익히고 난 후에 정치적 활동이나 외교적 활동에 참여해야 비로소 규범에 맞는 행동과 귀족의 존엄을 드러낼 수 있으며, 더 나아가서는 향후 국가의 유능한 관리자로 성장해 백성을 다스릴 수 있다고 생각했기 때문이다.

육예六藝의 예禮

2) 악樂

악의 교육적 내용은 시가를 비롯해 음악과 무도 등의 내용이 포함되어 있었다. 서주시대의 국학國學은 대사악大司樂이 학정學政을 관리했기 때문에 악교樂敎를 주관하여 악덕樂德, 악어樂語, 악무樂舞 등을 학생에게 가르치는 일을 담당하였다. 장소에 따라 각기 서로 다른 악무樂舞가 사용되었는데, 그 가운데 대무大武는 서주시대의 국악國樂으로서, 사실상 주나라 무왕이 은나라를 정벌한 내용을 제재로 삼아 만든 대형 가무극이었다. 그 곡조는 이미 실전되어 전하지 않으나, 그 악사樂詞가 『시경』의 『주송周頌』에 보존되어 전해 오고 있다. 악사의 내용을 분석해 볼 때, 주공周公 희단姬旦이 지은 것으로 보인다. 대무大武의 악무는 주나라 왕조의 개국 역사를 반영한 것으로, 주로 선조에게 제사를 지낼 때 사용되었

육예六藝의 악樂

다. 더욱이 이 악무 속에는 주나라 왕실을 수호하는 정치적 내용과 상무尙武적 내용이 담겨 있어 귀족 자제들을 교육하는데 중요한 기능을 하였다. 이 때문에 당시 귀족 자제들은 모두 이 악무를 배워야만 하였다. 악교樂敎는 주나라 시대의 예술 교육으로서 "덕육德育", "지육智育", "체육體育", "미육美育" 등의 내용을 포함하고 있어 여러 가지 다양한 교육적 기능과 작용을 갖추고 있었다.

3) 사射

활쏘기는 고대 주周나라 시대 "육예六藝"교육 가운데 하나로서 당시 사람들에게는 중요한 과목이었다. 사람은 활을 쏠 때 정신을 가다듬고 집중해 쏘기 때문에 사람의 인내심과 평정심을 단련시킬 수 있었다. 그래서 "육예"에서 활쏘기는 단순히 활을 쏘는 행위를 넘어서서 마음을 수련하는

교육적 활동으로 간주되었다. 후
에 활쏘기가 사람들에게 보편화
되면서 "사례射禮"가 생겨나게 되
었고, 또한 복잡하고 엄격한 의
식이 정해지게 되었다. 특히 춘
추시대에 이르러 공자와 맹자에

육예六藝의 사射

의해 "사례射禮"가 철학적 경지로 뛰어오르게 되면서 교화를 강조하는 유
가의 "예악禮樂"체계에 편입되었고, 이에 따라 중국의 고대 교육에서 중요
한 과목 가운데 하나로 인정받게 되었다. 바로 이와 같은 풍부한 "사射"의
문화적 의미로 인해 당시 귀족의 자제와 무사는 물론이고, 문인 역시 갖
추어야 할 중요한 기량으로 여겨지게 되었던 것이다. 주대에 등장한 사례射
禮는 크게 "대사大射", "빈사賓射", "연사燕射", "향사鄕射" 등 네 가지로 나뉜다.

4) 어御

어御는 전차를 모는 기술 훈련을 가리킨다. 당시의 시대적 상황 속에서
귀족의 자제들은 모두 주나라 왕실의 무사가 되어야만 했던 까닭에 군사
적 목적으로 활쏘기나 전차를 모는 기술을 배우지 않으면 안 되었다. 더
욱이 활쏘기와 전차를 모는 기술이 일정 수준에 도달하지 못하면 왕실의
제사의식에 참여할 수 없었던 까닭에 당시 귀족이라면 누구나 다 배워야
하는 기술이었으며, 또한 도덕적 수
준이 같을 경우 활쏘기를 통해 우열
을 가려 우승자에게 작위를 내렸기
때문에, 당시의 귀족들은 활쏘기 훈
련을 매우 중요하게 생각하였다. 한
편, 전차 역시 당시 전쟁에서 중병

육예六藝의 어御

기로 활용되었던 까닭에 무사들 역시 반드시 전차를 모는 기술을 습득해야만 했다. 그런데 전차를 모는 기술은 엄격한 훈련 과정을 거쳐 기준에 도달해야 했던 까닭에, 당시 학교의 교육 내용 가운데 하나의 중요한 과목으로 자리 잡게 되었던 것이다. 귀족 자제들이 이처럼 무술 연마를 중요하게 여겼던 것은 바로 신체를 단련하기 위함이었다.

5) 서書

서書는 글자의 해득과 쓰는 것을 가리키는 것이다. 서주시대에 이르면 문자가 이미 광범위하게 응용되었을 뿐만 아니라, 그 수량에 있어서도 상나라 시대에 비해 훨씬 많아졌으며, 또한 글자체 역시 대전大篆이 유행하였다. 문자를 쓰는 재료는 주로 대나무가 일반화 되어 있었고, 사용하는 도구는 도필刀筆이 주류를 이루었다. 전하는 바에 의하면, 당시 글자를 익힐 때 사용되었던 『사주편史籀篇』이라는 교과서가 있었다고 한다. 기록에 따르면, 이 책이 중국 역사상 최초로 등장한 아동 교과서였다고 하나 지금은 실전되고 전하지 않는다. 문자를 가르친다는 것은 문자를 읽고 쓸 수 있도록 하기 위한 것이기 때문에, 가르치는 내용도 자연히 쉬운 문자로부터 차츰 어려워지는 문자로 엮어져 있었다. 문자를 익히고 쓰는 순서는 "육십갑자六十甲子", 즉 간지의 순서인 갑자, 을축, 병인……등으로부터 시작하여 방위를 나타내는 동東, 남南, 서西, 북北, 중中 등의 순으로 배웠으며, 이는 문자 교육의 초보적인 형태였다고 볼 수 있다. 후에 여기서 한 걸음 더 나아가 한 자의 구성방법에 따라 자음字音, 자형字形, 자의字意 등을 학생들이 파악할 수 있도록 가르쳤다.

육예六藝의 서書

6) 수數

수數는 산술을 가리킨다. 먼저 수를 가르칠 때 수의 순서, 명칭, 그리고 숫자를 기록하는 부호를 가르친 다음, 갑자甲子를 이용해 일자를 기록하는 방법을 활용해 음력 초하룻날을 가리키는 삭망朔望과 보름의 주기를 가르치고, 여기서 다시 한 걸음 더 나아가 십진법과 사칙연산을 통해 숫자를 계산하는 방법을 가르쳐 초보적인 계산 능력을 배양하였다.

서書와 수數는 문화에 있어서 가장 기본적인 지식이자 기능을 하기 때문에 "소예小藝"라고 불렀으며, 소학에 배정해 익히도록 하였다. 대학은 소학에 비해 높은 수준의 교과과정을 배우도록 하였는데, 그 가운데 대표적인 것이 바로 『시詩』와 『서書』이다. 『예기禮記·왕제王制』 편에서 "봄과 가을에는 예악禮樂을 가르쳤으며, 여름에는 『시』와 『서』를 가르쳤다."는 말이 보이는데, 이 말은 바로 대학의 교과과정이 소학의 교과과정과 서로 다르다는 사실을 밝혀주고 있다.

서주시대의 교육 내용은 한 마디로 "육예六藝"교육이라고 총칭할 수 있는데, 이것이 바로 서주시대 교육의 특징이자 상징이었다고 할 수 있다. "육예"에는 여러 가지 다양한 교육적 요소가 포함되어 있는데, 즉 사상과 도덕, 그리고 문화적 지식을 중시하였을 뿐만 아니라, 전통문화와 실용적 기능에도 주의를 기울였으며, 이와 동시에 학문과 무술, 예의와 규범에 대한 교육을 중시하고 내면의 수양을 요구하였다. 이와 같은 "육예"교육의 역사적 경험은 후대에 중요한 귀감이 되었다.

"육예"교육이 형성되고 문화교육이 강화됨에 따라 대학의 교사들은 대부분 각기 다른 등급의 예악 교육을 담당하는 문관직을 역임하게 되었다. 예를 들어, 대사악大司樂, 대악정大樂正, 소악정小樂正, 대사大師, 소사少師, 대서大胥, 소서小胥, 약사龠師, 집례자執禮者, 전서자典書者 등과 같은 경우이다. 이와 동시에 대학의 건물 역시 병영식 건축물에서 가지런하게 대칭을 이루는 사합원四合院 형태로 변화 발전하였다. 이른바 벽옹辟雍의 "오학五學"에 대한 명칭이 종종 다르게 출현하는 것은 아마도 이러한 학습장의 명칭을 반영하고 있기 때문인 것으로 보인다.

육예六藝의 수數

서주시대는 과학과 기술 측면에서도 커다란 발전을 이룩하였던 시기였다. 예를 들어, 천문역법, 의약, 건축, 제련, 기계제조 등의 다양한 영역에서 커다란 발전이 이루어졌다. 그러나 귀족들은 이러한 과학과 기술 분야가 자신들의 귀족 신분에 부합되지 않는다고 여겨 학교에서는 이와 관련된 교육을 그다지 중시하지 않았는데, 이러한 부분이 바로 중국의 고대학교 교육의 특징 가운데 하나라고 할 수 있다. 과학지식과 기술의 전수는 사무 관직을 담당했던 "축祝", "사史", "의醫", "복卜", "백공百工" 등이 담당하였으며, 대대로 부모가 아들에게 계승시킴으로써 "세업世業"이 되었다. 이렇게 서주시대는 학교의 교육과 "세업"이 병행했던 시기였다.

제3장
춘추전국 시기 사학의 흥기

1. 사학私學의 흥기

춘추전국(기원전 770~기원전 221년) 시기는 중국에서 노예제가 붕괴되고 점차 봉건제가 형성되어 가던 시기로, 대략 5백여 년간 역사가 지속되었던 시기였다.

서주시대 말기에 이르러 귀족의 통치에 동요가 일어나기 시작하면서, 그동안 귀족에 의해 주도되었던 관학官學이 점차 쇠퇴함에 따라 학생들은 벽옹辟雍과 반궁泮宮에서 빈둥거리며 더 이상 독서에는 마음을 두지

사대부士大夫 계층階層

않았다. 더욱이 빈번한 전쟁과 사회적 혼란은 학교를 더 이상 정상적으로 운영할 수 없게 만들었다. 춘추 시기에 이르러 경제가 지속적으로 발달함에 따라 주周나라 천자天子 역시 "천하의 주인" 자리를 잃게 되었고, 귀족 중에서 일부는 점차 봉건지주로 변모하는 상황이 연출되었다. 이 과정에서 사士 계층이 흥기하여 귀족이 주도했던 관학의 몰락을 가속화시켰다. 관학의 쇠퇴와 함께 개인이 자유롭게 강의할 수 있는 사학私學이 흥기함에 따라 고대 중국의 학교 교육은 새로운 국면을 맞이하게 되었다.

"사土" 계층은 춘추 시기에 새롭게 출현한 사회계층으로 "문사文土"와 "무사武土" 계층으로 나뉘는데, 이 가운데는 문文과 무武에 모두 능한 "사土" 계층도 있었다. "사" 계층은 처음에 주로 귀족으로부터 갈라져 나왔으나, 그 가운데 일부 계층은 평민 출신도 있었다. 또한 일부 계층은 신흥 지주 계층 출신도 있었다. 주周나라 평왕平王이 수도를 지금의 협서성 서안시 서남쪽에 위치하고 있던 호鎬 지역에서 하남성 낙양의 낙읍洛邑으로 천도하면서 왕궁 안에 보관하고 있던 문화재와 왕실 문화가 전국 각지로 흩어지게 되었다. 또한 주周나라 왕실에서 여러 차례 왕위 쟁탈전이 벌어짐에 따라 대대로 주나라 역사를 관리해 오던 사마씨司馬氏가 진晉, 위衛, 조趙, 진秦 등으로 떠돌아다니는 신세가 되었고, 관리들이 왕실의 혼란스러움을 피해 궁궐에 소장되어 있던 전적典籍을 비롯해 예기禮器, 악기樂器 등을 가지고 도망치면서 귀족 중심의 문화가 일반 평민계층까지 전파되어 보급되었다. 『논어·미자微子』 편에는 일찍이 주나라 천자의 궁정宮廷에서 예악을 관장하던 관리들이 사방으로 분분히 흩어지는 상황이 기록되어 있다. "대악사大樂師였던 지摯는 제齊나라로 떠났으며, 이악사二樂師 간干은 초楚나라로 떠났고, 삼악사三樂師 요繚는 채蔡나라로 떠났다. 그리고 사악사四樂師 결缺은 진秦나라로 떠났으며, 큰 북을 치는 방숙方叔은 황하 유역으로 떠났으며, 작은 북을 치는 무武는 한수漢水 유역으로 떠났으며, 부악사副樂師 양陽과 경磬을 치는 악사 양襄은 바닷가로 떠났다." 이처럼 당시 주나라의 귀족 문화를 관리하던 관리들이 자신들의 세습적인 직위를 잃고 사회를 유랑하게 되면서 중국 역사상 처음으로 인재의 유동 현상이 출현하게 되었고, 이로 인해 중국의 고대 초기에 전문적으로 문화와 지식을 팔아 생계를 이어가야만 했던 "사土" 계층이 출현하게 되었던 것이다. 이때 추鄒나라와 노魯나라에서 일련의 "진신搢紳"(사대부)선생이 출현하였는데, 이들은 머리에는 높은 관冠을 쓰고 허리에는 폭이 넓은 띠를 두르고, 귀족들이 교제하는 자리나 혹은 응대하는 자리, 혹은 "관冠", "혼婚", "상喪", "제祭" 등 예의가 필요한 곳에 나가 일을 대신 처리해 주었다. 또한 이들은 "육예六藝"와 예의에 밝아 "사유師儒"라고 불리었으며, 그중에서 일부 사람들이 점차 제자를 받아들여 지식을 전수함으로써 사학 선생님(교사)으로 자리 잡게 되었는데, 이것이 바로 귀족 문화가 위에서 아래로 전파된 결과라고 할 수 있다.

"사士" 계층은 강한 생명력을 지니고 새롭게 흥기한 계층이었다. 당시 각 제후국의 통치자들은 자신들의 통치 권력을 공고히 하기 위해 어진 선비를 서로 앞다투어 초빙하고자 하였다. 이러한 풍토가 고조되는 사회적 환경 속에서 이동이 비교적 자유로웠던 "사" 계층은 통치자들이 서로 쟁탈하고자 했던 주요 대상이었으며, 또한 이로 인해 양사養士와 용사用士의 풍속이 등장하게 되었다. 그래서 제나라 환공桓公은 "사인士人 80여 명을 부양하였다."는 이야기가 전해오고 있을 뿐만 아니라, 후에 제나라가 춘추 오패五覇 가운데 하나가 되었는데, 이는 사인士人의 중용이 제나라 환공의 "패업"에 커다란 작용을 하였다는 사실을 설명해 주는 것이다.

춘추 말기에 이르러 사문私門과 공실公室 간에 다툼이 발생하자 공실公室에서 사인士人을 부양하였으며, 사문에서도 앞다투어 사인들을 부양하였다. 여기서 공실이란 이른바 각 제후국의 임금을 가리키며, 사문이란 각 제후국의 대부와 같이 당시 권력을 쥐고 있던 사람들을 가리킨다. 예를 들어, 노魯나라의 정권을 장악하고 있던 대부 계소자季昭子는 "공자의 무리를 부양하였다."고 전하는데, 그는 어떻게 하면 자신의 세력을 확대시키고 노나라 임금의 세력을 축소시켜 권력을 장악할 수 있는지 공자의 제자들과 논의 하였다고 한다.

이러한 "양사지풍養士之風"2)은 전국시대에 이르러 최고조에 달하였다. 진

---

2) 역자주 : 전국시대에 이르러 경쟁적으로 각국의 군주나 권신이 "양사養士" 방식을 통해

秦나라의 목공穆公, 위魏나라의 문후文侯, 제齊나라의 위왕威王과 선왕宣王, 양梁나라의 혜왕惠王, 연燕나라의 소왕昭王 등이 서로 앞다투어 인재들을 등용하였으며, 제齊나라의 맹상군孟嘗君과 전문田文, 조趙나라의 조승趙勝, 초楚나라의 춘신군春申君과 황헐黃歇, 위魏나라의 신릉군信陵君과 위무기魏無忌, 그리고 진秦나라의 재상이었던 여불위呂不韋 등과 같은 경상卿相들 역시 많은 수의 사인士人을 부양하였다고 한다. 그들은 "사" 계층에 대해 정중하고 예의 바르게 대하였는데, 예를 들면, 신릉군은 일찍이 은사隱士 후영侯嬴과 친교를 맺었는데, 당시 후영의 신분은 지금의 하남성 개봉시에 위치한 위나라의 수도 대량大樑의 이문夷門을 지키는 문지기에 지나지 않았다고 한다. 그런데 신릉군은 귀족의 공자 신분으로써 위나라 재상의 자리에 있었지만, 오히려 말을 타고 수레를 뒤쫓으며 후영을 맞이하였을 뿐만 아니라, 후영을 위해 자신이 직접 친히 고삐를 잡았다고 한다. 또 평원군平原君의 경우는 그의 빈객 가운데 다리를 절룩거리는 절름발이 선생이 있었는데, 하루는 평원군의 애첩이 건물 위에서 그 절름발이 선생이 절룩거리며 걸어가는 모습을 보고 크게 웃었다. 이에 절름발이 선생이 크게 화가 나서 평원군을 떠나겠다고 하자, 평원군은 조금도 주저하지 않고 자신의 애첩을 죽인 다음 그가 직접 절름발이 선생의 집을 방문해 사과를 하였다고 한다. 그들이 이렇게 행동한 것은 예의를 지키기 위한 것이라기 보다 당시 이러한 계층의 사람들이 그들에게 절실히 필요했기 때문이었다. 당시에 이미 나라의 정치적 흥망이 좌우될 정도로 사회적 여론에 미치는 "사" 계층의 영향력이 컸던 까닭에, 이러한 상황에 대해서 각 나라의 집정자들은 그만큼 민감하게 반응할 수밖에 없었던 것이다. 그래서 어떤 사람은

인재를 모아 자신의 정치적 명성을 높이고자 했던 풍조로서 전국시대 초기 조양자趙襄子, 위문후魏文侯, 이후 조혜문왕趙惠文王, 연소왕燕昭王, '전국의 사공자四公子', 여불위呂不韋, 태자단太子丹에 이르기까지 수많은 인재들이 이러한 풍조에 힘입어 학문 연구의 중요한 요람이 되었다.

"사士를 얻는 자는 살고, 사士를 잃는 자는 망한다."는 말을 하고 다닐 정
도였다. 이는 당시 "사" 계층의 영향력이 어느 정도였는지 잘 설명해 주는
말로써, 비록 그들이 권력이나 세력은 없었지만, 오히려 이처럼 당시 사
회에 막강한 힘을 표출함으로써 "사" 계층이 이미 현실적인 사회에서 강
력한 영향력을 끼친 세력으로 등장했다는 사실을 증명해 주는 것이라 하
겠다. 이들이 바로 중국에서 1세대 지식인이자 또한 1세대 교사의 무리였
다고 할 수 있다.

　이처럼 양사지풍養士之風이 성행하게 됨으로써 사학은 한 걸음 더 발전하
게 되었다. 그 결과 "사"는 일종의 직업이 되었으며, 신분도 높아져 적지
않은 사람들이 이를 입신과 출세의 지름길로 삼았다. 그래서 수많은 사람
들이 서로 앞다투어 "사"가 되고자 독서에 몰두하며 벼슬길에 오르고자
갈망하였던 것이다. 다시 말해서 춘추시대 말기에 등장한 사학의 흥기와
전국시대의 백가쟁명百家爭鳴은 바로 이러한 양사지풍養士之風의 토양 위에서
자라난 것이었다고 하겠
다. 이러한 환경 속에서
사학은 발 빠르게 전국
각지로 발전해 나갔다.
예를 들어, 정鄭나라의 등
석鄧析은 사학을 설치하고
자신이 저술한 『죽형竹刑』

소정묘少正卯와 제자

을 강의하였는데, 그 내용은 법률에 관한 지식으로, 그는 이와 관련된 지
식을 배우는 사람들에게 일정한 보수를 지불하였다. 정나라의 백풍자伯豊子
역시 등석과 비슷한 시기에 사학을 설치하였다. 노나라의 소정묘少正卯와
공자孔子 두 사람 역시 서로 비슷한 시기에 노나라에서 사학을 일으켰다.
전하는 바에 의하면, 소정묘에게 "많은 학생들이 모여들었다."고 전해질

정도로 당시 그의 명성이 매우 높았다고 한다. 그래서 한때 공자의 학생들이 그에게 매료되어 옮겨갈 정도로 두 사람 간의 경쟁이 치열하였다고 한다. 춘추시대 말기에 이르러 사학이 날로 흥성하게 되었는데, 이 중에서도 유가儒家와 묵가墨家가 당시 사회에 커다란 영향을 끼치는 중요한 사학으로 자리를 잡았다.

하·상·서주 시대의 학교는 국가에서 설립하고 관리하는 관학으로서 국가적 경제기반을 토대로 세워진 것이지만, 춘추전국 시기에 출현한 사학은 개인의 경제적 기반을 토대로 설립된 학교라는 점에서 서로 차이를 보인다.

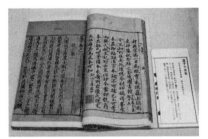

『묵자墨子』

사학은 개인, 혹은 개인의 필요에 의해 설립된 것으로, 사방에 널리 분산되어 있었다는 것이 주요 특징이다. 특히 사학은 자유롭게 입학하여 교육받는 것을 원칙으로 삼았기 때문에 아래로의 학술 전파 촉진에 커다란 역할을 하였다. 사학의 교사와 관학 교사의 차이점을 살펴보면, 우선 관학의 교사는 정부의 관직을 겸했지만 사학의 교사는 지식과 재능을 갖춘 현사賢士가 담당했으면서도 관직을 겸할 수는 없었다. 이로 인해 사학의 교사는 일종의 독립된 직업으로 자리잡게 되었고, 그들은 자신의 지식과 경험을 통해 인재를 양성함으로써 자신의 생계수단으로 삼았던 것이다.

위의 내용을 종합해 보면, 춘추전국시대에 이르러 출현한 사학의 등장은 중국의 고대학교발전사에 있어서 당시의 사회적 요구에 부응하여 일어난 중요한 변혁이었다는 사실을 알 수 있다. 또한 사학은 관학과 비교해 볼 때, 개인의 자유의지에 의해서 학교를 세우고 강의를 진행했을 뿐만 아니라, 또한 학생들 역시 자신의 자유의지에 의해 교사를 선택할 수 있었다는 점에서 관학과는 분명히 다른 특징을 보여주었다는 사실을 알 수 있다.

사학은 춘추시대에 흥기하여 전국시대에 이르러 흥성하였는데, 특히 전국시대 양사지풍養士之風의 성행과 백가쟁명의 출현은 사학의 발전을 촉진시켜주는 중요한 토대가 되었다. 이는 바로 학파가 얼마나 되느냐에 따라 사학의 수를 가늠해 볼 수 있다는 말이다. 예를 들어, 유가, 도가, 음양가, 법가, 명가, 묵가, 종횡가, 잡가, 농가, 소설가 등의 여러 학파가 출현하였지만, 이 중에서도 특히 교육의 발전에 유가, 묵가, 도가, 법가 등의 사가四家 사학이 가장 큰 영향을 끼쳤다.

2. 유가의 사학

공자는 유가의 사학을 창시한 인물이다. 공자(기원전 551~479년)는 이름을 구丘, 자를 중니仲尼라고 하며, 노魯나라 추읍陬邑(지금의 산동성 곡부시 동남) 사람이다. 공자는 대략 30세 때 곡부 북쪽에 학사學舍를 설치하고 개인적으로 강학을 시작하였다. 그는 학생을 모집할 때 연령에 제한을 두지 않고 개별적인 교육에 힘써 단체 강의는 보조적 수단으로 활용하였으며, 또 어떤 경우에는 집에서 벗어나 밖에 나가 교육을 실시하기도 하였다. 그의 사학은 사회에 커다란 영향을 끼쳐 평민 출신의 학생들뿐만 아니라, 귀족 집안의 자제들로부터도 주목을 받았다. 그는 "가르침에 차별이 없다(有敎無類)"라는 주장을 내세워 교육 대상은 물론 지역과 연령에도 구분을 두지 않았으며, 또한 귀족과 평민의 신분도 구분하지 않고 모두 입학을 시켜 가르쳤다. 공자가 사학에서 내세운 교육 목적은 덕과 재능을 겸비한 관리의 육성이었다. 즉 이른바 "배우고 남은 힘이 있으면 벼슬을 한다(學而優則仕)"는 목적에 부합되는 인재의 양성이었다. "배우고 남은 힘이 있으면 벼슬을 한다(學而優則仕)"는 말은 배우지 않거나, 혹은 비록 배웠다고 해도 다른 사람보다 뛰어나지 못하면 관리가 될 수 없다는 의미가 담겨 있다. 이러한 특징을 서주시대의 세습세록제도世襲世祿制度와 비교해 볼 때, 매우 큰 발전이었다고 볼 수 있다. 서주시대의 관리는 세습법에 의해 등용되었기 때문에 당시 인재를 등용함에 있어 "배움이 없어도 벼슬을 한다(不學而仕)", "벼슬을 하고도 배우지 않는다(仕而不學)", 혹은 "배우고도 천하를 걱정하지 않는다(學而不優)" 등의 현상이 비일비재하게 나타났다. 당시 귀족의 자제들은 학교에 진학하기 전에 이미 관리가 될 수 있는 후보자격을 가지고 있었던 까닭에 "배우고 남은 힘이 있으면 벼슬을 한다(學而優則仕)." 는 필요성을 느끼지 못했다. 그들에게 있어 학교에 진학해 학습하는 일은 단지 자신의 귀족 신분에 상응하는 지식을 배우는데 지나지 않았기 때문이다.

공자의 사학은 서주 시기의 "육예六藝"(예禮, 악樂, 사射, 어禦, 서書, 수數) 교육의 전통을 계승하여 "육예"의 지식과 기능을 학습할 수 있도록 학생들에게 광범위한 교육을 실시하였다. 공자가 추구한 교육목표는 "군자君子"에 있었기 때문에 군자가 갖추어야 할 덕과 재능 두 가지 측면을 모두 엄격하게 요구하였다. 그래서 그는 내용적인 측면에서 서주 시기의 "육예"보다 더 광범위하고 심오한 내용을 교육하였다. 그는 40여 년간 자신의 교육 생애를 통해 수집한 역사, 문화와 관련된 자료를 다시 심혈을 기울여 정리해 교육용 교재를 편찬하였는데, 이것이 후에 유가의 경전으로 떠받들어지게 되었던 것이다. 현재 대대로 전해지고 있는 "육경六經"은 기본적으로 공자와 그의 학생들이 정리하고 보충해 전해 온 것이다.

1) 『시경詩經』

『시경』은 서주 이래 전해오는 시가의 선집으로서, 전하는 바에 따르면,

처음에 고시 3,000여 편이 있었으나, 공자가 이를 다시 수집하고 정리해 교감한 305편만이 남아 현재까지 전해지고 있다고 한다. 『시경』은 "풍風"

(민가), "아雅"(궁정 음악), "송頌" (종묘 음악) 등 세 종류로 구분되 는데, 공자는 『시경』 300수를 한마디로 요약하여 "생각에 사특 함이 없다(思無邪)"고 평하였다. 즉 그 사상과 내용이 모두 "주례

『시경詩經』

周禮"의 준칙에 부합된다는 것을 언급한 것이다. 시는 형상적인 사유적 특 징을 갖추고 있는데, 공자는 이 점에 주목하여 『시경』은 "가이흥可以興" 할 수 있다고 하였는데, 이는 시가 탁물기흥託物寄興적 특징을 가지고 있기 때 문에 비유와 상상을 통해 청소년의 상상력을 쉽게 함양시킬 수 있을 뿐만 아니라, 그들의 감정과 의지를 불러일으킬 수 있다는 것을 말한 것이다. 또한 『시경』은 "가이관可以觀" 할 수 있다고 하였는데, 이는 바로 시의 배 움을 통해 사회 습속의 성쇠를 관찰할 수 있을 뿐만 아니라, 청소년의 관 찰력을 함양시킬 수 있음을 말한 것이다. 『시경』에서 "가이군可以群" 할 수 있다는 말은 바로 시의 배움을 통해 사람들은 정감상 공감을 일으킬 수 있으며, 이를 토대로 서로 조화롭게 어울리며 우정을 증진시킬 수 있음을 말한 것이다. 그리고 『시경』에서 "가이원可以怨" 할 수 있다는 말은, 시의 배움을 통해 정치의 득과 실을 비평하는 풍자 방법을 익힐 수 있음을 말 한 것이다. 또한 『시경』을 학습한다는 말은 청소년들에게 부모와 임금을 섬기는 도리를 배움으로써 충군효부忠君孝父의 도덕적 품덕을 함양시킬 수 있음을 의미하며, 이외에 또 『시경』을 학습한다는 말은 자연에 관한 상 식, 즉 새와 동물, 나무와 풀의 이름(조수초목지명鳥獸草木之名) 등의 사물을 많이 배울 수 있음을 가리킨다.

2) 『서경書經』

『서경』은 공자가 춘추 시기 이전의 역대 정치와 역사 문헌을 모아서 편집해 놓은 책으로써, 또한 『상서尙書』라고도 불린다. 『서경』은 하·상·서주 이래의 중요한 역사적 자료를 보존하고 있는데, 그 목적은 청소년들에게 과거 봉건시대의 국가 통치 경험을 전수하고자 함이었다. 『서경』은 "우서虞書", "하서夏書", "상서商書", "주서周書" 등 당우唐虞 3대에 걸친 역사적 사실을 기록하고 있다. 이 책은 당시의 사관史官과 사신史臣이 기록한 것을 공자가 정리해 편찬했다고 하며, 당초에는 100편이었으나 진대秦代 시황제始皇帝의 분서焚書로 인해 흩어

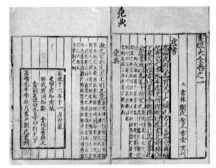

『서경書經』

진 것을 한대漢代 문제文帝 때 복생伏生이 구승口承한 것을 당시 통용되던 예서隸書로 베껴 쓴 것이 『금문상서今文尙書』이며, 후에 경제景帝 때 노魯나라의 공왕恭王이 공자의 구택舊宅을 부수고 발견한 진晉나라 문자로 쓰여진 것이 『고문상서古文尙書』이다. 『고문상서』는 일찍이 소실되고, 현재는 동진東晉의 매색梅賾이 원제元帝에게 바쳤다고 하는 『위고문상서僞古文尙書』가 『금문상서今文尙書』와 함께 전해져 오고 있다.

3) 『예경禮經』

『예경』은 "주례周禮"를 의미하는 것으로, 봉건제 시기의 종법제도와 도덕 규범, 그리고 이에 상응하는 의례儀禮적 내용을 포함하고 있다. 일찍이 공자 자신이 "위국이례爲國以禮", "불학예不學禮, 무이립無以立"이라고 언급한 바와 같이, 공자는 나라를 바로 세우기 위해서는 예제禮制를 핵심으로 삼아야 새로운 사회 질서를 건립할 수 있다고 믿었다. 그래서 그는 "예禮"는

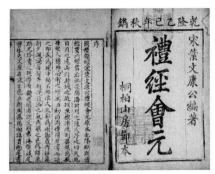
『예경禮經』

반드시 "인仁"을 사상적 토대로 삼아야 한다는 것을 강조하였다. "예禮"가 "인仁"을 떠나면 이미 그 의미를 상실하기 때문에 "예禮"와 "인仁"의 통일을 주장하였던 것이다. 이른바 "인仁"은 공자가 제기한 사람과 사람 간의 관계를 처리하는 일종의 정신적 마음가짐으로 "인자애인仁者愛人", "추기급인推己及人" 등을 의미하는 것이며, 온溫·량良·공恭·검儉·양讓·충忠·신信·경敬·관寬·혜惠 등과 같이 사람과 사람의 관계를 조절하고 화목하게 만드는데 필요한 중요한 요소이다. 공자가 "인仁"을 "주례周禮"에 충실하게 운용할 것을 주장함으로써 보다 쉽게 조화를 이룰 수 있는 "화위귀和爲貴"의 작용을 발휘할 수 있도록 하였다. 또한 공자는 "정명正名"사상을 제기하였는데, 이는 실질적으로 사회적 권위의 수립을 호소하고자 주장한 것이었다. 마침 당시는 춘추 말기로서 여러 가지 질서가 혼재해 사회가 불안정하고 인심이 흉흉하여 사회적 권위가 이미 바닥에 떨어져 있던 시대였다. 그래서 공자는 "군군君君, 신신臣臣, 부부父父, 자자子子"를 제창하여 "임금은 임금다워야 하고, 신하는 신하다워야 하며, 아비는 아비다워야 하고 아들은 아들다워야 한다."고 주장하였는데, 그 목적은 사회적 권위의식을 수호하기 위함이었다. 이러한 사상은 당시로서 매우 가치 있는 주장이었다고 볼 수 있는데, 그 이유는 당시의 사회가 마침 신구新舊의 권위가 서로 뒤바뀌는 시기에 처해 있어 사회적 권위가 땅에 떨어지는 공백기를 방비할 필요가 있었다. 만일 그렇지 않다면 질서가 무너져 사회가 어지러워지는 현상을 피할 수 없었기 때문이다.

4) 『악경樂經』

공자는 음악교육을 중시하였다. 그래서 그는 일찍이 사람의 수양은 당연히 『시경』을 배우는 것으로부터 시작하여 감정과 의지를 북돋워 주며, 여기서 한 걸음 더 나아가 "예禮"를 배워 그 언행을 삼가고 다시 "악樂"을 배우면 그 성격을 형성할 수 있다고 주장하였다. 이것이 바로 그가 언급한 "시로서 감흥을 일으키고, 시로서 행동의 규범을 확립하고, 음악으로서 심신의 안정을 이룬다.(興于詩, 立于詩, 成于樂)"는 말이다. 공자는 음악을 중시했을 뿐만 아니라 음악에 대한 조예도 상당히 깊었다. 그래서 그는 다른 사람들과 함께 노래를 부르기도 하였으며, 또한 만일 다른 사람이 노래를 잘 부르면 다시 한번 더 청해 듣고 그 사람이 부르는 노래를 따라 불렀다고 한다. 그가 일찍이 제나라에서 순임금 시기의 『소韶』악을 듣고 "삼개월 동안 고기 맛을 잃었다"고 할 정도로 깊은 감명을 받았다고 하는데, 이는 그가 오랫동안 『소韶』악에 심취해 있었다는 사실을 말해 주는 것이라 하겠다. 그는 『소韶』악에 대해 "모두 아름답고 또한 모두 선하다(盡美矣, 又盡善矣)"고 평가한 반면에, 주대 무왕 시기의 『무武』악에 대해서는 "모두 아름다우나, 모두 선하지는 않다.(盡美矣, 未盡善也)"고 평가하였는데, 이러한 그의 평가는 정치적 도덕 기준에 부합되는 문예의 기준을 "선善"과 "미美"로 보았기 때문이다. 그의 입장에서 물론 "선善"이 가장 중요한 것이었지만, "미美" 역시 중요하다고 여긴 그의 견해에 기인한다. 이러한 그의 주장은 "진선진미盡善盡美"를 강조한 것으로, 정치적 도덕 표준과 예술적 표준의 완벽한 조화와 통일을 강조한 것이라고 볼 수 있다. 이와 같은 그의 사상은 중국의 고대예술과 미적 교육체계의 형성에 중요한 영향을 끼쳤다. 고대 중국의 예술과 미적 교육은 전통적으로 소박하고 우아하며, 또한 천진스러우면서도 함축적으로 분수를 강조하였기 때문에 그는 "즐겁지만 음탕하지 않으며, 슬프지만 사람의 건강을 해치게 하지 않는다.(樂

而不淫, 哀而不傷)"는 주장을 내세웠던 것이다. 즉 이 말은 고대 중국의 예술과 미적 교육 전통이 마치 중화민족의 성격과 마찬가지로 열정적이면서도 화목하고, 심오하면서도 소박하며, 또한 온유하면서도 고상하고, 복잡하면서도 미묘하고 직설적이라는 성격을 지니고 있다고 본 것이다. 이러한 성격은 중국의 고대전통문화의 핵심적인 요소로써 중국인들에게 커다란 교육적 감화력을 지니고 있다.

5) 『역경易經』

『역경』은 또한 『주역』이라고도 일컬으며, 대략 은주 시기에 형성되었다. 『역경』에는 64괘와 그 괘사, 효사가 포함되어 있으며, 부록으로 괘도掛圖·태극도·하도河圖·낙서洛書 등의 도식이 포함되어 있다. 『주역』은 원래

음양의 변화를 연구하여 길흉화복을 점치는 점괘서占卦書였지만, 그 내용 가운데 당시의 자연과학이라고 할 수 있는 천문학, 기상학, 수학 등의 성과와 사회생활 속에서 일어나는 복잡한 현상 등에 관한 여러 가지 해석과 설명이 덧붙여 있어 깊은 철학적 이치가 담겨져 있다. 그래

『역경易經』

서 공자는 일찍이 죽간을 맨 가죽 끈이 세 번이나 끊어질 정도로 『역경』을 탐독하였다고 한다. 특히 만년에 이르러 그는 "내가 몇 년 더 살 수 있어 50세에 『역경』을 공부한다면 커다란 과실이 없을 것 같다!"는 말을 남겼다고 한다. 『역경』은 공자 이전부터 전해져 온 서책으로, 전하면 바에 따르면, 만년에 공자가 『역경』에 깊은 관심을 가지고 연구에 몰두해 『역전易傳』을 편찬하였으며, 제자들에게 이를 전했다고 한다. 『사기史記·중니제자열전仲尼弟子列傳』에 공자가 상구商瞿에게 『역易』을 전한 내용이 기록되

어 전하고 있다.

6)『춘추경春秋經』

『춘추』는 원래 노나라의 편년체 사서로써 당시의 역사적 기록을 년도의 순서에 따라 편찬하고, 1년 4계절 가운데 춘추 두 계절의 명칭을 취해 서명을『춘추』라고 일컬은 것이다. 일찍이 공자가 이『춘추』를 다시 정리해 역사 교재로 활용했다고 전한다. 하지만 문자가 지나치게 간단하고 사실에 대한 대강과 요점만이 기록되어 있어, 비록 연월이 명확하게 밝혀져 있다고는 하지만 실제로 당시의 역사적 사실에 대한 자세한 내용을 살펴보기에는 어려운 점이 있다. 그래서 후대 사람들이 당시의 사건에 대해 설명을 보충하고 평론을 덧붙여 놓았는데, 이러한 류의 책을 "전傳"이라 한다. 현재『춘추경』에 "전傳"

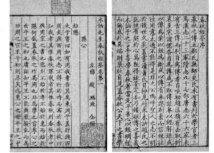

『춘추경春秋經』

을 덧붙인 세 사람의 작품이 전하고 있는데, 그 첫 번째가 전국시대 제나라의 공양고公羊高로서, 그는『춘추공양전春秋公羊傳』을 저술하였으며, 두 번째는 춘추말기 노나라의 좌구명左丘明이 지었다고 하는『춘추좌씨전春秋左氏傳』이 전해 오고 있다. 그리고 세 번째는 노나라의 곡량적穀梁赤이 저술한『춘추곡량전春秋穀梁傳』이 전해 오고 있다.

"육경六經"은 "시", "서", "예", "악", "역", "춘추" 등 여섯 가지의 경전을 가리키며, 춘추 시기 이전의 문화지식에 관련된 거의 모든 영역을 망라하고 있어 역사적 자료로써도 대단히 커다란 가치를 가지고 있다. 청대의 학자 장학성章學誠이 일찍이 "육경이 모두 역사다."고 말한 것은 바로 이러한 측면에서 "육경"을 전수한 공자의 역사적 작용과 가치를 긍정적으로 평가한 말이라고 하겠다.

"육경"은 공자의 사학교육에 있어서 중요한 교육과정 가운데 하나였다. 그래서 어떤 사람은 『시경』은 문학, 『서경』은 정치, 『예경』은 도덕이론, 『악경』은 음악과 예술을 비롯한 미학, 『역경』은 철리哲理, 그리고 『춘추春秋』는 역사교육 과목에 해당된다고 보았다. 물론 이러한 주장이 비록 적절한 표현이라고 볼 수는 없지만, 그래도 전혀 이치에 맞지 않는 말은 아니라고 본다.

"육경"은 중국의 고대사회에 매우 커다란 영향을 끼쳤다. 중국은 예의를 중시했던 나라로써 중국인들이 사회의 공중도덕 준수와 규칙을 지키며 예의를 따지는 일은 『예경』의 영향과 전혀 무관하지 않다고 볼 수 있다. 또한 중국인들이 낙관적이고 낭만적으로 거문고, 바둑, 서예, 그림을 익히고, 악기 연주와 노래를 부르는 일은 『시경』과 『악경』의 영향과 무관하지 않으며, 다양한 성격을 가진 중국인들이 여러 계층을 이루며 정치에 대한 관심과 역사에 대한 사랑, 그리고 철리를 추구하는 취향 역시 바로 『서경』, 『춘추경』, 『역경』 등의 영향과 무관하지 않다고 볼 수 있을 것이다.

교육적 측면에서 살펴볼 때, 공자가 언급한 가르침 가운데 종교적 색채는 그다지 많이 보이지 않는데, 이는 현실사회를 강조했던 그의 태도와 무관하지 않다. 즉 그는 귀신과 사후의 문제에 대하여 비교적 냉담한 입장을 가지고 있어 이와 관련된 논의를 좋아하지 않았다.

또한 공자의 가르침 가운데 생산기술과 자연지식에 대한 언급도 상대적으로 비교적 적게 보이는데, 이는 그가 기술과 자연을 다만 유추할 수 있는 논리적 대유물代喩物로써 간주하였을 뿐 교육과 연구의 대상으로 삼지 않았던 그의 학문적 입장과 무관하지 않다. 이러한 경향은 후대 중국의 고대학교 교육에 커다란 영향을 끼쳤다. 이로 인해 중국의 고대학교 교육에서 자연과 기술을 배척하고 멀리하는 전통이 형성되어 자연과학기술과 교육의 발전에 불리한 요소로 작용한 측면도 없지 않았다.

공자가 일으킨 사학은 개인의 "강학지풍講學之風"을 열어줌으로써 "관부에서 배운다."는 당시의 상황을 바꾸어 놓았을 뿐만 아니라, 백가쟁명의 출현에도 선구적 역할을 하였다. 즉 "누구든지 모두 교육을 받을 수 있다."는 교육 방침아래 교육을 받을 수 있는 대상과 범위를 확대시켜 평민에 이르기까지 문화교육을 전파시켜 나갔으며, "학업 성적이 우수하면 발탁하여 관리로 등용 한다."는 주장을 제창해 정치에 참여할 수 있는 인재양성과 사회의 개혁 및 발전에 필요한 인재양성에 많은 노력을 기울였다. 또 한편으로 그는 고대의 문화정신을 계승하고 정리하는 동시에 『시』, 『예』, 『악』, 『역』, 『춘추』 등을 교재로 편집해 중국 고대문화의 보존과 함께 인류사회의 발전에 교육의 중요성을 일깨워주었다. 교육적 방법에 있어서도 그는 자신의 교육적 실천 경험을 종합해 '학學'·'사思'·'행行'을 결합한 새로운 교육 이론을 제창하는 동시에 계몽 교육을 강조하여 학생들의 사유 능력을 발전시켜 나가고자 하였다. 또한 그는 배우는 사람의 재능에 맞춰 교육을 실시함으로써 개인의 재능을 계발시켜 다양한 인재 양성에 힘썼으며, "인仁"을 도덕 교육의 표준으로 삼고 사람들의 도덕적 수준을 제고시킬 수 있도록 격려하는 한편, 사람들에게 도덕적 수양과 자신의 반성을 통해 그들이 올바르게 뜻을 세워 나아가야 할 인생의 방향을 제시해 주었다.

그래서 공자는 학생을 가르치는 교사에게 훌륭한 직업적 도덕관을 갖추도록 요구하였다. 즉 교사는 배우고 가르치는 일에 게을리 해서는 안되며, 반드시 앞장서서 타인의 모범이 되도록 노력할 것을 강조하였다. 공자는 자신의 교육적 경험을 토대로 중국 고대사회에 그만의 독창적인 견해를 제시함으로써 중국의 고대 교육사에 귀중한 유산을 남겨주었으며, 또한 후대에 역사적으로도 커다란 영향을 끼쳤다.

공자가 세상을 떠난 후 유가학파는 여덟 개의 분파로 나뉘었는데, 그 중에서 가장 커다란 영향력을 가진 분파는 맹가孟軻를 대표로 하는 "맹씨사학孟氏私學"과 순황荀況을 대표로 하는 "순자사학荀子私學"이었다. 그들은 각기 서로 다른 입장에서 공자의 사학 전통을 계승해 발전시켜 후대에 물려 주었다.

맹가(孟軻, 기원전 약 372~289년)는 추鄒(지금의 산동성 추현鄒縣) 땅의 사람으로, 전국시대 중기의 교육자이자 사상가였다. 추鄒 땅은 역사상 공자가 거주했던 노魯 땅과 함께 문화가 발달했던 곳이었다. 맹씨의 사학은 "인륜을 밝히는 것"을 교육의 목적으로 삼았던 까닭에, 교육적 측면에서 학생들에게 "부자유친父子有親, 군신유의君臣有義, 부부유별夫婦有別, 장유유서長幼有序, 붕우유신朋友有信"의 도덕적 윤리 원칙을 강조하였다. 맹자는 일생 동안 대부분 사학의 교육에 힘써 "천하의 영재를 얻어 교육"시키는 일을 즐거움으로 삼았다. 특히 맹자는 사람의 내

『맹자孟子』

재적 능력의 배양을 중시하여, 사람은 천성적으로 착한 성품을 지니고 있다고 주장하였는데, 이는 교육을 사람의 마음에서 일어나는 작용으로 보았기 때문이다. 다시 말해서 그는 교육의 작용이란 밖으로부터 사람에게 주입되는 것이 아니라, 원래부터 사람의 내면에 존재하고 있는 선천적인 도덕 관념을 일깨워 사람의 도덕관념을 회복시키는 것이라고 여겼다. 그래서 그는 사람들의 선천적인 "선의 근기"에 대한 자각을 촉진시켜 "부귀에 현혹되지 않으며, 혹은 빈곤에 자신의 의지를 굽히지 않으며, 혹은 위압과 무력에 굴복하지 않는다."는 성현의 경지에 도달할 수 있도록 교육에 힘썼던 것이다.

또 한편, 맹자는 "상지양기尚志養氣", "존심과욕存心寡慾", "개과천선改過遷善", "반구제기反求諸己" 등을 강조하고, 사람의 정신생활과 도덕적 정서를 중시

하여 "인자는 번영을 이루고, 인자가 아닌 사람은 치욕을 얻게 된다(仁者榮, 不仁者辱)는 주장을 제창하였다. 그래서 맹자는 사람들이 비록 자신의 목숨을 잃을지언정 옳은 일을 해야 한다는 "사생취의捨生取義"를 적극 장려하고, 고난과 환난 속에서 도덕적 원칙을 견지할 수 있는 의지의 단련을 강조하였다. 이렇듯 맹자는 "성선론性善論"의 관점에서 출발하여 "내향內向"과 "존양存養"의 확충을 통해 "자구자득自求自得"을 강조하고, 이와 동시에 이미 잃어버린 "선의 근기"를 찾아오는 노력을 기울여 외재하는 좋지 않은 환경의 오염 방지를 요구하였는데, 이러한 맹자의 사상과 주장은 이미 상당 부분 교육의 내재적 발전 규칙에 대해 문제점을 제기하고 있어 후대 교육의 발전에 매우 커다란 영향을 끼쳤다.

순황荀況의 이름은 경卿이라 하며, 조趙나라(지금의 산서성 남부) 사람으로 전국시대 말기에 활동했던 교육자이자 사상가이다. 그의 생졸 연대는 미상이지만 학계에서는 그가 활동했던 시기를 대략 기원전 298~238년 사이로 보고 있다. 순자는 교육의 목적을 "사士", "군자君子", "성인聖人"의 양성에 두었던 까닭에, 배움을 성인의 가장 큰 목적으로 여겼다. 순자는 후천적 영향인 인위적 작용을 중시하여 교육을 밖으로부터 주입된다는 "외삭外鑠"의 후천적 과정으로 간주하고 "화성기위化性起偽"를 강조하였다. 여기서 이른바 "위偽"라는 말은 바

『순자荀子』

로 "인위人爲"라는 말을 의미하는 것으로서, 인위적인 교육 방법을 통해 선천적인 본성을 교정하고 변화시킨다는 것을 가리킨다. 순자가 제창한 "성악론性惡論"의 관점에 따르면, 사람이 자신의 자연적 본성을 따르게 되면 반드시 악하게 되기 때문에 서로 다툼이 일어나게 된다. 그러므로 교육의 작용은 외부로터의 작용을 통해 인간의 본성을 억제하고 변화시킴

으로써 인위적 도덕관념을 수립하고 사회적 약속을 받아들여 사회의 안정을 유지해 나가야 한다고 주장하였다. 더욱이 순자는 전통적 문화지식에 대한 교육을 매우 중시했기 때문에 유가 경전의 전수에 있어서 매우 특수한 지위를 가지고 있었을 뿐만 아니라, 학술과 사상적 측면에서 볼 때도 서한西漢의 수많은 경학자들 가운데 대부분의 대가들 역시 그의 학파에 사상적 연원을 두었다. 또한 그는 학생에 대한 선생님의 엄격한 권위를 강조하여 한비자韓非子, 이사李斯 등과 같이 당시 일류 사상가와 정치가들을 배출해 내는데 중요한 토대가 되었다.

3. 묵가墨家의 사학

묵적墨翟

묵가의 창시자인 묵적墨翟(약 기원전 468~376년)은 송나라 사람이라고도 하며, 혹은 어떤 이는 노나라 사람이라고도 한다. 묵가의 사학이 세상에 막 등장했을 때는 그 위세가 대단하여 묵적은 자칭 자신의 학생이 3백 명이라고 말할 정도로 유가에 필적할 만한 기세를 가지고 있었다. 당시 묵적은 주로 북쪽 지역에서 강의를 했던 까닭에 사람들로부터 "북방의 어진 성인"이라고 불리었다. 하지만 그의 행적은 남쪽의 여러 지역과 서쪽의 진秦나라 지역에서도 찾아 볼 수 있다. 당시 묵가는 평민을 대표하는 학파적 성격을 가지고 있었기 때문에, 이러한 특징이 묵가의 사학적 특징을 결정짓는 중요한 요인이 되었다.

유가의 사학에 관한 입장은 다만 앞에 있는 것을 설명할 뿐, 새롭게 창작하지 않는다는 "술이부작述而不作" 태도와 옛 것을 믿고 좋아하는 "신이

호고信而好古"의 태도를 고수했던 까닭에, 상대적으로 창신에 대한 주장보다는 오히려 전통문화에 대한 계승과 발전을 중시하였다. 하지만 묵가의 사학에서는 옛 것을 숭상하면서도 문제를 찾아내 그 문제점을 개선하고 실용적으로 창작한다는 "술이차작述而且作"을 강조하였다. 그래서 묵가는 전통문화 중에서 우수한 것만을 "술述"하여 계승 발전시켜야 하며, 현대문화 중에서도 우수한 것은 "작作"하여 창조해야 한다고 주장하였다. 즉 묵가의 사학에서는 이러한 우수한 문화가 있어야만 비로소 사회가 발전할 수 있다고 믿었기 때문에 이에 대한 창신을 장려했던 것이다.

유가에서는 예악을 중시하여 "후장厚葬"을 제창함으로써 성대한 장례가 유행하였다. 그러나 묵가에서는 오히려 생산을 파괴하는 소비를 증오해 "절장節葬"을 주장하였다. 그들은 "후장厚葬"에 대해 이미 생산된 자원을 매장한다는 것은 백성을 고생시킬 뿐만 아니라, 재화를 낭비하는 것은 생산을 방해하는 낭비라고 간주하였다.

유가에서는 도덕교육을 중시하고 과학기술교육을 천시하였던 반면, 묵가에서는 과학기술교육이 나라와 백성들에게 이롭다고 여겨 과학기술교육에 대한 교육을 중시하였다. 그래서 묵가의 교육 내용을 살펴보면, 농업과 수공업에 관련된 생산지식으로부터 군사기계의 제조와 사용기술, 그리고 자연과학지식과 관련된 수학, 역학, 광학 등의 여러 가지 다양한 지식을 교육하였는데, 이러한 교육 내용은 유가와

『묵자墨子』

달리 사회의 물질생활과 과학과의 밀접한 관련성을 가지고 있다. 또한 이것은 앉아서 정사를 논하기 보다는 열심히 일한다는 그들의 교육적 방법론과 무관하지 않다. 그래서 그들은 "좌무난석坐無暖席"하지 않았을 뿐만 아니라 교사나 학생들 모두 짚신을 신고 거친 옷을 입었으며, 손에는 온

통 굳은살이 박혀있었다고 한다. 즉 묵가의 사학에 있어서 학습이 바로 노동을 의미하였기 때문에 그들에게 있어 노동이 바로 학습이었던 것이다.

묵가의 사학에서는 교육을 단체로 실시하였던 까닭에 종교적인 색채를 띠고 있는 정치 단체였다고 말할 수 있다. 묵가의 사학은 엄격한 조직과 기율, 그리고 엄격한 교육과 훈련을 실시하였다. 묵가의 집단에는 "거자鉅子"라고 하는 수령이 있었는데, 묵가에서는 이 "거자"를 성인으로 여겨 제자들의 절대적인 복종과 충실한 신도로서의 역할을 요구하였다. 만일 묵가의 제자 가운데 누군가 묵가의 규약을 어기게 되면, 반드시 묵가의 법에 의해 처벌을 받았다.

묵적이 세상을 떠난 후 묵가는 "상리씨相里氏", "상부씨相夫氏", "등릉씨鄧陵氏" 등의 세 개 학파로 갈라졌다. 묵가의 후학은 전국시대 중후기에 상당히 활발하게 활약하였으며, 자연과학과 논리학 등의 영역에서 상당히 높은 학술적 성취를 거두었다.

4. 도가道家의 사학

도가를 창시한 사람은 노자로써, 노자의 생평과 관련된 사적에 관해서는 자세한 내용이 전하지 않는다. 일찍이 사마천이 『사기』에서 『노장신한열전老莊申韓列傳』을 집필해 놓았는데, 그 내용이 아주 간단하여 현재로서는 다만 그의 성이 이씨李氏이고, 이름은 이耳, 그리고 자는 담聃이며, 초楚나라 고현苦縣(지금의 하남성 녹읍리鹿邑里) 사람이라는 정도만 알 수 있다. 노자의 교육 활동은 춘추전국 시기에 이루어졌는데, 그는 일찍이 주나라의 도서관장격인 "주수장실周守藏室"의 관리를 역임하면서 주나라 왕실의 도서와

노자老子

전적을 관장하는 사관을 지냈다고 한다. 주나라의 왕실이 쇠퇴하고 문화가 아래로 이전되어 가던 당시의 시대적 조류 속에서 전적에 익숙하고 박학다식했던 그 역시 사학의 대가로 떠오르게 되었다. 『장자』를 통해 노자의 학생이었다고 하는 구구矩, 경상초庚桑楚, 양자거陽子居(일설에는 양주楊朱) 등에 관해 살펴볼 수 있으며, 또한 일찍이 몇 사람이 그에게 학문을 물었다고 하는데, 그 중에는 공자도 있

었다고 한다. 이외에 『한서漢書·예문지藝文志』의 『문자文子』, 『연자蜎子』, 『관윤자關尹子』 등에 그의 관한 기록이 전하고 있는데, 이들 모두 노자의 제자였다고 한다. 이로써 살펴볼 때, 노자는 아마도 공자와 같은 시대에 학교를 열고 학생들을 가르치지는 않았지만, 분명 그가 개인적으로 자신의 지식을 사람들에게 전수했다는 점만은 분명히 믿을만한 사실이었다고 볼수 있다.

노자 이후 도가의 사학은 두 개의 학파로 나뉘게 되는데, 그 가운데 하나가 제齊나라 직하稷下에 모여 있었다고 해서 일명 "직하황노학파稷下黃老學派"라고 불렸으며, 송견宋銒, 윤문尹文, 접여接予, 환연環淵, 전변田騈 등이 당시 이 학파의 대표적인 인물들이었다. 어떤 이는 『노자』가 환연環淵의 손을 거쳐 완성되었다고 주장하기도 하며, 또한 전하는 바에 의하면, 변론에 능했던 전변이 "백여 명의 제자"를 두었다고도 한다. 직하학파 중에는 세력과 지위가 높은 도가의 인물들이 비교적 많았는데, 이는 그들의 강의 활동과 직접적인 관련이 있다. 또 다른 일파는 장자를 대표로 하는 학파로서, 장자는 장주莊周(약 기원전 369~286년)를 가리킨다. 그는 송나라 몽蒙(지금의 하남성 상구商丘 부근) 사람으로 전국시대 중기에 생존하였으며,

맹가孟軻와 동시대이거나, 혹은 이보다 조금 늦은 후대 사람으로 여겨진다. 장주는 도가의 정통사상을 계승하여 도가를 하나의 진정한 학파로 성립시켰을 뿐만 아니라, 유가와 묵가에 필적할 만한 세력으로 발전시켰다. 아마도 장주는 어려서 유학을 배웠던 것으로 보여 지는데, 특히 안연顔淵 일파와 모종의 관계가 있었으며, 후에 은자가 되었다고 보여진다. 옛 전적 중에서 장주가 사학을 열었다고 하는 기록을 찾아보기는 어렵지만, 그에게도 분명 제자가 있었다는 사실은 『장자』의 내용을 통해서 확인해 볼 수 있다. 예를 들어, 그가 임종에 이르자 그의 제자들이 모여 후장厚葬에 대해 상의를 했다고 한다. 그러자 그가 제자들에게 "그럴 필요가 있겠느냐? 내가 죽은 후 하늘과 땅을 관으로 삼고, 일월을 양쪽 벽으로 삼고, 성신星辰을

장자莊子

진주로 삼고, 만물을 예물로 삼는데, 그 어떤 장례식이 이 보다 더 훌륭할 수 있단 말인가?"하고 말하였다고 한다. 이밖에도 『장자』는 내편·외편·잡편 등 3편으로 나뉘어져 있는데, 이 가운데 통상적으로 내편은 장주 본인이 편찬한 것으로 알려져 있고, 외편과 잡편에 보이는 문장은 그의 제자, 혹은 후학들이 창작한 작품으로 알려져 있다. 따라서 만일 장자에게 제자가 없었다고 한다면, 아마도 그의 사상은 지금까지 전해오지 못했을 것이다.

도가는 교육을 실천하는데 있어서 상당히 적극적이었던 까닭에 교육적인 측면에서도 그들만의 독창적인 견해를 가지고 있었다. 특히 노자와 장자는 그들만의 독특한 사유방식으로 사회와 문화를 분석하고, 이를 토대로 적지 않은 독창적 견해를 제시하였을 뿐만 아니라, 심지어 교육의 본질적인 문제까지도 언급하였다.

5. 법가의 사학

초기 법가의 대표적인 인물로는 이회李悝·오기吳起·상앙商鞅·신도愼到·신불해申不害 등을 들 수 있는데, 그들의 교육활동은 주로 당시 "삼진三晉"이라고 일컬어졌

상앙商鞅·오기吳起·신도愼到·신불해申不害의 부조

던 한韓·조趙·위魏나라 지역에 집중되어 있었으며, 자하子夏와도 관련이 있다. 자하는 원래 공자의 학생이었으나, 공자가 세상을 떠난 후에 위나라에 가서 강의를 하였다. 그의 제자가 무려 300여 명에 달했다고 하며, 위문후魏文侯를 비롯한 이회와 오기가 바로 그의 학생이었다고 한다. 전국 시기 초 유가사상 교육을 받은 법가의 인재들이 위나라에 모이게 되자 위나라는 점차 강성한 나라로 발전하였는데, 바로 이러한 연유 때문에 자하가 법가와 관련이 있다고 말하는 것이다. 그래서 일찍이 『한비자韓非子·현학顯學』에서는 그를 유학자 가운데 한 사람으로 언급하지 않았다.

또한 상앙商鞅(약 기원전 390~338년)은 이회(기원전 455~395년)의 학생이었는데, 상앙의 등장은 바로 법가사상이 이미 성숙단계에 이르렀다는 사실을 의미한다. 상앙은 맹자와 동시대 사람으로서, 일찍이 자신의 학설을 가지고 진秦나라의 변법운동을 주도하였다. 또한 그는 권력이란 대규모 군대와 충분한 식량에서 나온다고 믿어 농사를 장려하는 한편, "시서詩書"를 배척하고 "예악禮樂"을 부정하여 "시서詩書"를 불태우고 법령을 밝히는데 힘썼다.

한비자韓非子(약 기원전 280~233년)는 전국시대 말기에 생존했던 사람으로서, 이사(?~기원전 208년)와 함께 순자의 학생이기도 했다. 한비자는 한韓나라의 몰락한 귀족집안 출신으로 말을 할 때 더듬거리는 버릇을 가지고 있었다. 하지만 그는 문장을 잘 써 후대에 선진 시기의 법가사상을 집대성한 대표적 인물로 손꼽히게 되었다. 그는 일찍이 한 나라에는 "법法·술術·세勢"라고 하는 세 가지 보물이 필요하다고 주장하였는데, 여기서 이른바 "법法"이란 바로 법령의 조문을 가리킨다. 즉 법이 정한 대로 행할 경우 상을 주고 그렇지 않을 경우는 벌을 주면, 전국의 모든 백성들이 일사불란하게 움직이기 때문에 임금은 상벌만을 가지고도 전국을 다스릴 수 있다고 주장하였다. 이어서 이른바 "술術"이라는 말은 바로 임금이 신

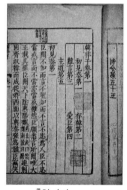

『한비자韓非子』

하를 다스리기 위해서 운용하는 여러 가지 수단을 가리킨다. 즉 권술을 운용하면 대신들이 임금의 의도를 꿰뚫어 볼 수 없기 때문에 감히 음모를 꾸미지 못하게 할 수 있다는 의미이다. 그리고 이른바 "세勢"라는 말은 임금이 반드시 지고무상地高無上한 지위와 권세를 가지고 있어야 정치하는데 결정적인 힘을 발휘할 수 있다는 의미이다. 이 세 가지 보물은 바로 봉건제도 하에서 전제군주주의의 성격을 구현한 것으로 볼 수 있으며, 입안立案에 대한 충돌과 투쟁을 강조하여 나라가 부강하면 다른 나라가 (나를) 받들게 되고, 나라에 힘이 약해지면 (내가) 다른 나라를 받들어야 한다는 "역다칙인조力多則人朝, 역과칙조어인力寡則朝於人"을 주장하였다. 즉 역량이 크면 사람들이 찾아와서 배알하게 되고, 역량이 작으면 내가 찾아가서 다른 사람에게 배알하게 되는 상황을 말한 것이다. 그렇기 때문에 그는 현명한 군주는 항상 실력의 중요성을 강조한다고 해야 한다고 주장하였다. 또한 한비자는 명군의 나라는 서책

이 없어도 법으로 가르침을 삼을 수 있고, 선왕의 말이 없어도 관리의 말을 스승으로 삼는다는 "명주지국明主之國, 무서간지문無書簡之文, 이법위교以法爲敎, 무선왕지어無先王之語, 이리위사以吏爲師."를 주장하였다. 이 말의 의미는 현명한 군주가 다스리는 나라 안에 전통적으로 전해오는 고적이나 문헌이 없다고 해도 법령으로 백성을 충분히 교육시킬 수 있고, 옛 성현의 유언이나 가르침이 없다고 해도 관리를 선생님으로 삼아 실천할 수 있다는 의미이다. 한비자가 주장한 이른바 법으로 가르침을 삼는다는 "이법위교以法爲敎"라는 말은 사실상 법령으로 교육을 대체하는 것을 의미하고, 이른바 관리의 말을 스승으로 삼는다는 "이리위사以吏爲師"라는 말은 바로 정부의 관리로써 선생님을 대체하는 것을 의미한다. 따라서 사실상 그의 주장은 학교의 모든 교육제도를 취소하고, 더 나아가 모든 전통문화와 백가百家의 학설을 부정한다는 의미를 지니고 있어 지극히 편협된 사고를 보여주었다. 하지만 한비자의 이와 같은 사상은 진시황의 문교정책文敎政策에 직접 영향을 끼침으로써, 후에 진시황이 사학을 금지하고 관리를 스승으로 삼는다는 "금사학이리위사禁私學以吏爲師"라는 문교정책을 추진해 결국 "분서갱유焚書坑儒"와 같은 잘못을 저지르게 만들었다. 이사李斯는 법가의 이론을 실제로 현실에 실천했던 사람이다. 상앙에서 한비자, 그리고 이사에 이르기까지의 과정은 법가의 이론이 완성되어 시행으로 옮겨가는 과정을 보여 준 사례로 볼 수 있다.

6. 사학 흥기의 의미

춘추전국 시기 사학의 흥기는 중국의 고대학교 발전에 있어서 매우 중요한 역사적 지위를 차지하고 있다. 사학의 흥기는 엄격했던 서주 관학官學

의 옛 전통을 깨뜨리고 학교를 관부와 궁전에서 민간으로 옮겨 놓는 결과를 가져다주었을 뿐만 아니라, 교육의 대상도 귀족에서 평민에 이르기까지 그 범위를 확대시켜 주었으며, 또한 교사 역시 어느 곳에서나 자유롭게 강의할 수 있는 개인적인 신분으로 바뀌었으며, 학생도 자유롭게 선생님을 선택할 수 있는 상황으로 바뀌었다. 교육 내용 역시 현실생활과 비교적 밀접하면서도 광범위한 내용이 다루어졌을 뿐만 아니라 각 학파의 학자들이 자유롭게 서로 논쟁을 하며 자신의 주장을 제창할 수 있는 백가쟁명의 국면이 형성되었다. 이와 같은 상황은 당시 학술사상의 발전과 번영을 촉진시켜 주는 동시에 사회에서 필요로 하는 인재, 즉 공자, 묵자, 맹자, 순자 등과 같은 대가들의 출현에 중요한 역할을 하였다.

『관자管子』

춘추전국 시기 사학의 발전은 교육사상과 교육 이론 측면에서도 중요한 발전을 가져다주었다. 즉 『논어』·『묵자』·『노자』·『장자』·『맹자』·『순자』·『관자』·『한비자』·『여씨춘추』등의 서적 가운데 교육 관련 자료가 대량으로 포함되어 있으며, 『대학大學』·『중용中庸』·『학기學記』·『권학勸學』·『제자직弟子職』등과 같이 전문적으로 교육에 관한 내용을 다룬 서적들이 등장함으로써 교육의 기능과 작용, 학제의 체계, 도덕교육의 체계, 교육의 원칙과 방법, 교사의 지위와 작용 등을 비롯해 교육에 관한 경험과 교육사상을 종합해 중국의 고대학교 교육이론 발전에 중요한 토대를 마련해 주었다. 이후 중국의 고대학교 교육사에 두 가지 학교 교육제도가 출현하게 되었는데, 그 하나가 바로 관학官學이고, 또 다른 하나가 사학私學이었다. 이후 개인의 자유로운 "강학지풍講學之風"이 지속적으로 중국교육사에 등장하게 되었으며, 관학은 때로 흥하기도 하고, 또

때로는 쇠하기도 하면서 유명무실해지기도 하였으나, 사학은 줄곧 문화지식과 인재육성이라는 막대한 책임을 짊어지고 중국의 고대문화교육 사업에 중대한 공헌을 하였다.

제4장

제齊의 직하학궁稷下學宮

1. 직하학궁의 창설

직하학궁은 전국시대 제나라에 설립되었던 유명한 고등학부였다. 국가가 나서서 당시 사회에 떠도는 유명한 학자들을 불러 모으고, 또한 학생들을 끌어 모았는데, 이것이 바로 전국 시기에 출현했던 백가쟁명의 중심이자 축소판이었다고 할 수 있으며, 또한 당시 교육상에 있어서 중요한 성과였다고 할 수 있다. 직하학궁은 중국의 고대학술을 비롯한 문화와 교육의 발전에 매우 커다란 영향을 끼쳤다.

이른바 "직하稷下"는 제나라의 도성이었던 임치臨淄(지금의 산동성 치박시淄博市 치천淄川 지역)의 직문稷門 부근 지역을 말한다. 직하학궁은 그 역사가 유구하여 일찍이 제나라 환공 전오田午가 집권(기원전 375~357년)하던 시기에 이미 설립되었다. 그 설립된 시기는 지금으로부터 2,350년 전의 대략 기원전 370~360년 사이인데, 이는 고대 그리스의 플라톤이 아테네에 세웠던 "소요학원"의 설립 시기와 거의 일치된다. 학궁이 설립된 제나라의 환공桓公으로부터 위왕威王·선왕宣王·혼왕湣王·양왕襄王·건왕建王 등의 6대 임금을 거쳐 약 150여 년간 그 역사가 유지되었다.

학궁은 설립된 이후 시종 제나라의 정치 발전과 밀접한 관계를 가지고 있었다. 전국 시기의 봉건화 개혁은 위魏와 제齊나라에서 먼저 시작되었는데, 기원전 386년 제나라에서 전씨田氏가 강씨姜氏 성을 대신해 군주가 됨

임치臨淄의 제齊나라 고성故城

으로써 봉건제도가 확립되는 계기가 되었다. 당시에는 시대적으로 각 나라의 통치자들이 대내적으로는 정치적인 문제와 경제개혁을 위해, 그리고 대외적으로는 패권 쟁탈을 위해 천하의 인재들을 모아 개혁을 주도할 새로운 인재를 양성하는데 심혈을 기울이던 풍조가 성행하였다. 이 시기 제나라는 부강한 대국으로 농업을 비롯한 수공업과 상업이 비교적 모두 발달하였으며, 도시의 발전 속도 역시 매우 빨라 제나라의 수도였던 임치는 당시 각 나라의 도시 가운데 가장 크고 번화한 도시 가운에 하나로 발전하였다. 더욱이 전씨田氏 역시 양사養士의 전통을 중시하여 환공 전오田午는 국가의 역량을 빌려 양사의 규모를 확대하고 조직화와 제도화를 단행하여 직하학궁을 건립하였다.

제 환공에 이어 위왕威王은 문화교육의 발전에 더욱 더 주의를 기울여 직하학궁에 수많은 인재들을 끌어모아 양성하였다. 그는 인재를 보배처럼 아껴 각 나라의 학자들이 직하에 와서 저서를 저술하거나 강의를 원할 때는 예로써 맞이하였으며, 머물기를 원하는 사람들은 모두 "직하선생稷下先生"이라고 일컬으며 후하게 대우하였다. 이 때문에 각 나라의 학자들 가운데 직하에 유학하고자 하는 사람들이 끊이지 않았다. 직하학궁은 제나라의 선왕과 혼왕 시기에 이르러 절정에 도달하였는데, 당시 선왕은 위魏·진秦과 패권을 다투어 천하를 통일하고자 하는 웅심을 품고 있었다. 그래서 그는 광범위하게 각 나라의 인재들을 불러 모아 학궁을 확대하는 한편, 관사를 지어 학사들에게 제공하며 각 학파의 학술과 논쟁을 장려하였다. 당시 학궁에 머무는 사람들 가운데 "상대부上大夫"의 직위를 받은 학자들이 76명이나 되었다고 한다. 예를 들어, 맹가孟軻, 순우곤淳于髡, 팽몽彭蒙, 송견宋鈃, 윤문尹文, 신도愼到, 접여接予, 계진季眞, 전변田駢, 환연環淵, 추연騶衍 등과 같은 사람들이 대표적인 인물들이다. 그들에게는 넓은 대로 옆에 웅장한 저택을 지어 주고, 후한 대우를 해주었다. 직하의 각 학파들이 이곳에서 열렬한 학술 토론을 벌임에 따라 직하학궁은 학술 발전에 커다란 공헌을 하게 되었다.

제나라 혼왕 때 직하학궁의 선생과 학생들은 한동안 수만 명에 이르기도 하였다. 그러나 제나라 혼왕 후기에 제나라의 정치가 쇠퇴하고, 혼왕湣王이 권모술수를 좋아해 직하선생에 대한 대접이 소홀해지자 순황荀況 등과 같은 직하선생들이 분분히 그 곳을 떠나갔다. 기원전 284년 제나라가 연燕·조趙·한韓·위魏·진秦의 연합군에게 대패해 임치가 함락되면서 직하학궁 역시 파괴되어 5, 60년 동안 운영되지 못하다가, 후에 제나라의 양왕襄王이 나라를 되찾아 정권을 잡고 직하학궁을 다시 부활시켜 직하선생들의 학술 토론과 학문 전파를 장려하였다. 당시에 덕망이 높았던 순황은 세 차례나 사생師生에 의해 "제주祭酒", 즉 학궁의 수령(교장에 해당됨)에 추대되기도 하였다. 제나라 전건田建 시기에 이르러 국력이 쇠퇴하게 되자 직하의 상황 역시 예전만 못하게 되었고, 기원전 221년 제나라의 멸망과 함께 직하학궁은 종말을 고하고 말았다.

2. 직하학궁의 특색

직하학궁은 서주 이전의 관학과는 다른 특징을 가지고 있었으며, 또한 춘추전국 시기의 일반 사학과도 다른 성격을 지니고 있었다. 즉 직하학궁은 국가에서 설립하고 개인이 교육을 주관하였으며, 이와 동시에 학술 연구 기능과 정치 자문기구로써의 기능도 함께 갖추고 있었던 다기능적 교육기구였다고 하겠다.

직하학궁은 "양사제도養士制度"가 발전하여 변화된 교육기구의 형태를 취하고 있었지만, 시종 "양사養士"와 "용사用士"라는 기본적 목적은 변화하지 않았다. 이러한 특성을 고려해 볼 때, 직하학궁은 제나라 조정에서 건립

한 학교로 그 성격을 규정지을 수 있다. 이러한 의미에서 직하학궁은 관학이었다고 말할 수 있을 것이다. 직하학궁처럼 이렇게 많은 사람들을 받아들인다는 것은 사실상 개인으로서는 어려운 일이었다. 더욱이 큰 길가에 저택을 짓고 수많은 사람들을 받아들여 학부를 운영한다는 것은 국가가 주도하지 않으면 불가능한 일이었다.

『관자管子』

그렇지만 직하학궁의 교육과 학술활동은 모두 각 학파가 자유롭게 주관할 수 있었으며, 제나라 조정에서도 그렇게 간섭하지 않았다. 다만 그들을 존중하는 풍격 유지에 힘썼을 뿐이었다. 학궁에서는 백가百家의 사상이 자유롭게 용납되었기 때문에, 당시 직하학궁에는 유가, 도가, 법가, 명가, 음양가, 그리고 박학하지만, 그 어느 학파에도 속하지 않았던 학자들까지도 그곳에서 자유롭게 자신의 주장과 논쟁을 펼칠 수 있었다.

제나라 조정에서는 다만 학궁에서 교육과 학술 활동에 필요한 물질적 조건을 제공해 주었을 뿐이고, 각 학파의 교육과 학술 활동은 모두 그들 학파의 몫이었다. 그렇기 때문에 학궁의 각 학파는 이를 토대로 비교적 충분한 발전을 이룩할 수 있었다. 더욱이 학궁의 수령 역시 조정에서 임명한 것이 아니라, 학궁의 각 학파 사람들의 추천에 의해 선출되었기 때

문에 임기 또한 정해져 있지 않았으며, 순황처럼 어느 학파에도 속하지 않는 독립된 사학의 학자가 "제주祭酒"를 맡게 되면서 학궁의 전체적인 분위기 또한 사학의 성질로 점차 변모하게 되었다.

바로 이와 같은 분위기 속에서 백가쟁명과 같은 상황이 출현하게 되었으며, 또한 교육과 학술 연구에 있어서도 사학의 성질을 갖추고 있었던 까닭에 학술적으로도 자유로운 발전과 번영을 이룩해 나갈 수 있었다.

직하학궁은 강의를 비롯해 저술과 인재육성, 그리고 자문 기능까지 갖춘 고등학부였다. 즉 직하학궁의 각 학파는 학파인 동시에 교육단체로서의 성격을 지니고 있었던 까닭에 강의를 통해 각 학파의 학술사상 전수는 물론 인재의 양성이라는 목적을 동시에 실현할 수 있었다. 이뿐만 아니라 각 학파가 모두 학궁에 거주했던 까닭에 사람들은 각 학파간의 주장을 뛰어넘어 서로 광범위하게 배울 수 있었으며, 심지어 직하학궁에는 정기적으로 열리는 학술토론회와 교류회를 통해 자신의 주장을 펼칠 수 있었다.

직하학궁의 주요 특징은 학술적인 측면에서 찾을 수 있다. 학술적인 측면에서 우선 각 학파의 강의와 학술 논쟁, 그리고 토론은 새로운 학술적 성과를 가져다주었으며, 또 다른 측면에서는 이들의 주장과 이론을 책으로 정리한 개인적인 저작물뿐만 아니라, 『관자』와 같이 집단의 학술적 성과물을 남겨 놓기도 하였다.

이들은 적극적으로 문장을 통해 자신의 이론을 주장하고, 강의와 논쟁을 통해 자신의 학설을 전파하고자 하였으며, 또한 이들은 제나라의 위왕, 선왕, 혼왕 등을 설득하는 진언을 올려 모사의 역할을 자처하기도 하였다. 제나라 조정에서는 이들을 정치고문으로 삼아 대내적으로는 정치와 경제 개혁을 추진하는 동시에 대외적으로는 천하의 패권을 쟁탈하기 위해 이들을 적극 지원하고 후원하였다.

3. 『제자직^{弟子職}』-완비된 학생 수칙

직하학궁은 당시 사회에 커다란 영향력을 끼쳤던 고등학부이자 교육의
중심이었다. 그렇기 때문에 직하학궁에는 엄격한 관리체계와 규칙이 제정
되어 있었다. 그래서 곽말약은 일찍이 『관자管子·제자직弟子職』에 "당시 제
나라에는 직하학궁의 학제가 있었다."고 당시 학궁의 관리체계에 대해 고
증해놓았다. 직하학궁은 상당한 규모를 갖춘 기숙학교로써 당실堂室을 비
롯해 침실, 부엌 등이 모두 갖추어져 있어 교사와 학생들이 그 안에서 먹
고 쉴 수 있었다. 학궁에 거주하던 사람들은 전국 각 지역에서 모여들었
던 까닭에 연령과 문화 수준뿐만 아니라, 습속도 서로 달라 이들에 대한
교육이나 휴식시간을 하나로 통일시켜 관리할 필요가 있었다. 이러한 상
황에 대해 『관자管子·제자직弟子職』의 내용을 통해 당시 학교 교육과 관련
된 관리체계를 엿볼 수 있다. 일상생활에 필요한 음식과 옷차림에 관한
수칙, 교실에서 지켜야 할 수칙과 수업이 끝난 후 복습에 관한 수칙, 그리
고 어른과 선생님에 대한 예절로부터 덕을 쌓는 수업에 이르기까지 정규
수업과 생활 질서에 대한 엄격한 규칙을 살펴볼 수 있다. 따라서 『관자管
子·제자직』은 고대 중국교육사에 가장 먼저 등장한 학생수칙이었을 뿐만
아니라, 세계교육사 측면에서도 가장 이른 기숙학교의 학생수칙이었다고
볼 수 있다. 이와 같은 학생수칙은 인재 육성을 위한 직하학궁의 목적과
계획, 그리고 조직체계를 분명하게 밝혀놓았을 뿐만 아니라, 관리 측면에
서도 인재육성에 대한 엄격한 체계를 갖추고 있었다는 사실을 보여주고
있다.

교사에 대한 존경과 공경, 그리고 덕을 쌓는 일은 바로 가르치고 배우
는 일에 대한 모든 것을 의미하기 때문에, 교사에 대한 존경은 정상적인
가르침을 통한 교육을 전제로 한다고 하겠다. 그래서『관자管子·제자직』에

서는 "선생님이 가르치면 학생들은 지도하는 선생님의 뜻에 따라 공부해야 한다. 겸손하면서도 예의 바르고 겸허하게 배운 것을 철저하게 익혀야 한다. 선한 것을 보면 쫓아가서 도와주고, 의로운 것을 보면 몸으로 힘써 행해야 한다. 성정을 온유하게 하여 부모에게 효도하고, 형제를 공경하며, 힘에 의지해 거만하거나 제멋대로 행동하지 말아야 한다. 마음을 허황되거나 사악하지 않게 하고, 행동은 반드시 바르고 곧게 해야 한다. 밖에 나가고 들어올 때는 관례를 준수하고, 반드시 덕을 갖춘 선비를 가까이 해야 한다. 안색을 단정히 유지하고, 마음으로는 반드시 규범에 부합되는 것을 생각해야 한다. 일찍 일어나고 늦게 자며, 옷차림은 반드시 반듯하게 해야 한다. 아침에 배우고 저녁에 익히며, 항상 엄숙하고 공손해야 한다. 온 마음으로 규칙을 준수하고 태만하지 않는 이것이 바로 학습의 규칙이다."고 학생이 지켜야 할 수칙을 상세하게 규정해 놓았다.

학생이 지켜야 할 수칙 가운데 경덕敬德의 중요성과 일상생활 속에서 선생님께 지켜야 할 태도에 대해서도 "젊은이는 배우는 일이 본분이기 때문에, 늦게 자고 일찍 일어나는 것을 주의해야 한다. 새벽에 일어나 자리를 깨끗이 청소한 후에 세수하고 양치질을 하며, 일을 처리할 때는 예의 바르고 신중하게 처리하는데 신경을 써야 한다. 가볍게 옷깃을 걷어 올리고 선생님을 위해 세수 그릇을 준비해 놓고, 선생님이 일어나실 때를 기다린다. 선생님이 다 씻고 나시면 세수 그릇을 비운다. 그리고 교실 바닥을 청소하고 강의 자리를 정돈해 선생님이 바로 강의 자리에 앉으실 수 있게 해야 한다. 학생들은 출입할 때 공손한 태도로, 마치 손님을 접대하는 것처럼 자세를 취해야 한다. 단정하게 앉아서 선생님을 마주 바라보되 마음 가는대로 안색을 바꾸어서는 안 된다."고 밝혀 놓았다.

또한 『관자管子·제자직』에서는 교육과 관련된 내용과 방법, 그리고 이와 관련된 구체적인 복습 방법 등에 관해서도 "선생님의 강의를 들을 때는 반드시 나이가 많은 연장자가 우선하나 처음 시작할 때만 이렇게 하고, 후에는 이와 같이 할 필요가 없다. 송독을 시작할 때는 일어서야하나 후에는 이와 같이 할 필요가 없다. 모든 말과 행동은 중화中和의 도道를 마음 속 깊이 준칙으로 새겨야 한다. 예전에 큰일을 한 사람들은 모두 이렇게 시작하였다. 함께 공부하는 친구가 뒤늦게 도착해 자리에 앉을 때면, 옆에 앉아 있던 친구는 당연히 때맞춰 일어나 맞이해야 한다. 만약 손님이 찾아오면 신속하게 일어나 손님에게 실례를 범해서

『관자管子 · 제자직弟子職』

는 안 된다. 그리고 손님을 안내할 때는 손님의 물음에 응답하며 걷되, 거처에 도착하면 반드시 먼저 선생님의 지시를 청해야 한다. 만일 손님이 찾는 사람이 자리를 비웠으면, 반드시 손님에게 알리고 나서 원래의 자리로 돌아가 공부를 계속해야 한다. 만일 공부하는 도중에 의문이 생기면, 가슴 앞에 두 손을 올리고 질문을 해야 한다. 선생님이 수업을 끝내고 나가시면 학생들은 모두 일어나 기립해야 한다."고 지켜야 할 수칙을 밝혀 놓았다.

이어서 식사에 관한 수칙에 대해서도 밝혀 놓았다. 하루에 세 번 식사를 한다. 선생님 대하기를 마치 손님 대하듯 해야 하며, "식사 시간이 되어 선생님이 식사를 하시게 되면, 학생은 밥과 반찬을 가져다 드린다. 먼저 옷소매를 걷어 올리고 세수와 양치질을 한 후에 무릎을 꿇고 앉아 밥과 반찬을 선생님께 올린다. 장과 반찬을 식탁 위에 뒤죽박죽 올려놓아서는 안 된다. 일반적으로 식탁 위에 요리를 올려놓는 순서는, 고기 요리를 올리기 전에 채소와 국을 반드시 먼저 올려놓아야 하며, 국을 고기와 서

로 마주 보게 놓는다. 고기를 국 앞에 놓으면 밥상이 정사각형 모양을 이루게 된다. 그리고 끝으로 밥상 위에 양치질용 술, 혹은 음료를 올려놓는다. 밥상을 모두 차리고 나면 뒤로 물러나서 공손히 두 손을 모으고 한쪽에 서 있는다. 일반적으로 밥은 세 그릇의 밥과 술 두 근을 준비하며, 학생은 왼쪽 손으로 빈 공기를 들고, 오른쪽 손으로 젓가락과 주걱을 들고 술과 밥을 차례로 떠서 선생님의 잔과 공기가 비지 않도록 신경을 써야 한다. 여러 사람일 경우는 연령에 따라 돌아가며 잔과 공기를 채운다. 긴 국자를 사용할 경우 무릎을 꿇을 필요는 없다. 이 모든 것이 밥을 퍼서 그릇에 담는 규칙이다. 선생님이 밥을 다 드시고 나면 학생은 식기를 물린다. 그리고 급히 선생님께 양치질 그릇을 가져다 드린다. 이어서 다시 자리를 청소하고 밥상을 거둔다. 선생님의 분부가 떨어진 후에야 비로소 학생들은 식사를 할 수 있다. 연령의 순서에 따라 앉으며, 자리는 가능한 앞에 앉아야 한다. 밥은 반드시 손으로 받쳐 들고 먹어야하며, 국은 골라 먹어서는 안 된다. 두 손을 무릎에 기댈 수는 있으나, 두 팔꿈치를 기대고 식탁에 엎드려서는 안 된다. 밥을 다 먹고 난 후에는 손으로 입가를 깨끗이 닦아야 한다. 옷섶을 털고 깔개를 옮겨 놓은 후 바로 일어나 옷을 들고 식탁을 떠났다가, 잠시 후 다시 자리로 돌아와 각자 자신의 식기를 치우는데, 이때 손님을 대신해 식탁을 치우듯 조심스럽게 행동한다. 식탁을 치우고 식기를 정리하고 나면 학생들은 다시 제자리로 돌아가서 양손을 아래로 내리고 서 있어야 한다."고 식사에 대한 수칙을 규정해 놓았다.

이외에도 직하학궁에서는 학교의 위생에 관련된 교육 내용을 "학칙"으로 규정해 놓았다. "청소하는 방법에 대해서 깨끗한 물을 동이에 담은 다음 옷소매를 팔꿈치까지 접어 올리고, 넓은 대청에서는 손으로 물을 뿌리고 협소하면 양손으로 조심스럽게 뿌려야 한다. 그리고 쓰레받기를 자신의 앞쪽에 놓고 쓰레기를 쓸어 담은 다음 잠시 서 있어야 하는데, 그 행동

거지에 있어 실수가 있어서는 안 된다. 청소를 끝내고나면 쓰레받기를 문 옆에 기대어 놓는다. 규칙에 따라 반드시 서남쪽 구석부터 청소를 시작해 집안 구석구석까지 청소를 해야 하며, 청소를 할 때 다른 물건과 부딪쳐서는 안 된다. 앞에서 뒤로 물러나며 청소를 하되, 청소를 끝낸 다음에는 쓰레기를 문안에 모아둔다. 쪼그리고 앉아 나무판으로 쓰레기를 담아야 하는데, 이때 쓰레받기 입구를 자신쪽으로 향하게 하고 조심스럽게 비로 쓰레기를 쓸어 담아야 한다. 선생님이 만약 이때 나와서 일을 하실 때는 선생님이 일을 끝내시기를 기다렸다가, 다시 쪼그리고 앉아서 청소를 한 다음 쓰레받기와 비를 들고 다시 일어나서 문을 나가 쓰레기를 버린다. 청소를 끝내고 나서 다시 제자리로 돌아와 서 있어야 하는데, 이렇게 해야 규칙에 부합된다."고 위생교육에 대해서 규정해 놓았다.

직하학궁의 교육 규칙이 비록 엄격하였지만, 학술 분위기 역시 매우 농후해 정규 수업이 끝나고 나서도 저녁에 복습시간을 배정해 학생들이 배운 내용을 깊이 있게 이해하고 깨달을 수 있도록 규정해 놓았는데, 이것은 사실상 일종의 저녁 자습을 통한 학생의 복습을 규정해 놓은 제도로써 당시의 완비된 교육제도의 상황을 엿볼 수 있게 해준다.

『관자·제자직』은 중국의 고대교육사에 있어서 중요한 유산 가운데 하나로써, 지금까지 2천여 년 동안 전해져 오며 중국의 교육사 발전에 커다란 영향을 주었다. 『관자·제자직』의 문장은 4언 대구의 형식으로 이루어져 있어 학생들이 쉽게 암기 할 수 있었을 뿐만 아니라, 이처럼 학칙과 교육적인 내용이 하나로 결합되어 있다는 점 역시 충분히 인정받을 만한 가치를 지니고 있다. 『관자·제자직』은 학교의 교육과 관리에 관한 직하학궁의 경험을 체계적으로 정리해 놓고 있어, 부분적으로나마 전국시대의 교육과 관련된 역사적 상황을 엿볼 수 있다. 물론 『관자·제자직』에 반영된 부정적 측면도 발견할 수 있다. 예를 들어, 선생님과 학생 관계에서 선생님의 권위를 지나치게 강조하고 있거나, 선생님과 학생과의 관계를 사부와 도제 같은 관계로 규정해 일상 업무까지도 학생의 책임으로 규정한 것은 너무 지나친 측면도 있다. 그래서 우리는 『관자·제자직』을 살펴볼 때, 보다 깊이 있는 분석을 통해 옛것을 오늘날의 현실에 맞도록 받아들여야 할 노력이 필요하다.

4. 직하학궁의 역사적 의의

직하학궁의 현사賢士에 대한 대우나 학술에 대한 존중이 그 어느 나라보다 뛰어났던 까닭에 당시 천하의 현사와 인재들이 구름처럼 모여들었다. 이로 인해 제나라의 학술 발전은 물론 국력 또한 더욱 더 신장되었으며, 더 나아가 전국시대의 사상과 학술 발전을 촉진시켜 백가쟁명과 직하학궁의 시대가 함께 꽃을 피울 수 있는 토대를 마련해 주었다. 물론 당시 각국의 여러 학파 간에도 치열한 학술 논쟁이 없었던 것은 아니지만, 직하학궁의 경우처럼 집중적으로 전개되지도 못했으며, 또한 학술적 성과 역시 지하학궁과 같이 많은 성과를 이루어내지도 못하였다.

직하학궁은 중국의 고대 지식인들의 독립성과 창조 정신을 표현한 것이라고 볼 수 있다. 각국의 패권 다툼으로 인해 정치적 통일을 이루지 못한 이 시기에 직하학궁의 출현은, 당시 지식인들에게 자신의 견해와 학술적 주장을 표현할 수 있는 기회와 각국으로부터 특별한 예우를 받을 수 있는 기회가 주어졌다. 그들은 왕후에게조차 머리를 굽힐 필요가 없었으며, 스승으로서 사람들부터 존경을 받았다. 그들은 자신의 학설을 자유롭게 펼치면서 사회의 긍정적 평가와 학파의 집단적 영향, 그리고 자신의 지식과 학문에 의지해 왕후의 "세勢"에 대항해 나갈 수 있었다. 이 때문에 그들은 감히 왕공에게 자신의 주장과 학설을 굽히지 않았으며, 또한 정치적인 측면에서도 과감하게 지식인 계층의 입장을 표출하고 발휘할 수 있었다. 이러한 직하학궁의 눈부신 학술적 성과는 전국시대 문화를 구성하는 중요한 요소로 자리 잡게 되었다.

제5장

진한秦漢 시기의 학교

1. 진秦나라 시기의 학교

기원전 221년 진나라의 왕 영정嬴政은 6국을 합병하고 중국을 통일함으로써, 중국 역사상 처음으로 중앙집권적 전제주의 봉건 왕조를 건립하게 되었다. 통일된 봉건체제의 수요에 부응하기 위해 진나라는 문화와 교육적 측면에서 중요한 조치들을 취하게 되었다.

1) 통일문자

중국에서 문자의 출현은 신석기시대에 이미 채도각화 문자가 등장하였으며, 은상殷商 시기에 이르러서는 비교적 성숙된 갑골문자가 등장하였다. 그리고 서주西周 시기에 이르러서는 대전大篆이 사용되기 시작하였는데, 일명 주문籀文이라고 일컬어지고 있다. 전국 시기에는 전국적으로 오랫동안 제후들이 할거하였던 까닭에, 각국의 문자가 지역 방언의 영향을 받아 지역마다 각기 다른 수많은 가차자假借字를 사용하였으며, 각국의 서체 역시 큰 차이를 보여 통일된 법령을 집행하는데 커다란 어려움이 있었다. 이에 기원전 221년 진시황은 문자를 정리해 통일시키는 칙령을 반포하였는데, 이것이 바로 "서동문書同文"이다. 문헌의 기록에 의하면, 이사李斯는 통일 전 진나라의 문자를 토대로 6국의 자형을 흡수해 "문자이형文字異形"의 현상을 바로잡았다고 한다. 그동안 장애물로 작용했던 문자가 통일됨으로써 진나라의 정책과 법령이 순조롭게 시행되었으며, 문화의 전파와 학교 교육의 보급에 있어서도 유리한 입지를 다지게 되었다.

주문籀文

문자 개혁 이후 승상 이사는『창힐편蒼頡篇』, 중차부령中車府令 조고趙高는『애력편愛歷篇』, 태사령 호무경胡毋敬은『박학편博學篇』 등을 편찬하여 문자의 표준을 세우고 사회에 보급해 교재로 활용토록 하였다. 이러한 교재의 문자는 4자가 한 구를 이루며 압운이 되어 있어, 한대 이후 학교에서 아이들에게 문자를 가르치는 교재의 선구적 역할을 하게 되었다. 문자는 시대에 따라 개혁과 통일을 거치며 점차 필획이 간소화되고 형체도 규범에 맞게 쓰여지게 되었는데, 현재『태산각석泰山刻石』·『낭야대각석琅琊臺刻石』·『역산각석嶧山刻石』·『회계각석會稽刻石』 등의 모사본이 세상에 전하고 있어, 그 대략적인 면모를 살펴볼 수 있다. 또한 후에 옥리로 있던 정막程邈이 10년 동안 전념해 필획이 더욱 간단한 예서隸書를 만들었는데, 예서는 소전체小篆體를 토대로 곡필을 직필로, 원형을 방형으로, 그리고 번잡한 획을 간단하게 변화시켜 사람들이 쓰기에 편리하도록 만든 글자체였다. 예서의 자형은 현재 통행되고 있는 해서체와 이미 상당히 근접해 있었다. 지금 출토되는 진대의 죽간을 통해 당시에 대부분 예서체가 사용되었다는 사실을 엿볼 수 있다. 이처럼 문자를 정리하고 통일시킨 진나라는 중국의 고대문화교육 발전에 커다란 공헌을 하였다.

2) 지방 관학의 설치

진나라 시기 군현에는 보편적으로 지방 관학이라고 할 수 있는 "학실學室"이 설치되어 있었다. "학실"의 학생은 이른바 "제자弟子"라고 일컬었으며,

이사李斯의 태산석각泰山石刻

"제자"의 자격은 일정한 제한이 있었다. 규정상 적어도 반드시 "사史"의 자식은 되어야 했는데, 이른바 "사史"라는 것은 바로 정부의 각급 기관에서 문서, 서기, 문서관리원 등을 담당했던 하층 관리를 말한다. "학실"마다 명부가 만들어져 있어, 정부의 관리가 임의대로 "제자"를 부를 수 있었으며, 또한 채찍이나 곤장으로 "제자"를 때릴 수도 있었다. 그렇지만 "제자"들 역시 병역이나 요역을 면제받을 수 있었다. 당시의 상황에서 이것은 일종의 우대, 혹은 특혜였다고 말하지 않을 수 없는 것은 병역이나 요역이 당시 일반인들에게는 상당히 무거운 짐이었다는 사실을 유념할 필요가 있다.

"학실"의 교육 내용은 두 가지 측면에서 실시되었다. 하나는 법령을 배우는 일이었는데, 이는 진나라 때 법령을 숭상했기 때문이다. 그러므로 법령을 배우는 일은 대단히 중요한 일이었다. "학실學室"의 "제자弟子"는 졸업을 해야 벼슬길에 오를 수 있었기 때문에 법령에 대한 학습을 엄격하게 요구하였다. 또 하나는 문화와 지식을 배워야 했기 때문에, 명물名物의 명칭을 알기 위해서는 『창힐편』, 『애력편』, 『박학편』 등과 같은 자서들을 송독해야만 하였다. "학실"의 "제자"는 학업을 마치기 전에 반드시 일정 기간 시험과 실습을 거쳐야만 했으며, 시험과 실습이 끝난 후에야 비로소 관리로 임명될 수 있었다. 처음에는 신분이 비교적 낮은 "사史"의 임무를 맡는 관리가 되었다. "학실"의 "제자"가 학업을 마치면 명부에서 "제자"의 이름이 삭제되는데, 이것은 "제자"가 이미 "학실"을 졸업하고 관리가 되었다는 것을 의미한다.

3) 박사관博士官 설치

고대 중국에서는 "박사"제도가 있었다. 이러한 "박사"제도는 전국 시기 제와 노나라 등에서 처음 출현하였다. 진시황은 전국을 통일한 후 전국시대의 "박사"제도를 계승하여 6국에서 70여 명의 박사를 불러 모았다. 고대의 "박사"는 현대의 "박사"와 성격이 다른 측면을 가지고 있었다. 현대의 "박사"는 학위를 의미하는 것으로, 외국에서 들여온 "학위제도" 중에서 가장 높은 등급을 부르는 호칭으로 사용되고 있다. 그렇지만 중국 고대의 "박사"는 일종의 관직인 문관을 의미하며, 그 직무는 "의정사議政事, 비자순備咨詢, 장고적掌故籍" 등의 일을 담당하였다. 다시 말해서 정사의 논리에 참여하기도 하고, 조정의 고문으로써 자문 역할을 담당하기도 하였으며, 또한 고금의 역사와 문화가 기록된 서적과 문서를 관리하는 일을 수행하기도 하였다. 바로 이와 같이 진나라는 "박사"가 고금의 역사와 문화를 장악하고 있었던 까닭에 그들은 풍부한 지식과 학문을 갖출 수 있었으며, 심지어 어떤 "박사"는 개인적으로 제자를 받아들여 교육할 수 있는 여건을 갖추고 있기도 하였다. 일찍이 사마천은 『사기』에서 진나라에는 "박사"에게 "제생諸生"이 있었다고 했는데, 이는 바로 "박사"에게 개인적(사학)인 제자가 있었다는 사실을 언급한 것이다. 이를 통해 볼 때, 진시황이 전국을 통일한 이후에도 사학이 여전히 존재하고 있었다는 사실을 알 수 있다. 당시 "백가지학百家之學"이라고 일컬어지던 유가, 묵가, 명가, 종횡가, 음양가, 신선가, 잡가 등의 학

사마천司馬遷의 『사기史記』

파에도 사학이 존재하고 있었다. 다만 이러한 사학은 상대적으로 그 규모가 비교적 작았을 뿐이다. 그 이유는 진나라가 법령의 실행을 중시했던 까닭에, 오직 법령이 정하는 범위 내에서 사학이 허용되었기 때문이다.

그래서 사학의 수가 관학의 수에 비해 월등히 적을 수밖에 없었고, 그 영향 또한 특정한 범위를 벗어나지 못했던 것이다.

4) 사학 금지령 반포

진나라는 법가사상을 정치적 이념으로 삼고 있었던 까닭에 "백가지학百家之學"은 국가의 통일과 법치 실행에 불리하다고 여겼다. 그래서 이사李斯는 당시 상황에 대해 "지금 사학에서 학생들이 요즘 것은 배우지 않고 옛것만을 배우기 때문에 과거에 집착하여 현재의 정책을 반대하고 백성의 마음을 미혹시킨다."고 지적하였으며, 또한 "학생들은 그들이 사학에서 배운 것을 근거로 조정을 비방할 뿐만 아니라, 조정에서 법령이 공포된다는 소식을 들으면 그들은 자신들이 배운 지식을 가지고 조정을 비평하며, 관부에 들어가서도 말하는 것과 생각하는 것이 다르며, 관부를 나와서도 항간에 떠도는 소문에 동참하고 있다. 만일 이러한 사학을 금지시키지 않으면, 그 세력이 조정과 황상의 권위를 떨어뜨리고 아래로 패거리를 형성하기 때문에, 이는 조정의 통일과 안정에 매우 불리하다."고 주장하였다. 진시황은 "사학私學"을 금지하는 이사의 건의를 받아들여 정식으로 사학에 대한 금지령을 반포하였다.

사학을 금지하기 위해 진나라 조정에서는 조정에서 지정한 이외의 역사서와 박사관博士官이 아닌 곳에 소장되어 있던 시서詩書를 비롯해 모든 백가지서百家之書를 몰수해 불태우고, 오직 의약, 복서卜筮, 농서農書 등과 관련된 서책들만 남겨 놓도록 하였다. 칙령이 반포된 날로부터 30일의 기한을 넘겨 서책을 불태우지 않은 자는 묵형에 처하고 4년 동안 성을 쌓게 하는 고역의 형벌을 내렸다. 또한 시서를 논하는 자는 사형에 처하였으며, 옛일을 가지고 현재의 일을 비난하는 자는 그 가족도 함께 멸족시켰으며, 관리가 그 사실을 알고 조사하지 않은 자는 그들과 같은 죄로 처벌하였다. 일찍이 "법령을 배우고자 하는 자는 관부의 관리를 선생님으로 삼았다."는 말은 바로 이와 같은 "금서焚書"사건을 가리키는 말이다.

진시황은 만년에 신선가를 숭상해 영원히 죽지 않고 살 수 있는 불로 초를 구하고자 온갖 노력을 다하였 다. 그래서 기원전 219년 서복徐福 등을 파견해 선약을 구해 오도록 하 였으나, 한 번 떠난 서복은 다시 진

진시황秦始皇

나라로 돌아오지 않았다. 기원전 215년 방사 노생盧生과 후생侯生을 또 다 시 파견해 선약을 구해 오도록 하였으나, 노생과 후생 역시 선약을 구하 지 못하자 죽음에 처해지는 것이 두려워 도망가 버리고 말았다. 이에 진 시황은 대노하여 기원전 212년 명령을 내려 방사, 유생과 연루된 사람들 을 모두 체포해 심문하도록 하는 한편, 자신이 직접 선정한 "범금자犯禁者" 460여 명을 함양에 생매장해 버렸는데, 이것이 바로 역사상 그 유명한 "갱유坑儒"사건이었다.

"분서갱유"는 진시황이 문화와 교육적 측면에서 단행한 봉건적 전제주 의의 산물이었다고 하겠다. 진시황의 입장에서 볼 때 "분서갱유"의 목적 이 진나라의 중앙집권적 군주전제주의를 공고히 하는 일이었지만, 문화와 교육적 측면에서 볼 때, 이와 같은 전제주의적인 방법으로는 해결할 수 없는 문제였다. "분서"의 결과는 중국의 고대 전적이 무참하게 훼손되고 파괴된 것 이외에는 그 어떤 사상적 통일도 가져오지 못하였으며, 또한 "갱유"의 결과 오히려 사회적 모순을 더욱 가중시킴으로써 진나라의 통치 토대 약화와 멸망의 가속화를 가져온 중요한 요인 가운데 하나로 작용하 였을 뿐이었다.

진나라는 법률로 교육을 대체하고, 관리로 교사를 대체하는 정책을 시

행해 학교 교육에 대한 부정적 태도를 취하였는데, 사실상 이러한 조치는 국가와 사회를 유지시키는 교육적 작용을 부정한 것이라 볼 수 있다. 따라서 이러한 정책은 실제의 객관적 상황과 사회의 발전 규칙에 대한 역행이었으며, 또한 문화와 교육 정책에 대한 진나라의 중대한 실책이었다고 볼 수 있다.

2. 한漢나라 시기의 학교와 교육제도

한나라는 진나라의 문물제도를 계승하였으나, 교육적인 측면에서는 유가의 주장을 받아들여 인재를 양성하고 백성을 교화하는 교육의 중요성을 강조하였다. 이에 따라 학교의 교육을 통일된 중앙집권적 봉건 왕조의 정권을 공고히 하는데 중요한 도구로 활용하였다.

국가의 통일과 경제의 발전, 그리고 새로운 교육 수단, 즉 비단, 종이, 필사 도구의 출현은 한나라 시기 학교의 교육 발전에 중요한 물질적 토대를 제공해 주었다. 이 세 가지 기본적 토대 위에서 시행된 한 무제 유철劉徹(기원전 156~87년)의 "독존유술獨尊儒術"정책은 한나라의 관학과 사학 발전에 지대한 영향을 끼쳐 전례 없는 발전을 이룩하게 되었다. 학교의 교육제도 역시 이미 기본적인 체제를 갖추고 점차 유가독존의 학교 교육체계를 형성해 나갔다.

한나라의 관학은 중앙의 관학과 지방

홍도문학鴻都門學

의 관학이라는 두 개의 체제로 이루어져 있었다. 중앙의 관학에서 가장 중요한 위치를 차지하고 있었던 교육기구는 대학의 성질을 갖추고 유가의 경전을 전수했던 태학太學으로, 구경九卿 가운데 하나인 태상太常이 태학의 관리와 책임을 담당하였다. 동한 시기에 이르러서는 홍도문학鴻都門學과 궁저학宮邸學 등의 특수한 성격을 지닌 학교가 건립되었다. 지방에는 행정 구획에 의거해 학學·교敎·상庠·서序 등의 관학이 건립되었으며, 그 지방의 행정수장이 관학을 관리하였다. 그리고 사학은 그 수준에 따라 서관書館과 경관經館으로 나누어졌다.

1) 한나라 시기의 태학太學

한나라 무제는 원삭元朔 5년(기원전 124년)에 동중서董仲舒의 건의를 받아들여 박사 아래 제자(태학의 학생) 50인을 두었는데, 이것이 바로 한나라의 태학이 정식으로 설립되는 계기가 되었다. 태학은 당시 장안의 서북쪽 교외에 건립되었는데, 그 규모가 상당히 볼만하였다. 태학은 중국 한대에 건립되었던 최고 학부로써 유럽의 아테네 대학이나 알렉산드리아 등과 같이 세계에서 가장 오래된 고등 학부 가운데 하나였다.

한나라의 태학은 "박사博士"가 교육을 담당하였는데, "박사"는 원래 박학다식한 문관을 가리키며, 그 직무는 "정사에 참여해 논의하거나, 조정에 고문으로써 자문을 하거나, 또는 고금의 역사와 문화에 관련된 서적과 문서를 관리하는 일"을 담당하였으나, 한나라 때 태자太子가 세워진 후에는 "박사"의 직무 가운데 "태자를 가르치는 교사"의 직무도 겸하게 되었다. "박사"는 『시경』·『서경』·『예경』·『역경』·『춘추경』 등의 경전 가운데 반드시 하

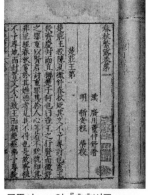

동중서董仲舒의 『춘추번로春秋繁露』

나의 경전에 정통해야 했으며, 또한 태학에서 전문적으로 제자들에게 경전을 강의해야 하였다. "박사"는 당시 학문이 뛰어난 유가들로써 조정에서는 그들에게 후한 대우를 해 주었으며, 학생들로부터 특별한 존중을 받았다. "박사"의 영수는 통상 덕이 높고 명망 있는 사람을 추천하여 영수로 삼았는데, 서한 시기에는 박사의 수령을 "복사僕射"라고 불렀으며, 동한 시기에는 "박사제주博士祭酒"라고 불렀다.

서한 시기의 태상박사는 황제가 임명하거나 공경公卿이 추천한 학식이 깊고 덕이 높은 유가의 인물로 충당되었다. 박사의 수는 엄격하게 제한되어 있어 조정에서 허락을 받아야만 했으며, 14명의 오경五經 박사를 두었다. 동한 시기에 이르러 추천과 시험을 통해 박사를 선발하기 시작하였는데, 우선 "박사"를 추천하려면 조정에 『보거장保擧狀』을 올려야 했으며, 박사가 되려는 자는 도덕적 품격을 갖추고 유학에 밝고 정통해야 했다. 특히 그 중에서도 하나의 경전에 깊은 조예와 일정한 교육적 경험을 갖추고 있어, 박사의 직을 능히 감당할 수 있는 자격을 갖추고 있어야만 했다. 동한 후기에 이르러 박사의 연령을 50세 이상으로 제한하였다.

태학의 학생은 처음에 "박사제자博士弟子", 혹은 "제자弟子"로 불리었으나, 동한에 이르러 대부분 "제생諸生", 혹은 "태학생太學生"으로 불리게 되었다. 서한 때는 "박사제자"의 정원이 엄격하게 제한되어 있었으며, 그 선발 역시 엄격하게 시행하였다. 수도 혹은 수도 교외의 지역에서 18세 이상의 용모 단정한 50명의 젊은이들을 "박사제자"로 선발하였다. 이외에도 각 나라에서 선발한 우수한 젊은이들을 정식 학생이 아닌 특별학생으로 선발하기도 하였다. 정식 학생으로 선발된 사람들은 부역을 면제받고 일정한 봉록을 받았으며, 특별학생의 경우는 이들 정식 학생들에 비해 조금 차이를 두었다. 태학생은 대부분 귀족의 자제들이었으나, 간혹 집안이 가난한 자제들도 있었다. 그래서 태학에는 예관倪寬이나 적방진翟方進 등과 같이 한편으로 잡부를 하면서 또 한편으로 공부를 하는 학생들이 있었으며, 혹은 그 모친을 따라 장안에 와서 천으로 신발을 만들며 공부하는 학생들도 있었다.

태학생의 숫자는 서한 말년에 이르러 이미 3,000명에 이르렀다. 학생의 수가 계속 늘어나자 서한 말년에 학교의 건물을 크게 확장하였다. 동한 때는 태학생의 수가 더 늘어 많을 때는 30,000명에 달해 수도가 대학가를 이룰 정도였다. 흉노와 같은 소수민족의 자제들 역시 태학에 입학할 수 있었다. 태학은 박사의 숙사와 내외강당으로 구분해 건립하였는데, 순제順帝(A.D 131년) 때에 이르면 "모두 240개의 건물에 1,850개의 방으로 확장되었다."고 전한다. 이와 같은 규모의 태학이 한나라 시기에 출현했다고 하는 것은 세계교육사에서도 그 예를 찾아보기 어려운 경우로써 한나라의 경제·문화·교육이 당시 얼마나 발전했었는지 충분히 짐작해 볼 수 있을 것이다.

태학이 처음 건립되었을 때는 박사마다 10여 명의 학생을 두고 개별이나, 혹은 소그룹 형태로 강의를 진행하였다. 후에 태학의 학생 수가 1천 명에서 만여 명으로 증가하였으나 박사는 겨우 14명, 혹은 이 보다 적은 (가장 많을 때가 15명이었음) 수였기 때문에, 이들이 직접 학생들에게 개별적인 수업을 진행한다는 것은 쉬운 일이 아니었다. 이로 인해 "대도수大都授"라고 하는 일종의 집단 수업 형식이 등장하게 되었으며, 여기서 강연을 하는 박사를 "도강都講"이라고 불렀다. 태학의 강당은 길이가 10장이고 넓이가 3장으로, 수백명이 동시에 강의를 들을 수 있었다. 이를 통해 한나라 때 이미 단체교육이 출현했다는 사실을 엿볼 수 있다. 이외에 학업이 부진한 학생들의 교육을 위해 새로운 교육형식이 태학 내에 등장하였는데, 바로 학업이 뛰어난 학생들이 부진한 학생들을 가르치는 방식이었다. 이러한 방법은 사학에서 일찍부터 유전되어 오던 것으로 태학에서도 이 방법을 채용함에 따라 교사의 부족 현상을 어느 정도 완화시켜 주었다.

서한 시기에 식물 섬유로 종이를 만드는 기술이 개발되었으며, 동한 때 채륜蔡倫(?~121년)이 "체후지蔡侯紙"를 발명함으로써 저렴하면서도 유용한 종이가 세상에 널리 유행하기 시작하였다. 이와 동시에 견직기술 역시

협서陝西 양현洋縣 용정포龍亭鋪의 채후지蔡侯紙 제작 광경

커다란 발전을 이룩하여 이미 매미의 날개처럼 얇은 비단도 짤 수 있는 기술을 가지고 있었다. 비단의 증산과 종이의 보급으로 필사에 편리한 조건이 제공됨으로써 비단과 종이에 필사한 책들이 점차 늘어나 조정에 "난대蘭臺", "석실石室", "광내廣內", "연각延閣" 등과 같은 도서관이 만들어졌으며, 태상太常, 태사太史, 박사博士 등 역시 서적을 소장하게 되었다. 동한 시기에 이르면 이미 낙양에서 서적을 사고파는 "서사書肆"가 출현하였고, 책이 많아짐에 따라 필사도 편리해져 학생들은 서적과 지필을 가지고 와서 방점을 찍거나 기록할 수 있었기 때문에 수많은 자료의 축적이 이루어졌다. 학생들에게 직·간접적인 강의와 자습도 중요했지만, 자습시간이 많았던 까닭에 태학생들 중에는 수업이외의 다른 학문이나, 혹은 자연과학을 연구해 유명한 학자나 과학자가 되기도 하였으며, 또 어떤 학생들은 교내의 박사 강의 이외에 개인적으로 스승을 모시고 경전을 배우기도 하였다. 예를 들면, 왕충王充은 반표班彪를 스승으로 삼았으며, 부융符融은 이응李膺을 스승으로 삼았는데, 이들 모두 당대에 뛰어난 성취를 거둔 학자들이었다.

태학에서는 유가경전을 교재로 삼아 강의 하였는데, 서한 때 이르러 고문경古文經과 금문경今文經 논쟁이 발생하였다. 금문경은 당시 통행되던 예

서로 쓰인 경문을 일컬으며, 고문경은 전국시대의 고문자로 쓰여진 경문을 일컫는다. 따라서 경문의 자구와 편장 뿐만 아니라 해석에 있어서도 서로 차이가 있었다. 더욱이 금문경은 정부의 지지아래 태학에 금문경 박사가 설치되고 전수되었으나, 고문경은 이와 달리 오직 민간 사학에 의해서만 전수되었다. 당시에는 서적이 매우 귀했던 까닭에 학자들 역시 서책을 구하기 어려워 훈고訓詁나 구독句讀 역시 구전에 의존하여 전수될 수밖에 없었다. 이러한 상황으로 인해 박사의 경서 해설은 전수관계에 의존하게 되었고, 사법師法과 가법家法이 형성되는 계기가 마련되었다. 가법은 대가의 제자들이 사설師說을 발전시켜 스스로 일가를 이룬 다음 다시 제자에게 전수했기 때문에, 먼저 사법이 나오고 후에 가법이 출현하게 되었다. 그래서 사법을 근원으로 보고 가법을 지류로 보았다. 그런데 당시의 태상 박사들이 저마다 각기 사법과 가법을 제자들에게 전수하면서 경서마다 서로 다른 해석을 내놓음에 따라, 학술적으로 다른 입장을 고수하는 유파들이 등장하게 되었다. 예를 들어, 대가들이 스스로 문파를 세우고 앞다투어 경서 장구章句에 해설을 덧붙여 놓았는데, 어떤 경우는 심지어 하나의 장章, 구句, 혹은 전고에 수 만자, 혹은 수십 만 자를 덧붙여 설명하기도 하였다. 그래서 당시에 문장에 쓸데없는 말이 많으나 요점이 없다는 "박사매려博士買驢, 서권삼지書卷三紙, 미유려자未有驢字" 등과 같은 말이 등장하기도 하였다. 경학에 대한 교재를 통일시키기 위해 동한 희평熹平 4년(A.D 175년) 채옹蔡邕(A.D 132~192년) 등의 제창 아래 『상서』·『주역』·『춘추공양전』·『예기』·『논어』 등의 경문을 46매의 석판에 새겨 태학 문밖에 세워 놓고, 표준 교과서로 삼고자 하였는데, 이것이 바로 중국 최초로 관부에서 주도해 표준화시킨 경적經籍이었다.

태학의 교육제도는 그다지 엄격하지 않아 규정된 학습 연한이 없었으며, 또한 출석에도 그다지 신경 쓰지 않았지만, 시험은 매우 중시해 시험을 통해 학생의 성적을 관리하였다. 태학이 건립된 초기에 한 무제는 "설과사책設科射策"을 제정하고, 매년 한 번씩 시험을 보았는데, 이를 "세시歲試"라고 일컬었다. 그리고 이른바 "사책射策"이란 바로 구술과 문답을 추첨으로 뽑아 시험을 치루는 것을 말하며, "설과設科"란 시험문제의 난이도에 따라 갑과·을과(어떤 때는 갑·을·병과로 나누기도 한다)로 등급을 나누었던 것을 가리킨다. 학생이 응시할 시험문제를 뽑는데, 뽑힌 제비(대나무) 위에 시험문제가 쓰여 있었다. 그리고 학생이 취득한 점수에 따라 각기 다른 관직을 수여하였다. 예를 들어, 갑과는 "낭중郎中", 을과는 "태자사인太子舍人", 병과는 "문학장고文學掌故" 등을 제수하였다. 시험에서 불합격되거나, 혹은 경전에 통달하지 못한 학생들은 퇴학당하였다. 서한 시기에 이르러서는 1년에 한 번씩 시험을 실시하였으며, 동한 시기에는 기본적으로 2년에 한 번씩 시험을 실시해 정원에 제한을 두지 않고 통과한 학생들 모두에게 각기 다른 관직을 수여하였다. 이미 관직을 제수 받은 사람이나, 혹은 불합격되어 2년이 지난 사람은 다시 재시험을 볼 수 있었다. 어떤 학생들은 여러 차례 낙방하기도 하였으며, 심지어 60세가 되어서도 여전히 태학에 머무는 학생들이 있어, 이를 일컬어 "결동입학結童入學, 백수공귀白首空歸"라고 하였는데, 이는 당시의 상황을 사실적으로 묘사한 말이라고 하겠다.

2) 홍도문학과 궁저학

홍도문학鴻都門學은 동한 영제靈帝 광화光和 원년(178년)에 창설되었는데, 낙양 홍도문鴻都門에 학교가 위치하고 있어 홍도문학이라고 일컫게 되었던 것이다. 홍도문학은 그 성격상 일종의 문학과 예술을 전문적으로 연구했던 학교였다고 말 할 수 있으며, 그 규모 또한 한때 1,000여 명 이상을 수용할 수 있었던 규모로 발전하기도 했었다. 동한 후기에 이르러 환관 무리의 정치세력이 팽창하면서 영제를 부추겨 홍도문학을 창설하고 자신들을 옹호하는 지식인을 교육시키는데 이용하였다. 이곳에서는 척독尺牘, 사부辭賦, 자화字畵 등을 전문적으로 가르쳤을 뿐 유가와 관련된 경서는 가르치지 않았다. 하지만 이들은 졸업 후에 대부분 높은 직위와 후한 녹봉을 받았던 까닭에 당시 관료집단과 태학생들로부터 심한 반대에 부딪치기도 하였다. 이렇듯 홍도문학의 학생들이 정치적으로

왕희지王羲之의 『척독尺牘』

부패한 환관 무리의 이익을 대표했다고는 하지만, 교육적인 측면에서 홍도문학 그 자체만을 놓고 볼 때는 특별한 의미를 지니고 있었다고 할 수 있다. 우선 홍도문학은 유학의 독존적인 교육 전통을 타파하고, 사회생활에서 필요로 하는 "시詩", "부賦", "서화書畵" 등의 내용을 교육하였다는 점에서 교육의 일대 변화라고 할 수 있으며, 또 하나는 홍도문학이 중국뿐만 아니라 전세계적으로 문예文藝를 전문적으로 교육한 최초의 문예전문학교였다는 점에서 매우 중요한 의미를 지니고 있다고 볼 수 있다.

한편, 한나라 시기의 궁저학宮邸學은 두 가지로 나눌 수 있다. 우선 정부가 전문적으로 황실과 귀족의 자제들을 위해 설립한 귀족학교였다는 점이다. 예를 들어, 동한 명제明帝 영평永平 9년(66년)에 이르러 "사성소후학四姓小侯學"을 창설하였는데, 여기서 이른바 "사성四姓"이란 바로 "번樊"·"곽郭"·"음陰"·"마馬" 등의 4대가를 가리키며, 이들이 모두 제후가 아닌 외척집단이었던 까닭에 이른바 "소후小侯"라고 일컬었다. 당시 "사성소후학"은 태학보다도 우수한 설비와 교수진을 갖추고 있었을 뿐만 아니라, 후에 "사성"의 자제만으로 제한하지 않고, 그 모집 대상을 심지어 흉노의 자제들까지 확대하여 학생으로 받아들였다. 이외에도 동한 안제安帝 원초元初

6년(119년)에 등태후鄧太后(80~121년)가 황실 안에 "저제학邸第學"을 창설하고, 화제和帝의 동생이었던 제북왕濟北王과 하간왕河間王의 자녀 중에서 5세 이상의 40여 명과 등태후와 가까운 친척 자손들 중에서 30여 명을 선발하여 전문적인 교사와 보모를 배치해 경서經書를 가르쳤다. 또한 매일 아침 등태후가 직접 "저제邸第"에 나와 아이들을 지도하였는데, 이것은 중국뿐만 아니라 전 세계적으로 볼 때도 유아교육을 담당했던 최초의 유아학교였다고 볼 수 있다.

궁인宮人을 교육대상으로 삼았던 궁정宮廷학교는 궁저학의 또 다른 하나의 유형이었다. 그래서 등태후가 입궁한 이후 일찍이 이곳에서 조대가曹大家로부터 교육을 받았다. 조대가曹大家는 바로 반소班昭(49~120년)를 가리키며, 그녀는 학식이 깊고 넓었으며, 또한 재능이 뛰어나 경학은 물론 천문과 수학에도 정통하였다. 그런데 세간에서 그녀를 조대가라고 칭했던 것은 그녀가 조세숙曹世叔의 처였기 때문이다. 동한 화제 때 황후를 비롯한 귀인들에게 명령을 내려 그녀를 스승으로 삼아 배우도록 하였으며, 일찍이 등태후는 그녀로부터 전문적으로 교육을 받았다. 이러한 사실로 미루어 볼 때, 궁중에서 일찍부터 교사를 초빙해 교육을 실시했다는 사실을 알 수 있다. 등태후가 정치에 참여하면서 환관과 근신들에게도 동관東觀(낙양궁의 궁전 명칭)에서 경전 교육을 실시하자, 좌우의 시종들이 모두 아침저녁으로 경전을 암송할 정도로 당시의 학풍이 크게 진작되었다고 한다. 이처럼 당시 동관은 교육 장소인 동시에 궁정 학교로서의 기능도 함께 갖추고 있었다는 사실을 알 수 있다.

3) 지방의 관학

한나라 시기는 기본적으로 진나라의 군현제郡縣制를 계승하는 동시에 서주시대의 분봉제도를 일부 계승함으로써 황실의 자손들에게 왕위와 토지를 나누어 주었다. 그리고 이들이 황실로부터 받은 군郡을 국國이라 일컬었는데, 군국은 당시에 가장 큰 지방 행정단위였다. 그래서 지방의 관학 또한 군국학교君國學校라고 일컬었다.

한나라 시대의 관학이 군郡에 세워지기 시작한 시기는 한 경제景帝 때부터이다. 촉군蜀郡의 태수 문옹文翁(약 기원전 180~120년)이 성도成都에 도착해 촉蜀 땅이 너무 편벽되고 문화가 낙후되어 "만이지풍蠻夷之風"이 성행함을 보고, 자신의 수하 중에서 자질이 뛰어난 10여 명을 선발해 수도 장안에 파견해 태학의 박사에게 수학하도록 하였다. 이들이 학업을 마치고 촉으로 돌아오자 문옹은 이들에게 관직을 제수하고 성도成都 중심에 학사學舍와 학관을 건립해 현縣의 자제들을 모아 입학시켰다. 그리고 이들이 졸업한 후에는 관직을 제수하였다. 수년의 세월이 지나자 촉군蜀郡이 제齊와 노魯에 비유될 수 있을 정도로 문화적 측면에서 커다란 발전을 이룩하였다. 이것이 바로 일찍이 중국의 고대교육사에서 칭송하는 "문옹흥학文翁興學"3)을 가리키는 것이다. 한 무제는 즉위 후에 그의 업적을 기리기 위해 각 군국郡國에 명령을 내려 촉군을 모방해 학교를 설립하도록 하였다. 이후 각 지역의 지방관들이 앞다투어 자신이 다스리는 지역에 학교를 설립하였다.

이어서 한 원제元帝 때 이르러 각 군국에 "오경五經", "백석百石", "졸사卒史"를 설치하고 지방 관학에 대해서도 관리하기 시작하였다. 그리고 한나

---

3) 역자주 : 전한시대 여강廬江 서현舒縣 사람으로, 젊어서 학문을 좋아해 『춘추』에 능통하였으며, 성격이 인애仁愛하여 교화에 힘써 성도成都에 학관을 세우고 군郡 산하의 자제를 모아 교육을 하였다. 이로 인해 무제는 각 군국에 학교를 세우고 그 지역의 인재를 교육하도록 함으로써 배우고자 하는 풍조가 천하에 크게 성행하였다.

라 평제 때에 이르러서는 군국 아래 각급 행정구역에도 학교를 설립하도록 하였다. 즉 군국에는 "학學"을 설치하고 현縣·도道·읍邑에는 "교校"를 설치하였다. 그리고 "향鄕"에는 "상庠"을 설치하고 취聚(촌락)에는 "서序"를 설치하였다. 그리고 "학學"과 "교校"에는 경사經師 1인을 두었으며, "상庠"과 "서序"에는 효경사孝經師 1인을 두었다.

한나라 때 지방에 관학을 설립한 주요 목적은 군郡 내부의 관리 양성과 우수한 인재를 조정에 추천하는데 있었다. 그래서 지방 관학에서는 정기적으로 "향음주鄕飮酒"나 "향사鄕射" 등과 같은 전통적 예의禮儀 활동을 통해 사람들에게 도덕적인 교화를 펼치고자 하였다. 동한 시기에 이르러 지방 관학이 매우 빠르게 발전하였다. 그래서 반고班固는 『양도부兩都賦』에서 "사해지내四海之內, 학교여림學校如林, 상서영문庠序盈門"이라고 당시에 번영했던 학교의 상황에 대해 읊은 것이다. 지방의 관학은 주로 유학 교육의 교화에 힘썼기 때문에 지방의 문화와 교육 수준을 제고시켜 주었을 뿐만 아니라, 또한 민족의 공통적 심리 형성에도 커다란 역할을 하였다.

4) 사학

한나라 시기에 이르러 사학이 크게 발달하면서 형식적인 측면에서 두 가지 유형의 학교가 등장하였다. 그 하나가 서관書館이었으며, 또 다른 하나가 바로 경관經館이었다.

서관은 또한 서사書塾라고도 불리었는데, 철모르는 어린아이들이 공부하던 사학 기관으로써 교사는 "서사書師"라고 불리었으며, 학습 내용은 주로 글자를 익히고 배우는 일과 유학에 관한 기초적인 내용을 배웠다. 서관의 교육은 두 단계로 나누어지는데, 그 첫 단계는 주로 글자를 익히고, 일부 수학 상식에 관한 교육을 받았다. 일찍이 동한의 교육자였던 왕충王充은 『논형論衡』에서 "서관에서 공부하는 학생들의 수가 100여 명이며, 이들은

『효경孝經』

먼저 글자를 익히고 배워야 하는데, 매일 1,000여 자를 암송해야 한다. 어떤 학생은 글씨를 잘못 써 매를 맞기도 하고, 어떤 학생은 잘못을 저질러 교사에게 혼이 나기도 한다."고 기록해 놓았다. 아이들이 글자를 익히는 교재로 『창힐편倉頡篇』, 『범장편凡將篇』, 『급취편急就篇』 등과 같은 자서字書가 활용되었다. 이러한 자서 가운데 세상에 가장 널리 전파되어 지금까지도 전해오고 있는 자서로는 오직 『급취편』이 남아 있다. 전하는 바에 의하면, 『급취편』은 한나라 원제 때 황문령黃門令 사유史遊가 편찬한 것이라고 하며, 지금까지 2,144자의 글자가 전해오고 있다. 그런데 어떤 사람의 고증에 따르면, 이 중에서 218자는 후인들이 덧붙여 놓은 것이라고 한다. 『급취편』은 3, 4, 7구의 형식을 지니고 있으며, 그 내용은 성씨, 의상, 농업, 음식, 음악, 병기, 조류, 금수, 의약, 인사 등과 이를 응용한 글자가 수록되어 있다 전체의 문장이 모두 압운으로 구성되어 있으며, 내용 또한 일정한 범위가 정해져 있어 아동의 심리적 특징에 잘 부합되었기 때문에 쉽게 가르치고 활용할 수 있다. 『급취편』은 한나라 시기부터 당대까지 주요 글자를 깨우치는 교본으로 사용되어오면서 세상에 널리 전파되었다. 이른바 "급취急就"라는 말은 속성이라는 뜻과 급하게 사용한다는 두 가지 의미를 담고 있어, 필요할 경우 자전字典으로도 사용할 수 있었다. 두 번째 단계는 글자를 읽고 쓰는 훈련과 함께 기본적인 유가 학설을 교육시키는 일이었다. 교재는 주로 『효경孝經』, 『논어論語』, 『이아爾雅』 등이

『이아爾雅』

사용되었다. 『이아』 역시 자서字書로써, 한자에 대한 구조와 어휘 조합, 그

리고 명물에 대한 전문 용어가 비교적 잘 해설되어 있어 역시 자전으로도 사용할 수 있었다. 대부분의 학생들은 서관에서 학업을 마치면 사회에 나가 일을 하거나 농農·공工·상商에 종사하였으며, 그 가운데 소수의 학생만이 계속 학문을 닦아 지방 관학이나, 혹은 중앙 태학에 들어가거나, 혹은 한 단계 더 높은 사학에 입학하여 공부하였다.

경관經館은 유가 경전을 더 깊이 연구하기 위해 입학해 공부하던 학교였다. 경관은 또한 "정사精舍", "정려精廬"라고도 일컬었으며, 서관 보다 수준이 한 단계 더 높은 사학 교육기관으로, 사실상 저명한 학자들이 학생을 모아 놓고 강의를 진행하였으며, 그 수준은 중앙의 태학에 버금갈 정도였다. 경관은 서한 시기에 이미 출현하였으며, 동한 시기에 이르러 더욱 흥성하였다. 한 무제가 "독존유술獨尊儒術"을 제창한 이후, 한나라의 대소 관리들 역시 유학에 관한 지식이 어느 정도 필요했기 때문에, 반드시 경전에 대한 전문적 학습이 필요하였다. 당시 민간에 "자식에게 황금 상자를 물려주는 것보다 경전 하나를 가르치는 것이 더 낫다."는 속담이 유행하였는데, 이 말은 자식에게 금은보석이 가득 든 상자를 물려주는 것보다 하나의 경전을 통달하도록 하는 것이 더 낫다는 의미이다. 그래서 당시 일부 박학다식하고 역량있는 학자들은 100여 명 이상의 제자를 받아들여 교육을 시키기도 하였다. 예를 들어, 유명한 동중서董仲舒는 학생이 너무 많아 직접 가르칠 수 없게 되자 어쩔 수 없이 고학년 학생들에게 저학년 학생들을 교육하도록 하였다. 이처럼 당시 제자 사이에 서로 교육하는 방법이 널리 유행함에 따라 당시의 명유名儒들은 교육의 보조 수단으로 제자들끼리 서로 돌아가며 교육하는 방법을 활용하기도 하였다. 예를 들어, 정현鄭玄(127~200년)은 일찍이 마융馬融(79~166년)을 스승으로 모시고 그의 문하에 있었으나, "삼년 동안 만나지 못하고, 고학년 제자로 하여금 정현에게 전수하도록 하였다."고 한다. 당시 사학 교육기관의 학생은 두 가지 유형이 있었는데, 그 하나가 바로 "급문제자及門弟子"로써 스승이 직접 가르친 학생을 일컫는 말이다. 또 하나는 "저록제자著錄弟子"로써 대학자의 문하에 이름은 등록해 놓았으나 직접 수업을 듣지 못하는 학생을 일컫는 말이다. 어떤 유명한 대학자의 문하에는 이러한 제자들이 1만여 명이 넘는 경우도 있었다고 한다.

경관의 스승과 학생들은 그 사이가 유난히 가까워 학생들은 최선을 다해 스승을 공경하였고, 스승은 특별한 관심을 가지고 학생들을 보살펴 주었다고 한다. 그래서 어떤 스승은 매번 상을 받을 때마다 가난한 학생들을 도와주었는가 하면, "변소邊韶"라고 불렸던 경관의 한 스승이 어느 날 낮잠 자는 모습을 본 학생들이 "독서는 게을리 하면서 잠만 자네."라고 비웃자, 이 말을 들은 변소가 "잠을 자는 것은 경전을 되새겨보기 위함이다."고 대답할 정도로 스승과 학생들의 사이가 좋았다고 한다. 가장 감동적인 이야기는 억울한 누명을 쓴 스승을 위해 학생이 상서를 올려 스승의 억울함을 호소하고 대신 죽기를 청했다는 고사이다. 일찍이 구양흡歐陽歙이 감옥에 하옥되자, 그의 학생 예진禮震이 상서를 올려 그를 대신해 죽기를 청했다고 하며, 또한 우후虞詡가 감옥에 하옥되자, 백여 명의 학생들이 그의 억울함을 호소하기 위해 깃발을 들고 머리를 조아리며 피를 흘린 끝에 결국 억울함을 씻고 사면을 받을 수 있었다고 한다. 이와 같이 스승을 존경하고 학생을 사랑했던 이야기들은 중국의 고대학교 교육발전사에 또 하나의 아름다운 미담으로 남아 있다.

한나라 시기에 사학이 흥성한 까닭은, 한편으로 국가의 "이경술취사以經術取士"의 시대적 상황과 또 다른 한편으로 개인의 "강학사상講學思想"에 대한 속박이 관학에 비해 상대적으로 적었기 때문이다. 관학의 태학 박사들은 대부분 하나의 경전만을 전문적으로 다룸으로써 장구章句에 얽매여 찬술이 적을 수밖에 없었다. 그러나 사학에서는 여러 가지 경전을 교육하였

『삼통력三統歷』

던 까닭에 학파 간의 울타리를 벗어나 여러 경전에 통달한 "통인通人"이 되고자 했던 학생들은 자연히 대학자들의 문하에서 개인적으로 사사를 받았다. 동한 때 하휴何休(129~182년)는 유학 경전에 통달했을 뿐만 아니라, 역법과 산학에도 밝았다고 하며, 정현은 『주역』, 『공양춘추公羊春秋』, 『삼통력三統歷』, 『구장산술九章算術』 등에 모두 능했다고 한다. 동한 시기에는 경사와 개인의 유가경전 이외에도 민간에서 과학과 기술을 교육하였던 사학이 있었다. 예를 들어, 명의로 이름난 화타華陀는 "고파剖破(외과 수술)를 비롯해 침과 뜸을 제자들에게 전수하였으며, 부옹涪翁은 『침경맥진법鍼經脈診法』을 저술하고 제자들에게 전수하였다고 한다. 그리고 번영樊英, 단예段翳, 요부廖扶 등은 모두 점성술과 천문에 정통하였으며, 또한 이를 제자들에게 전수하였다고 한다. 한편 동한의 방술에 비록 미신적인 요소가 섞여 있었다고는 하지만, 또 한편으로 풍부한 자연과학 지식과 인체과학 지식이 포함되어 있었다는 사실을 부정할 수는 없다.

『구장산술九章算術』

결국, 한나라 시기 사학 중에서 서관이 기초 교육을 담당했다고는 하지만, 경관이 사회에 미친 교육적 효과가 실제로는 서관보다 더 컸으며, 또한 이러한 경관이 후대에 이르러 사실상 서원書院의 기원이 되었다는 사실을 엿볼 수 있다.

제6장
위진남북조 시기의 학교

1. 위진魏晉 시기의 학교

동한 말 건원建元 원년(196년) 조조曹操가 헌제獻帝를 도와 허창許昌으로 천도한 때부터 수隋 문제文帝 개황開皇 9년(589년)에 이르기까지 394년의 기간을 중국 역사에서는 위진남북조시대라고 일컫는다. 이 시기는 위魏·진晉·남조(송宋·제齊·양梁·진陳)와 북조(북위北魏·북제北齊·북주北周)를 거치면 전란으로 인해 왕조가 분열되었다가 다시 통일되는 악순환이 거듭되던 혼란한 시기였다. 이처럼 오랜 기간 전란이 지속되면서 정상적인 학교 운영에도 커다란 영향을 주었다. 그래서 이 시기의 학교 교육은 때로는 흥하기도 하고, 때로는 쇠퇴했다가 다시 이어지기도 하였으며, 또한 학교 교육이 수시로 폐쇄되는 경우도 있었다. 물론 이러한 혼란한 시대적 상황 속에서 관학의 수가 크게 감소했지만, 이 시기 또 하나의 특징은 관학을 대신해 새로운 형식의 사학과 가학家學이 등장하여 새롭게 주목받기 시작하였다는 사실이다.

1) 삼국三國시대의 학교

위나라는 건립 초기 교육 사업을 크게 중시하여 황초黃初 5년(224년) 위 문제는 낙양에 태학을 설치하고, 경학박사를 두었으며, 이어서 위 문제는 또 "오경과시법五經課試法"을 제정하였다. 규정상 처음 입학하는 학생은 문인(예비 학생)이 되어 만 2년 동안 배운 다음, 경전 시험에 통과하면 제자(정식 학생)로 불렸으며, 시험에 통과하지 못한 학생들은 집으로 되돌려 보냈다. 제자가 만 2년 동안 배운 후에 두 개의 경전 시험에 통과하면 문학장고文學掌故로 발탁하였으며, 시험에 통과하지 못한 학생은 다시 하급반에 내려가 재시험을 보고 두 개의 경전에 통과하면 그들 역시 문학장고가 될 수 있었다. 만 2년 동안 문학장고로 공부하면서 세 개의 경전 시험에 통과한 학생은 고제高第로 발탁되어 태자사인太子舍人이 되었다. 하지만 시험에 통과하지 못한 자는 하급반으로 다시 내려가 재시험을 보고 재시험에 통과하면 그들 역시 태자사인이 될 수 있었다. 만 2년 동안 태자사인으

위진남북조魏晉南北朝 시기의 교육

로 공부하면서 네 개의 경전 시험에 통과한 학생은 고제로 발탁되어 낭중郎中이 되었다. 하지만 시험에 합격하지 못한 학생은 다시 하급반에 내려가 재시험을 보고 재시험에 통과하면 그들 역시 낭중이 될 수 있었다. 만 2년 동안 낭중으로 공부하면서 다섯 개의 경전 시험에 통과한 학생은 고재로 발탁되어 그의 재능에 따라 등용하였으며, 시험에 통과하지 못한 학생은 다시 하급반에 내려가 재시험을 보고 합격하면 그들 역시 재능에 따라 등용되었다. 이와 같이 법령으로 태학생의 학습 내용을 규정함으로써 벼슬길로 나아 갈 수 있는 길을 열어주었을 뿐만 아니라, 태학의 안정과 발전에도 어느 정도 긍정적인 작용을 하였다. 통달한 경전의 수를 따져 관원의 승진을 결정하는 고과제도考課制度가 동한 시기에 이미 제정되어 있었다고는 하지만, 사실 그것은 일종의 선거제도였다. 비록 위 문제文帝의 "오경과시법五經課試法"이 이러한 고과제도를 토대로 만들어졌지만, 이와 같

은 기능이 학교 교육에 유입됨으로써 새로운 형식의 고과제도가 등장하였다. 즉 학교의 교육과 문관의 선발시험을 하나로 통일시켰다는 점이다. 이점이 바로 위나라 시기 태학 교육의 중요한 특징 가운데 하나였다고 할 수 있다.

조위曹魏가 60년간 유지되는 동안 황초 연간(220~226년)에는 태학의 태학생이 수백여 명에 불과했으나, 경원景元 연간(260~264년)에 이르러 3,000여 명으로 증가될 정도로 크게 번창하였다. 그리고 정시正始 연간(240~249년)에 이르러서는 고古·전篆·예隸 등의 삼체三體로 새긴 석경비石經碑를 태학 문밖에 세워 교육의 표준으로 삼았다.

태학에서는 유가 경전의 전수를 주요 내용으로 삼았던 까닭에, 태학에 설치한 19명의 박사 중에는 고문경古文經 박사도 함께 설치되어 있었다. 숫자(15명)면에서 고문경 박사가 대다수를 차지해 금문경학의 지위를 뒤바꾸어 놓았는데, 이 또한 위나라 시기 태학의 특징 가운데 하나라고 할 수 있다.

조위曹魏의 교육제도에 있어서 또 하나의 새로운 발전은 바로 율학律學이 개설되었다는 점이다. 위나라 명제明帝 태화太和 원년(227년)에 상서尙書 위기衛覬가 율학박사의 설치를 주청하고, 율학 제자를 모집해 형율刑律를 교육하였는데, 이것이 바로 중국에서 법률을 교육한 최초의 전문학교였다.

촉蜀나라의 유비劉備 역시 221년 황제에 등극한 후 태학을 설립하고 박사학관을 설치해 학생을 교육하였으며, 오吳나라의 손권孫權 또한 황제의 자리에 오른 후 황용黃龍 2년(230년)에 국학을 세우고 도강제주都講祭酒를 설치해 학생들을 교육하였다.

위·촉·오 삼국은 모두 정권을 공고히 하기 위해 각기 나라의 상황에 맞게 학교 교육을 활성화하는 조치들을 취하였다. 그러나 빈번한 전쟁과 혼란스러운 정치 상황 속에서 학관學官의 선발도 공정하지 못하고, 학생의 선발도 엄격하지 못하였으며, 또한 학관의 승급시험 역시 부정이 많았다.

그래서 삼국 시기의 학교 교육은 그 발전에 있어 커다란 한계를 가질 수밖에 없었다. 따라서 서한시대의 학교 교육과 비교해 볼 때, 삼국 시기의 교육은 사실상 크게 쇠퇴하였다.

2) 양진兩晉 시기의 학교

서진 시기의 태학은 조위曹魏시대의 태학을 계승해 발전시켜 나갔다. 위나라 말년에 3,000여 명의 대학생이 서진 무제 태시泰始 8년(272년)에 이르러 7,000여 명으로 증가하자 칙서를 내려 학생의 수를 줄이고자 하였으나 크게 성과를 내지 못하고, 최종적으로는 3,000여 명의 태학생이 계속 유지되었다. 이를 통해서 서진 시기 태학 역시 상당한 규모를 가지고 있었다는 사실을 엿볼 수 있다.

서진 시기는 태학의 전통을 계승하는 동시에, 또 한편으로 문벌세족門閥世族의 자제를 교육시키는 국자감國子監을 설치하였다. 함녕咸寧 2년(276년) 진 무제의 명령에 의해 국자학國子學이 설립되고, 함녕 4년(278년)에 국자학의 학관제도를 확정해 "국자제주國子祭酒", "박사" 각 1인과 "조교" 15인을 두고 국자학의 학생들을 교육하였다. 이어서 혜제惠帝 원강元康 3년(293년)에 5품 이상의 자제들만 입학할 수 있다는 규정이 공포됨에 따라, 태학은 이후 6품 이하의 자제들이 학문을 구하는 곳이 되었다. 그 결과 국자감은 중국에서 태학 이외에 별도로 문벌세족의 자제들만을 교육시키기 위한 국자학의 시초가 되었다. 따라서 이처럼 문벌세족 계층의 정치적 특권이 학교의 교육제도에 반영되었다는 점이 바로 서진 시기 교육제도의 주요 특징 가운데 하나였다고 할 수 있으며, 국자학과 태학의 분립은 남북조 이후 고대 중국의 학교 교육제도 발전에 직접적인 영향을 주었다고 볼 수 있다.

동진東晉은 건립 초기인 건무建武 원년(317년)에 도성 건강建康에 태학을 설립하였는데, 이것은 동진이 강좌江左(장강 이남)에 설립한 최초의 태학이었다. 태원太元 9년(384년) 상서령 사석射石의 요구 아래 공경公卿의 자제 2,000여 명을 선발하고, 건물 155칸을 지어 국자학의 태묘 남쪽에 세웠다. 이때 동진의 학교체계 가운데 처음으로 국자학과 태학이 병존하는 상황이 등장하게 되었다. 그러나 서진 시기의 박사 숫자에 비해 동진 시기의 박사 숫자가 훨씬 적었으며, 학생의 수 역시 서진에 비해 훨씬 적었다. 게다가 교육 수준 역시 서진 시기에 비해 많이 떨어졌는데, 그 주요 원인은 바로 전란에서 비롯된 것이었다. 여기에 동진의 통치자들은 학교 설립의 목적을 인재의 육성이라는 측면보다 태평시대를 가장하기 위한 수단으로 활용했기 때문에, 학교에 대한 관리도 허술했을 뿐만 아니라, 이름난 교사도 드물었다. 정권을 잡고 있던 권력층 역시 배움도 없고 능력도 없었기 때문에 학관學官의 학술 성취나 교육에는 그다지 신경을 쓰지 않았

서진西晉 함녕咸寧 2년 국자학國子學 건립

다는 점이 이 시기의 교육적 특징이라고 하겠다.

2. 남조 시기의 학교

1) 송宋·제齊의 학교

남조의 송 문제가 정권을 잡은 원가元嘉 시기(424~453년)는 정치와 경제개혁을 단행하면서 관학 교육 역시 일시적으로 번영을 가져왔다. 원가

15년(438년) 문제는 유학의 대가였던 뇌차종雷次宗(386~448)을 불러 수도 교외에 있는 계룡산鷄籠山에 유학관儒學館을 열고 학생을 모아 가르치도록 하였는데, 당시 학생이 백여 명에 이르렀다고 한다. 또 원가 16년(439년)에 단양丹陽의 윤尹 하상지何尙之(382~160년)에게 현학관玄學館을 세우게 하고, 태자솔경령太子率更令 하승천河承天에게는 사학관史學館을 세우게 하였으며, 사도참군司徒參軍 사원射元에게는 문학관을 세우도록 하였다. 이처럼 이 시기에는 "유儒", "현玄", "사史", "문文" 등의 4개 학관이 나란히 세워져 각기 그 전공에 따라 학생을 모집해 교육과 연구가 진행되었다. 당시 유가 경전의 연구를 일러 "유학儒學"이라 하고, 노장老莊의 학설 연구를 일러 "현학玄學"이라 하였으며, 고금의 역사 연구를 일러 "사학史學"이라 하였고, 사장詞章의 연구를 일러 "문학文學"이라고 하여 4개의 학과를 병립하였는데, 이는 학제상의 일대 개혁으로, 문화와 사상적 측면에서 당시의 실제적 상황과 변화를 반영한 결과라고 볼 수 있다. 비록 이러한 학교 체계가 오래 가지는 못했지만, 이와같이 분과별로 나누어 교육한 교육제도는 수당 시기의 전문학교 발전에 직접적인 영향을 주었으며, 또한 분과별로 학과를 구분해 교육하는 후대 대학의 효시가 되었다고 말할 수 있다.

남조 제齊나라의 태조 소도성蕭道成은 어려서 뇌차종이 세운 유학관에 입학해 수학하였다. 그가 황제가 된 이후 건원建元 4년(482년) 국학國學을 세우고 학생 150여 명을 선발해 교육하였는데, 이들의 나이는 15에서 20세 사이였으며, "제주", "박사", "조교"를 두어 송나라의 제도를 그대로 계승하였다. 송 무제 영명永明 연간은 남제南齊의 유교와 국학이 흥성했던 시기였다.

2) 양梁·진陳의 학교

남조의 양 무제 소연蕭衍은 역사상 비교적 능력 있는 통치자로 알려져 있을 뿐만 아니라, 학교 건립에 있어서도 커다란 공적을 세웠다. 천감天監 4년(505년) 양 무제는 5관을 개설하고 오경박사 각 1인을 두었다. 그리고 유가의 오경, 즉 『시경』, 『서경』, 『예경』, 『역경』, 『춘추』 등을 교육하였으며, 오경의 박사가 각가의 학관學館을 각기 하나씩 관장하도록 하였다. 오관에서 학생을 선발할 때, 학생의 가문이나 문벌은 묻지 않고 오직 학생의 수준만을 물었으며, 선발 정원도 제한을 두지 않아 각 학관마다 학생이 수백여 명에 이르렀다. 또한 학생들은 오관을 오고 가며 자유롭게 수업을 들을 수 있었는데, 이것이 오히려 학생들을 경쟁시키는 결과를 가져왔다. 예를 들어, 엄식지嚴植之(457~508년)가 오경박사가 되어 관을 열고 강의를 시작하자 그의 강의를 듣기 위해 강의 때마다 찾아오는 오관의 학생들의 수가 천여 명에 이르렀다고 한다. 학생들은 관에서 숙식을 하며 정기적으로 시험에 참가하였으며, 시험에 합격한 자는 바로 관직에 나갈 수 있었기 때문에 일시에 많은 선비들이 수도에 모여들었다고 한다.

양 무제 천감天監 5년(506년)에 이르러 또 다시 집아관集雅館을 설치하고 먼 지역의 학생들을 모집해 유가의 오경을 강의하였다. 이어서 천감 7년(508년) 국자학을 세우고, 황태자와 황실의 자제를 비롯해 귀족 자제들을 입학시켜 유학의 오경을 강의하도록 하였다. 국자학에서는 한漢대와 진晉대 학자들의 주석 이외에도 양 무제 본인이 직접 저술한 『효경의孝經義』와 『공자정언孔子正言』을 학관에 비치해 전문적으로 강의하도록 하였다. 대동大同 7년(541년) 양 무제는 도성 서쪽에 사림관士林館을 세우고 학자들에게 돌아가며 강의를 하도록 하였는데, 양 무제가 찬술한 『예기중용의禮記中庸義』 역시 주요 강의 내용 가운데 하나였다. 사림관은 강의와 연구 기능을 하나로 통합한 기구였다고 볼 수 있다. 이외에도 천감 4년(505년) 양 무제는 율박사律博士를 설치하고, 법률을 다루는 인재를 양성하도록 하였다.

여기서 주목할 만한 사실은 양 무제 때 설립되었던 "오관", "집아관",

"국자학", "사림관" 등이 모두 유가의 오경을 강의 내용으로 삼고 있으면서도 각기 병립되어 있어, 신분이 다르거나 수준이 다른 학생들의 요구를 해결해 줄 수 있었다는 점이다. 이것이 바로 이전의 각 왕조에서 중앙에 설치했던 관학과는 완전히 다른 점이다. 양 무제는 지방의 교육에도 관심을 기울여 "박사제주"를 각 주군州郡에 파견하고 학교를 세웠는데, 그 대표적인 예가 바로 형주荊州에 건립된 주학州學이었다. 양대의 학교 교육은 한때 크게 성행하여 남조에서 가장 큰 성과를 거두었다고 할 수 있다.

남조의 진陳 문제文帝는 천가天嘉 원년(560년) 국자학을 건립하고, 왕공의 자제들을 모집해 교육하였으며, 황태자 역시 국자학에 입학해 교육을 받도록 하였다. 진의 국자학 역시 양대의 교육체제를 계승해 발전시켜 나가는 동시에 "태학"과 "율학"을 설립해 교육하였다. 그러나 전체적인 추세로 볼 때, 진대의 학교 교육은 양대의 학교 교육에 비해 그 수준이 떨어졌을 뿐만 아니라, 점차 쇠락해 가는 상황에 처해 있었다고 평가할 수 있다.

한마디로 종합해 볼 때, 170여 년에 가까운 세월 동안 남조의 학교 교육은 흥성과 쇠락의 부침이 거듭되는 상황에 처해 있었다. 하지만 송과 양대는 상대적으로 남조 가운데 통치 기간이 비교적 길고 학교 교육 역시 비교적 흥성했던 시기였다. 특히 송대의 "사학四學"과 양대의 "오관五官"은 그 특징이 매우 두드러졌다고 볼 수 있으며, 남제南齊의 학교제도는 대부분 남조의 송대 교육제도를 계승한 반면, 남진南陳은 대부분 남조의 양대 교육제도를 계승하였다고 볼 수 있다.

3. 북조 시기의 학교

중국의 북방 지역에 16국이 성립된 이후, 북위北魏, 북제北齊, 북주北周 등의 왕조가 차례로 등장하였다. 이들이 비록 이민족이 집권한 통치 집단이었다고는 하지만, 모두 공자를 추앙하고 유학을 중시하는 동시에 한족의 전통화를 계승함으로써, 이 시기의 봉건제를 더욱 더 가속화시켜 주는 결과를 가져다 주었다. 이렇듯 교육의 대융합은 당시 각 민족을 하나로 융합시켜주는 중요한 요인 가운데 하나로 작용하였다.

1) 북위北魏의 학교

선비족鮮卑族 척발씨拓跋氏가 386년 북위 왕조를 건립하고, 398년 평성平城(지금의 산서성 대동大同)에 수도를 정한 후, 경학 교육을 위주로 한 학교 교육제도를 건립하였다. 이에 태학을 세우고 오경박사를 두었는데, 학생들이 천여 명에 달했다고 한다. 또한 천흥天興 2년(399년)에 이르면 태학의 학생 수가 3,000여 명으로 증가하였다고 한다. 그리고 명원제明元帝(409~423년) 시기에 이르러 국자학을 중서학中書學으로 고치고, 중서성中書省에서 관할하도록 하는 한편, 중서학 내에 "중서박사"를 설치하고 중서의 학생들을 교육하였는데, 중서학이란 명칭은 북위가 처음 사용하였다. 이어서 시광始光 3년(426년)에 이르러 태무제太武帝가 도성 동쪽에 태학을 별도로 세웠으며, 이로 인해 유학이 다시 부흥의 기회를 맞이하게 되었다.

태평진군太平眞君 5년(444년)에 조서를 내려 공경公卿의 자제는 모두 태학에서 공부하도록 하는 한편 사사로이 장인匠人들의 학교 설립을 금지하고, 부모나 형제에게서 직접 기술을 전수 받도록 하였다. 만일 이를 위반하는 경우에는 사형에 처해졌다. 이러한 교육체제는 북위의 교육이 오직 귀족만을 위한 교육이었다는 사실을 반영한 것이며, 객관적인 측면에서 볼 때 이는 당시 사학의 발전을 저해하는 요인이 되었다고 하겠다.

471년 효문제 즉위 후 봉건화가 가속화되면서, 유학 역시 전례 없이 중시되어 학교 체제가 급속하게 완비되었다. 특히 태화太和 9년(486년) 황족의 교육을 위한 "황종학皇宗學"을 건립하고, 태자를 비롯해 황실의 자제들을 교육시켰는데, 황종학은 북위 때 처음 창건되었다. 이어서 태화 10년(486년)에 "중서학中書學"을 "국자학國子學"으로 변경하였다. 태화 17년(493년) 수도를 평성에서 낙양으로 천도한 후 효문제孝文帝가 직접 옛 태학에 가서 석경石經을 관람했으며, 태화 19년(495년)에 수도 낙양에 "국자학", "태학", "사문소학四門小學"을 세우고 새로운 관학 체계를 마련하였다.

북위 역시 지방의 관학을 중시하여 헌문제獻文帝 천안天安 원년(466년)에 조서를 내려 지방에 향학鄉學을 세우고, 박사 2인, 조교 2인, 학생 60인을 두도록 하였다. 이것이 바로 주군州郡의 학교 설립을 위해 북위가 제정한 첫 번째 학령學令이었다. 이어서 헌문제는 참결대정參決大政 고윤高允(390~487년)에게 교육제도를 완비토록 하는 조서를 내렸는데, 조서의 이면에는 전국에 지방의 관학체제를 갖추고자 하는 의도가 담겨 있었다. 그래서 먼저 대군大郡에는 박사 2인, 조교 4인, 학생 100인을 두었으며, 차군次郡에는 박사 2인, 조교 2인, 학생 80인을 두었다. 그리고 중군中郡에는 박사 1인, 조교 2인, 학생 60인을 두었으며, 하군下郡에는 박사 1인, 조교 1인, 학생 40인을 두는 규정을 제정하였다. 또 학관의 박사와 조교는 모두 유가 경전에 통달하고 뛰어난 덕행을 갖추어 다른 사람의 모범이 되어야 한다고 규정해 놓았다. 비록 규정상 박사의 연령을 40세 이상으로, 그리고 조교의 연령은 30세 이상으로 규정해 놓았지만, 능력이 뛰어난 사람은 연령에 구애받지 않고 파격적으로 등용 할 수 있었다. 학생 선발에 있어서도 우선 신분이 높은 가문의 자제들을 먼저 선발한 다음, 중간 계층과 지주의 자제들을 선발하였다. 북위의 군국郡國 학교 설립은 낙양으로 천도한 후에도 여전히 이와 같은 학교체제를 적용하였다.

일찍이 서한 평제平帝 때 군국郡國에 학관을 설치하도록 명령을 내렸으나, 실제로 학제學製가 성립되지는 못했다. 그렇기 때문에 중국에서 군국에 처음 학교 체제가 마련된 시기는 당연히 북위로 봐야 할 것이다. 이점이 바로 북위가 중국의 고대학교 교육발전사에 이룩한 공헌이라고 하겠다.

2) 북제北齊의 학교

550년 북제의 정권이 성립된 후에도 유학을 숭상하는 정책은 지속적으로 추진되었다. 예를 들어, 공자의 후손에게 벼슬과 녹봉을 내리고 국자학 학생들의 대우를 예전과 동일하게 하며, 『예경禮經』 등을 공부하도록 하였다. 북제 시기에는 "국자사國子寺", "태학太學", "사문학四門學" 등의 학교가 있었는데, 국자사에는 제주 1인, 박사 5인, 조교 10인, 학생 72인을 두었고, 태학에는 박사 10인, 조교 20인, 태학생 200인을 두었다. 그리고 사문학에는 박사 20인, 조교 20인, 학생 300인을 두었다. 하지만 북제는 사실상 국자학만 실질적으로 운영되었을 뿐, 나머지 학교들은 말만 학교지 빈껍데기에 불과하였다. 그렇지만 학제상에서 "국자사國子寺"가 북제 때 처음 설치되었는데, "국자사"는 귀족 자제에 대한 교육을 책임지고 관리하던 기구로써, 이와 같은 교육행정기구의 창설은 중국의 고대학교발전사에서 커다란 의미를 지니고 있다. 이후 수당隋唐으로 계승되어 오다가 후에 "국자감國子監"으로 그 명칭이 변경되었다.

북제 역시 주군州郡의 학교 설립을 중시하였다. 그래서 문선제文宣帝는 즉위 후 군국에 명령을 내려 학교를 세우고 널리 학생을 모집해 유가의 경전을 교육하는 동시에, 학교 내에 공자 사당을 세우고 학관의 박사 이하의 모든 사람이 매달 한 번씩 참배하도록 하였다. 이러한 조치는 후에 각급의 학교 내에 공자의 사당을 설치하는 효시가 되었다.

3) 북주北周의 학교

북주는 성립된 지 얼마 안 되었으나, 학교 교육을 매우 중시해 학교 체제를 갖추는데 새로운 성과를 거두었다. 국자학과 태학의 설치 이외에도 명제明帝 우문육于文毓(557~560년) 때 인지학麟趾學을 설치하고, 공경 이하의 문학자 80여 명을 인지전麟趾殿에 불러 강의하도록 하였는데, 많은 학생들이 모여 강의를 들었다. 인지학의 설립은 문사文史를 좋아했던 명제 본인의 취미와 깊은 연관이 있었음은 두말할 필요가 없다. 이외에 무제 천화天和 2년(567년)에 이르러 "노문학露門學"을 설립하였는데, 여기서 "노露"는 "로路"를 의미하며, 문門은 고대 왕후가 거처했던 궁전의 가장 안쪽 문을 의미하는데, 또한 "호문虎門"이라고도 일컬었다. 노문학에는 박사 4인, 노문박사, 그리고 약간의 조교를 두었으며, 학생은 72명을 선발하였다. 북주의 통치자들은 노문학을 대단히 중시하여 무제 건덕建德 3년(574년)에 이르러 또 다시 "통도관通道觀"을 설치하였는데, 그 성격은 남조의 송조宋朝가 건립했던 "사학四學" 중에서 "현학관玄學館"과 유사한 성격을 지니고 있었다.

북주시대는 지방의 군국郡國에도 학교를 설치하였을 뿐만 아니라, 주현州縣에도 학교를 설치하고 학생을 교육하였다. 또한 북주의 관제 규정에 따라 각 현縣의 크고 작음을 고려해 이에 걸맞는 품격의 현학縣學 박사를 두었다.

4. 전문학교와 사학

위진남북조 시기에 이르러 전문학교는 더욱 발전하였다. 앞에서 언급한 바와 같이 일찍이 위대에 이미 율학이 설치되었으며, 후에 진대에도 역시 율학이 설치되었다. 그리고 남조의 양대와 진대 역시 율학이 설치되었으며, 북위를 비롯해 북제와 북주 시기에 이르러서도 역시 율학이 설치되었다. 이를 통해 볼 때, 이 시기에 이미 율학이 상당히 보편화 되어 있었다는 사실을 알 수 있다. 서진의 무제 시기에 서학書學을 세우고 서법을 익히게 하였으며, 북위와 북주 시기에도 역시 서학을 세우고 서생書生을 교육시켰다. 남조의 송 문제는 원가元嘉 20년(443년)에 의학醫學을 개설하였으며, 북위 시기에도 역시 "태의太醫박사"와 조교를 두고 제자를 가르치도록 하였다. 북주시대는 산술학算術學을 설립하고 학생을 산법생算法生이라고 일컬었다. 이로써 살펴보면, 이 시기 전문학교의 발전이 인문학 분야뿐만 아니라, 자연과학 분야에서도 이루어졌다는 사실을 알 수 있다. 이러한 성과는 후대 전문학교 발전에 적지 않은 영향을 주었으며, 또한 당시 유학이 비록 독존獨尊적 위치를 점하고 있었다고는 하지만, 점차 유·불·도가 병행하는 시대적 변화 속에서 과학기술의 전수 역시 학교 교육 가운데 일정 부분을 차지하고 있었던 당시의 상황을 잘 보여주고 있다.

이 시기의 사학은 커다란 발전을 이룩하여 명유名儒가 강의할 때는 학생이 수백 명에서 혹은 수천여 명에 이르는 경우도 많이 있었다. 당시 남조에서 비교적 커다란 영향력을 가지고 있었던 사람은 바로 제齊나라의 유환柳瓛(434~489년)이었는데, 그는 자신의 명성뿐만 아니라 그의 제자 중에서 적지 않은 뛰어난 인물들이 나와 더욱 더 유명해진 인물이다. 예를 들어, 범진範縝(약 450~510년)은 그의 문하에서 수년간 학문을 연마하였으며, 북위의 저명한 경학가 서준명徐遵明(475~529년)은 수많은 학생들이 그의 강의를 듣기 위해 찾아왔는데, 명부에 기록된 제자만도 1만여 명이 넘었다고 한다. 특히 그는 강의할 때 경문과 주소註疏를 상세하게 밝혀 학생들에게 설명하였고, 이와 동시에 학생들의 자유로운 토론을 이끌어 내었는데, 이러한 방식은 후대 학자들의 강의 방식에 모범이 되었다.

유학·현학·불교·도교 등의 융합적 교육은 이 시기 사학의 특징이었다고 볼 수 있다. 예를 들면, 진조의 서효극徐孝克(525~599년)은 현학을 강의하면서도 오경에 통달하였다. 그는 매일 아침에 불경을 강의하고, 저녁에는『예경』과『춘추』를 강의하였는데, 그의 강의를 듣는 자가 수백여 명에 달했다고 한다. 그의 강의 특징은 유·불·도 사상의 융합적 형태를 취하고 있었다는 점이다. 이 시기의 강의 형식은 불교와 현학의 영향을 받아 강좌講座에 올라 경을 강의하는 형식이 성행하였으며, 강의를 듣는 사람들도 많을 경우 천여 명에 달하였다고 한다. 기록에 따르면, 진陳의 후주後主는 당시 유학의 대가로 존경받던 장기張譏에게 온문전溫文殿에서『노자』와『장자』를 강의하도록 하였으며, 후에 진 후주가 종산鍾山 개선사開善寺에 이르렀을 때도 장기를 불러 강의를 시키고, 자신은 대신들과 함께 절의 서남쪽 소나무 숲에 앉아 강의를 들었다고 한다. 농서隴西 출신의 왕가王嘉는 세상 사람들과 어울리지 않고 굴을 파고 그 안에 들어가 살며 수백여 명의 제자들을 가르쳤는데, 그의 제자들 역시 모두 굴속에 거주하며 강의를 들었다고 한다. 태산泰山의 장충張忠은 "가르칠 때 그 형태만 보여 주는 말로 설명하지 않았다."고 전해진다. 즉 그는 제자들에게 기를 운용하는 자신의 수양 모습을 보여 주고 말로 설명하지 않았는데, 이것이 바로 도교의 교육적 방법이었다. 이를 통해 기공에 관한 교육 역시 당시에 성행했었다는 사실을 엿볼 수 있다.

과학기술에 관한 교육 역시 당시 사학의 교육 내용 중에서 중요한 부분을 차지하고 있었다. 예를 들어, 천문학, 산술학, 의학, 의약 등에 대한 교육방법 역시 새롭게 개혁이 이루어졌다. 그래서 남조의 왕미王微(415~453년)는 본초本草를 깊이 연구한 다음 항상 두세 명의 학생들과 함께 약초를 캐어 직접 테스트해 보고『본초本草』를 검증했다고 하는데, 그의 이러한 태도는 중국의 고대 의약학에서 약초를 검증해 사용하는 실천적 정신을 계승해 발전시킨 것이며, 또한 그가 직접 제자들과 함께 약초를 캐어 검증한 방법이 당시 학생을 지도하는 또 하나의 새로운 방법이었다는 점에서 주목할 필요가 있다.

이 시기에 이르러 부녀자에 대한 교육 역시 등장하였는데, 예를 들면, 위영韋逞의 모친 송씨宋氏는 가학家學으로 전해오는『주관周官』의 주석을 계승하였으며, 전란 중에도 중단하지 않았다고 한다. 후에 위영이 전진前秦의 부견符堅(357~385년)의 태상관太常官으로 있을 때도 집안에 강단을 설치하고 120여 명의 학생을 가르쳤는데, 이때 강단 앞에 붉은 휘장을 두르고 호를 선문군宣文君으로 불렀다고 한다.

여기서 우리가 또 하나 주목할 만한 점은 남조에 이미 박사에 임명된 부녀자가 있었다는 사실이다. 예를 들어, 문사에 능했던 오군吳郡(지금의 강소성 소주)의 한난영韓蘭英이 송 효무제에게『중흥부中興賦』를 바치고 상을 받기 위해 입궁하였으며, 또한 명제 때는 궁중의 일을 맡았다고 한다. 그리고 제의 무제 때는 그녀를 박사에 임명하고 육궁六宮에서 서학書學을 가르치도록 했다고 한다. 그녀는 나이가 많고 학식이 깊어 사람들이 그녀를 "한공韓公"이라고 존칭해 불렀다고 전한다. 진 후주 때 이르러서는 문학을 아는 궁인 원대사袁大舍 등을 여학사女學士에 임명했다고 하는데, 이 역시 상당히 의미 있었던 일로 볼 수

범수范岫의『자훈字訓』

있겠다. 남제南齊 시기에 박학하고 문학에 뛰어났던 왕융王融은 어려서 모친인 사혜선녀謝惠船女의 교육을 받아 훌륭한 인재가 되었다고 하며,『원가력袁嘉歷』의 창조자 하승천何承天(370~447년)은 어려서 아버지를 잃고 모친으로부터 교육을 받아 훌륭한 인재가 되었다고 한다.

이 시기에는 어린이의 계몽을 위해 편찬된 독서물도 적지 않게 등장하였다. 예를 들어, 범수範岫의『자훈字訓』, 왕포王褒의『유훈幼訓』등은 이미

계몽적 성격을 지니고 있었으며, 양 무제 때 등장한 주흥사周興嗣(?~521)의 『천자문千字文』은 왕희지가 남긴 문장 중에서 1천 자의 글자를 뽑아 4언

주흥사周興嗣의 『천자문千字文』

형식에 압운을 맞춰 지은 작품이다. 이 책은 "천지현황天地玄黃, 우주홍황宇宙洪荒"으로 시작해 천문, 박물, 역사, 인륜, 교육, 생활 등의 지식을 차례로 서술함으로써 글자 교육과 함께 봉건적 사상교육과 상식교육을 종합적으로 가르치고자 했던 계몽서였다. 『천자문』은 수대隋代부터 20세기인 오늘날까지 꾸준히 유전되어오고 있어 중국 역사에서 가장 오랫동안 전해져 오고 있는 계몽 교과서 가운데 하나이다. 이 책은 상용자를 조합해 조리 있게 표현할 수 있도록 내용을 편집하였으며, 언어적인 측면에서도 압운이 자연스럽고 짜임새가 간단해 어린아이들이 쉽게 낭독하고 외울 수 있게 구성되어 있다. 그래서 일찍이 고염무顧炎武는 『여씨천자문서呂氏千字文序』에서 『천자문』은 문장의 구조가 훌륭할 뿐만 아니라, 그 수준 역시 매우 높다는 "불독이문전不獨以文傳, 이우기교전而又以其巧传"이라는 말로 칭찬을 아끼지 않았다.

종족과 가정에 대한 교육 역시 이 시기에 이르러 커다란 발전을 가져왔다. 그래서 『진서晉書·효우전孝友傳』에 "왕연王延은 천하가 전란으로 어지러워도 농사를 지으며 한가한 틈을 이용해 차분하게 종족에게 교육을 시켰다"는 말이 전해오고 있다. 한편 유은柳殷은 가정 교육 측면에서 매우 독특한 방법을 가지고 있었다. 그에게는 일곱 명의 아들이 있었는데, 다섯 아들에게는 경전을 하나씩 전수하고, 나머지 두 아들에게는 『사기』와 『한서』를 가르쳐 한 집안에서 경사經史를 모두 아우를 수 있게 하였다. 동진의 왕희지(303~361년)는 서법을 집대성해 "서성書聖"으로 불리었으며, 그 집안의 자제들 역시 모두 서법에 능통하였다. 특히 어린 아들 왕헌지王獻之

(344~386년)는 7, 8세 때부터 서법을 배워 "소성小聖"이라고 불릴 정도로 서법에 뛰어났으며, 둘째 아들 의지疑之 역시 초서와 예서에 뛰어났다고 한다. 남제의 조충지祖冲之(429~500년) 일가는 모두 천문과 산술학에 능통하였다고 한다. 이처럼 가족 간의 학술 전수가 당시에는 이미 상당히 보편화 되어 있었으며, 수많은 경학가, 현학가, 과학가, 문학가, 예술가들이 모두 이러한 교육 방식을 통해 뛰어난 인재가 되었다. 안지추顏之推가 지은 『안씨

안지추顏之推의 『안씨가훈安氏家訓』

가훈安氏家訓』은 이 시기에 가정교육을 대표할 만한 작품이라고 할 수 있는데, 이 책은 주로 유가 사상을 통해 자손을 훈계하는 내용을 담고 있어 책의 이름을 『가훈』이라고 지었다. 이 책은 안지추 자신이 일생 동안 겪은 "입신立身", "치가治家", "처사處事", "학문" 등의 경험을 총정리해 놓은 것으로, 이 시기의 교육적 단면을 반영하고 있을 뿐만 아니라 사대부 가의 가정교육에서 드러나는 보편적 문제점들을 지적함으로써 봉건적 가정의 교육발전에 중요한 영향을 주었다.

제7장

수隋·당唐 시기의 학교

1. 수대隋代의 학교

수대(581~618년)는 300여 년간의 사회적 동란을 마감하고 남북의 통일을 실현한 시대였다. 수대의 초기 통치자는 정치를 혁신하고 풍속을 바로잡기 위해 인재의 양성을 중시하여 학교의 설립과 발전에 주목하였다. 이에 중앙에서 지방에 이르기까지 광범위하게 학교를 건립하였는데, 조정에는 "국자사國子寺"를 설립하고 "제주祭酒"를 두어 전국의 학교 교육을 주관하였다. 이는 중국 역사에서 처음 설립된 교육전문 행정기구였으며, 동시에 전국의 교육을 관리하는 수장이었다. 국자사 아래에 "국자학", "태학", "사문학四門學(각 박사 5인, 조교 5인을 두었음)"·"서학"·"산술학(각 박사 2인, 조교 2인을 두었음)" 등의 오학五學을 두었으며, 오학의 학생은 모두 980명이었다. 앞에 세 기관은 경전을 가르치는 교육기관이었으며, 뒤에 보이는 세 기관은 전문지식을 가르치는 전문학교였다고 할 수 있다. 따라서 이것은 수대 전문학교의 다양성을 보여주는 중요한 지표라고 할 수 있는데, 당시에는 일부 전문학교 중에는 행정기구와 분리되지 않고 함께 결합 되어 있었던 경우도 있었다. 예를 들면, 대리사大理寺에서는 율박사 8인을 두고 소수의 학생만을 교육하였으며, 태상사太常寺 아래의 태의서太醫署에서는 의학박사·안마박사·주금呪禁박사·약원사藥園師 등을 두고 학생들을 교육하였다. 이러한 사실은 당시에 전문학교가 이미 다양한 형식으로 발전했다는 것을 보여주는 사례라고 할 수 있으며, 또한 후대의 다양한 전문학교 발전에도 중요한 토대가 되었다고 볼 수 있다.

수대의 양제煬帝 대업大業 3년(607년)에 "국자사"를 "국자감國子監"으로 변경하였다. 이후 국자감은 독립된 교육기구로써 전국의 모든 교육기구를 관리하였으며, 국자감의 제주는 교육행정을 담당하는 수장 역할을 하였다. 그 후 국자감이라는 명칭은 청대까지 줄곧 연용되어 왔다.

수대의 지방 학교 역시 적지 않은 발전을 이룩하였는데, 특히 황하 중하류 일대의 주현州縣은 교육이 비교적 빠르게 발전하여 책 읽는 소리가 끊이지 않을 정도였던 반면, 변경 지역의 주현에서는 여전히 낙후된 상태를 면치 못하였다. 후에 수 양제의 폭정과 빈번한 전쟁, 그리고 국내의 여러 가지 모순들이 날로 격화됨에 따라 수대의 학교 교육 역시 쇠락의 길로 접어들고 말았다.

2. 당대唐代의 관학 체계

당대(618~907년)는 수대의 교육제도를 그대로 계승하여 발전시켜 나갔다. 당대는 정치적 통일과 경제의 번영, 그리고 발달된 문화와 과학을 토대로 학교의 교육제도 역시 상당히 완비되어 중국을 비롯한 세계의 학교 교육발전에서도 매우 중요한 지위를 차지하게 되었다.

당대의 학교는 중앙에서 직접 설립해 운영한 "육학六學"과 "이관二館"이 있었는데, 중앙의 육학六學에는 국자학·태학·사문학·서학·산학·율학이 포함되어 있었다. "육학六學"은 국자감에 예속되어 있었으며, 국자제주가 이 기구의 최고 책임자였다. 국자학·태학·사문학은 대학의 성격을 가지고 있었고, 서학·산학·율학은 전문학교의 성격을 띠고 있었다. "이관二館"은 숭문관崇文館과 홍문관弘文館을 가리키며, 방계에 속하는 교육기관이었다. 홍문관은 문하성門下省에서 직접 관할하였고, 숭문관은 동궁東宮에서 직접 관할하였다. 이외에 황족은 별도로 황족소학皇族小學을 세워 교육하였다.

당대는 정관貞觀과 개원開元 시기에 국력이 가장 강성하였는데, 학교 역시 이 시기에 최고로 발전하였다. 당 태종 때 증축한 국학의 학사가 무려 1,200칸에 이르렀으며, 여기서 배우는 학생들이 무려 2,260명에 달했다고 한다. 문화와 교육의 발달은 사람들의 사상을 하나로 통일시켜 주었으며, 또한 당대의 통치 안정을 촉진시켜 당 왕조가 세계 문화의 중심지로 발돋음 하는데 커다란 역할을 하였다. 당시 이웃 나라의 유사儒士들 역시 장안으로 모여들었는데, 이 가운데 고려, 백제, 신라, 고창高昌 등의 나라에서도 지속적으로 유학생들을 파견해 국학에 입학시켰다. 한편, 문성공주文成公主가 티벳의 왕후가 되자 송첸캄포 국왕은 당의 문화를 사모하여 티벳의 귀족 자제들을 장안에 파견하여 국학에 입학시켜 『시경』과 『서경』 등을 배우도록 하였다. 당시에 이처럼 국내외에서 모여든 학생들이 8,000여 명에 이를 정도로 당대의 학교 교육은 전례없는 발전을 이룩하였다.

또한 당대는 지방에도 학교를 설치하였는데, 각 부府와 주州마다 부학府學과 주학州學을 설치하였고, 각 현縣에도 현학縣學을 설치하였다. 그리고 현縣 내에도 시학市學과 진학鎭學을 설치하였으며, 모든 부府·주州·현縣·시市의 학교는 국가에서 직접 관할하였다. 그리고 지방 교육의 수장은 장사長史가 주관하였다. 지방학교의 실질적 발전은 정관貞觀 연간에 이루어졌으며, 629년에 중국 역사상 최초로 주州에 의학을 설치하였다. 개원 연간(713~741년)에 이르러 부·주·현학은 이미 일정한 규모와 비교적 완비된 제도를 갖추고 있었다. 개원 28년(740년) 전국에 328개의 부府·주州와 1,573개의 현이 설치되어 있었는데, 부학에서는 유가 경전을 배우는 50~80명의 학생과 의학을 배우는 12~20명의 학생을 입학시켜 교육하였으며, 주학에서는 유가 경전을 배우는 40~60명의 학생과 10~15명의 의학을 배우는 학생을 입학시켜 교육시켰다. 그리고 현학에서는 20~40명의 학생을 두고 유가 경전을 가르쳤다. 이와 같은 규모의 네트워크는 중국 역사상 전대미문의 일로써 세계적으로도 그 유례를 찾아보기 어려운 예라고 하겠다.

당시 발해(지금의 길림지역), 고창高昌(지금의 신강 투르판지역), 토번吐蕃 등의 나라에서도 자제들을 장안에 파견하여 국자학에서 공부를 시켰는데, 이들이 학업을 마치고 돌아가면, 이어서 그 다음 학생들이 장안에 파견되었다. 남조南詔(지금 운남성 대리지역)에서도 자제들을 성도成都에 파견하여 공부를 시켰는데, 학생 수와 횟수도 비교적 많은 편이었다. 기록에 의하면 학업을 마치고 돌아간 학생들이 수백 명이나 되었다고 한다. 이것은 당 왕조가 주변의 민족들과 적극적으로 문화와 교육을 교류하였다는 사실을 반증해 주는 것이라고 볼 수 있다.

당대는 도교를 숭상하여 중앙에 숭현학崇玄學을 설치하고 상서성 사부祠部에 예속시켜 놓았다. 또한 각 주州에도 숭현학을 설치하고 현학박사 1인을 두어 노자의 『도덕경』, 『장자』, 『열자』, 『문자文子』 등의 도교 경전을 강의하도록 하였으며, 학생들은 졸업 후 과거시험에 참가할 수 있었다.

3. 당대의 학교 행정관리와 제도

1) 입학 신분과 정원

홍문관과 숭문관은 황제의 친척이나 귀족의 자제들이 다니던 귀족학교로써 황제·태후·황후의 친속과 재상 등의 고급관원 자제 50명을 학생으로 모집해 교육하였다. 국자학의 학생은 3품 이상의 문무文武 관원의 자제를 선발하였으며, 그 정원은 300명으로 제한하였다. 이어서 태학은 5품 이상의 문무 관원의 자제를 선발하였으며, 정원을 500명으로 제한하였다. 그리고 사문학四門學은 7품 이상의 문무 관원의 자제를 선발하고 정원을 500명으로 제한하였다. 이외에도 지방의 평민 중에서 우수한 인재를 선발해 교육시켰는데, 그 정원은 800명으로 제한하였다. 지방의 관학에서는 주로 지방의 관원과 중소 지주의 자제들을 학생으로 모집하여 교육하였다.

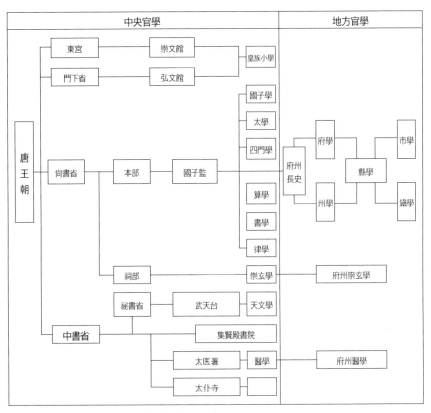

당대의 관학 체계도唐代官學體系圖

2) 입학 연령과 재학 연한

입학 연령은 일반적으로 14세에서 19세 사이였으며, 재학 연한에 대한 구체적인 규정은 없고, 일반적으로 배운 경전의 수와 시험의 합격 여부에 의해 결정되었다.

3) 입학 수속과 의식

대개 귀족과 고급관원의 자제와 과거시험에서 낙방한 거인擧人은 직접 중앙관학에 입학하여 각 학관에서 공부할 수 있었으며, 지방의 관학에서는 시험을 거쳐 진학할 수 있었다. 현에서 우수한 학생은 시험을 거쳐 주학에 진학 할 수 있었으며, 주州와 현縣에서 우수한 학생은 각 주州의 장사長史가 주관하는 시험을 거쳐 선발되었는데, 이들 역시 중앙의 관학인 사문학에 진학 할 수 있었다. 관학에 입학하면 일체의 음식과 의복은 물론 생활 용품까지도 모두 학교에서 학생들에게 제공하였으며, 학생이 교사와 처음 상견례를 할 때는 성대한 의식을 거행하였다. 학생이 먼저 선생님께 예를 갖추어 "속수지례束修之禮"를 행하였는데, 국자학과 태학의 학생들은 각 학생마다 명주 3필을 교사에게 드렸으며, 사문학과 지방 관학의 학생들은 학생들마다 명주 2필을 준비해 교사에게 드렸다. 이외에 술과 고기를 준비해 보내기도 했는데, 그 양에 대해서는 제한하지 않았다. 학생의 "속수지례"는 5등분하여 박사에게 3등분을 보내고, 나머지 2등분은 조교에게 보냈다. "속수지례"는 학생이 선생님을 존경한다는 표시로서 나라에서 지급되는 봉록과는 성질이 달랐다.

4) 교육계획

교육 내용은 유가의 경전을 위주로, 문자의 많고 적음에 따라 경전을 대경大經·중경中經·소경小經 등 세 가지로 구분하였다. 그 학습기간은 『예기』

와 『좌전』은 3년을 익혀야 했으며, 『주례』와 『의례』, 『역경』은 2년을 익혀야 했다. 그리고 『상서』와 『공양전』, 『곡량전』은 1년 반을 익혀야 했으며, 『논어』와 『효경』 역시 1년 반을 익혀야 하였다. 대경大經과 중경中經의 반은 반

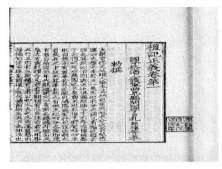

공영달孔穎達의 『오경정의五經正義』

드시 이수해야 하는 과목이었으나, 소경小經은 과목을 선택해 공부 할 수 있었다. 또한 필수 과목이었던 『효경』과 『논어』는 반드시 공부해야만 하였다. 교재는 조정의 규정에 따라 공영달孔穎達 등이 편찬한 『오경정의五經正義』를 사용하였으며, 학생들은 유가 경전 이외에 서법과 각종 예의와 관련된 공부를 학습해야만 하였다.

5) 학교의 행정관리

국자감에는 제주 1인을 두었는데, 품계는 종 3품이었으며, 조정에서 임명한 교육행정의 최고 수장이었다. 그리고 사업司業은 2인을 두었으며, 품계는 종 4품 이하로 제주祭酒를 도와 유학을 교육하고 지도하는 법령을 관장하였다. 승丞은 1인을 두었으며, 품계는 종 6품 이하로 학생의 학업 성적을 관장하였다. 주부主簿는 1인을 두었으며, 품계는 종 7품 이하로 문서와 서적을 책임지고 인감印鑑을 관장하였다. 그리고 학생이 연속하여 낙방하거나, 혹은 9년 동안 학문을 성취하지 못했거나, 혹은 휴가기간이 지났어도 학교로 돌아오지 않거나, 혹은 잡기에 빠져 학칙을 위반한 자들은 모두 학적에서 그들의 이름을 삭제하였다.

6) 교사와 교수법

교사는 박사·조교·직강直講 등으로 구분하였다. 박사는 경經을 나눠 학생을 가르쳤으며, 담당한 과목은 중간에 다른 과목으로 바꾸지 못하며 끝까지 강의를 마쳐야 했다. 조교는 박사를 보좌해 경을 나눠 가르쳤으며, 직강은 박사와 조교를 보좌해 경을 나눠 가르쳤다. 박사와 조교는 학교의 교사이자 또한 정부의 관원이었다. 따라서 학교에서 그들의 직책은 직위의 높고 낮음에 따라 정해졌다. 예를 들어, 국자학의 박사는 반드시 정5품 이상의 직위를 가진 사람이 담당하였으며, 조교는 반드시 종 7품 이상의 직위에 있는 사람이 담당하였다. 그밖에 학교, 즉 태학이나 사문학 등의 교사에 대한 등급과 대우 역시 차등을 두었다. 교수법은 경을 나눠 가르치며 읽기도 하고, 강의를 하기도 했는데, 대부분의 박사는 풍부한 지식을 갖추고 있어 강의를 잘 지도하였다. 예를 들어, 서문원徐文遠 박사는 박학하면서도 논리가 정연하고, 또한 새로운 견해를 많이 주장해 듣는 자가 피곤함을 잊었다고 한다. 각 학교에서는 학생들이 하나의 경전을 완전히 습득하고 난 연후에 비로소 다른 경전의 공부를 허락하였으며, 또한 경문經文을 숙독한 연후에 문의文義에 대한 교육을 실시하였다.

7) 시험과 진학 및 휴가

시험은 순고旬考, 월고月考, 계고季考, 세고歲考 등을 실시하였으며, 시험방법에는 시독試讀(첩경帖經)과 시강試講(구의口義) 두 가지 유형이 있었다. 평상시 시험은 박사가 주제하였으며, 세고는 수장이 주제하였다. 그리고 학생의 성적은 진학의 근거로 삼았다. 학생이 두 개의 경전이나, 혹은 세 개의 경전에 통달하여 시험에 합격하면 과거시험에 참가할 수 있는 자격이 주어졌다. 학교에 오래 남고자 하는 학생은 진학을 하거나 혹은 유급을 할 수도 있었다. 사문학생이 태학생으로 진학할 수도 있었고, 태학생이 국자학생으로 진학할 수도 있었지만, 이러한 진학이 그들의 학문적 깊이를 더해 주었다기보다는, 학생의 정치적 지위나 경제적 대우를 개선시켜 주는 역할에 머물렀다. 학생들은 다음과 같은 이유로 퇴학을 당하기도 하였다. 첫 번째는 성적이 지나치게 좋지 않은 경우로써 만일 연속해 3년 동안 낙제하고, 학교에서 학습기간이 9년을 넘었을 경우이다. 두 번째는 품행과 행실이 좋지 않고 말을 듣지 않는 경우이다. 세 번째는 무단결석이 잦아 규정을 초과한 경우 등이다. 휴일로는 순가旬假(열흘에 하루를 쉼), 전가田假(5월), 수의가授衣假(9월) 등이 있었는데, 전가와 수의가는 각각 15일이었으며, 학생은 이 기간 동안 고향에 돌아가 친척을 방문할 수 있었으며, 돌아오는 길이 200리가 넘을 경우 거리를 참작해 그 기간을 더 연장받을 수 있었다.

4. 당대唐代의 전문학교

1) 율학律學

율학은 당대의 율령을 다루는 행정관리를 양성하였던 교육기관으로써, 박사 3인, 조교 1인, 그리고 학생 50인을 두었다. 8품 이하 관원의 자제, 혹은 서민 중에서 뛰어난 젊은이를 선발해 입학시켰다. 입학 연령은 25세까지로 제한하였다. 수업 내용은 당시 시행되던 율령을 위주로 진행되었으며, 학습기간은 총 6년으로 제한하였다.

2) 산술학算術學

산술학은 천문역법을 비롯한 재정 관리와 토목 공정 등에 관련된 인재를 육성했던 교육기관으로써, 박사 2인, 조교 1인, 그리고 학생 30인을 두었다. 입학 자격은 유학과 동일하였으며, 연령은 14세에서 19세 사이로 제한하였다. 이들의 전공은 두 가지 형태로 나뉘었는데, 하나는 고전 산술을 위주로 배우는 『구장산술九章算術』・『손자산경孫子算經』 등이 있었고, 또 하나는 당대의 산술과 실용적인 산술을 위주로 배우는 『철술綴術』・『집고산경緝古算經』 등이 있었다. 두 전공모두 7년의 학습기간을 기본으로 하되 9년을 넘을 수 없었다. 이것은 당시 산술학의 교육 수준이 대단히 높았다는 사실을 반영한 것이라고 볼 수 있다.

예수隸首의 『구장산술九章算術』

3) 서학書學

서학은 문자에 통달하고 서법에 능한 관원을 교육시켰던 곳으로 박사 2인, 조교 1인, 그리고 학생 30인을 두었다. 입학 신분과 연령은 산술학과 동일하였다. 수업은 『석경石經』을 비롯한 『설문說文』과 『자림字林』 등을 위주로 배웠으며, 기타 다른 자서字書도 함께 익혔다. 서학의 학습기간은 9년으로 제한하였다.

4) 의학醫學

의학은 전통적인 의학 지식과 기술에 정통한 인재를 양성했던 교육기관으로써, 의醫, 침針, 안마按摩, 약藥 등의 4개 분야로 나누어 교육하였다. 의학은 『본초本草』와 『맥경脈經』을 필수과목으로 하고, 이외에 체료體療(7년간 수업하며, 내과에 해당함), 창종瘡腫(5년간 수업하며, 외과에 해당함), 소소少小(5년간 수업하며, 소아과에 해당함), 이목구치耳目口齒(4년간 수업하며, 이비인후과에 해당함), 각법角法(3년간 수업하며, 부항 등의 요법) 등의 다섯 과목을 가르쳤다. 침학은 학생들에게 경맥과 혈 자리를 가르쳤는데, 증상을 잘 파악하고, 아홉 가지 침법에 능한 학생에게는『소문素問』·『황제경皇帝經』·『명당明堂』·『맥결脈決』·『신침神針』 등의 침법을 교육하였다. 그리고 안마를 배우는 학생들에게는 호흡을 통해 양생하는 방법, 손상되고 꺾인 부위를 치료하는 방법, 풍風·한寒·서暑·습濕·기飢·포飽·노勞·일逸 등의 치료법과 뼈를 교정하는 법을 교육하였다. 약학

『황제내경黃帝内經』

은 약초 재배지에 설치해 여러 가지 약물에 대한 식별 능력과 동시에 약재의 재배, 수확, 저장과 제작 등의 기술을 함께 익히게 하여 교육적 효과를 높였다. 다시 말해서 의학은 의경醫經에 대한 정독과 함께 임상실습을 연계해 학생을 교육하였으며, 학생의 치료 성적에 따라 업무를 구분하였는데, 이는 약학 교육에 상당히 좋은 교육 방법이었다고 할 수 있다. 이처럼 당대에 이미 풍부한 의학지식과 수준 높은 의료기술을 갖추고 의학교醫學校를 설립해 교육했다는 점은, 바로 당시에 이미 높은 수준의 의학적 지식과 교육체계를 갖추고 있었다는 사실을 증명해 주는 것이라 하겠다.

5) 수의학獸醫學

수의학은 가축의 질병을 치료하는 지식과 기술을 교육하던 기관으로써, 학생은 한편으로 배우면서 또 한편으로 치료에 참가할 수 있었다. 시험에 합격되면 수의獸醫가 되었다.

6) 천문학天文學

천문학은 3개의 전공, 즉 천문·역법·물시계 등으로 나누어 교육하였으며,

천문학은 관측을 중시했기 때문에 박사의 인솔아래 학생들은 실제 관측을 통해 교육을 받았다. 예를 들어, 당 현종 때 승일행僧—行 등이 학생을 인솔하여 남북 13개 지점에서 해 그림자의 길고 짧음을 측량하고 자오선과 길이를 구하였다고 하는데, 이는 오늘날의 야외실습에 해당된다고 볼 수 있다.

7) 음악音樂

음악은 음악과 무도舞蹈에 관련된 인재를 양성하던 교육기관으로써, 악박사樂博士는 장기반의 악공과 단기반의 악공으로 구분해 교육하였다. 배우는 악곡의 난이도에 따라 세 등급으로 나누어 연습을 시키고 매년 시험을 보았으며, 연주와 숙련도에 따라 우열을 가리고 그 점수를 합쳐 승급과 유급을 결정지었다.

8) 공예工藝

공예는 기예에 가장 뛰어난 솜씨를 가진 공예가가 교사로서 학생들을 가르쳤다. 배우는 공예의 난이도가 서로 달랐기 때문에 학생들의 학습 기한 역시 서로 달랐다. 즉 정교한 무늬의 조각 기술은 4년, 수레와 다리, 그리고 악기 제조 기술은 3년, 큰 칼, 혹은 긴 창을 제작하는 기술은 2년, 화살을 비롯한 죽공예, 칠공예, 나무공예 등의 기술은 1년, 예모나 두건을 제작하는 기술은 9개월 등으로 그 기간에 제한을 두었다. 그리고 제조한 기물 위에 장인의 이름을 새겨 심사의 근거로 삼았다.

이상과 같은 전문학교들은 그 범위가 넓고, 업종이 많아 어떤 것은 행정기구나 혹은 실무기관과 연계해 설치하였고, 또 어떤 것은 분리해 설치하기도 하였다. 이처럼 설치된 형식이 다양했던 것은 당대 전문학교의 유형과 수량이 많았던 까닭이다. 더욱이 그 범위에 있어서도 이미 전대의 범위를 훨씬 넘어섰는데, 이 역시 세계에서 가장 일찍 출현한 전문실업학교였다고 할 수 있다. 반면, 유럽에서 이와 같은 유형의 학교들은 자본주의가 상당히 발달한 17~18세기에 이르러 비로소 출현하였으니, 당대에 비해 거의 천년이나 뒤늦었다고 하겠다.

5. 당대의 사학

당대의 사학은 도시와 농촌에 널리 분포되어 있었으나, 그 제도가 다르고 수준에도 차이가 있었다. 이름난 유학자가 도를 가르치거나 촌에서 식자를 가르쳤던 사립 소학이 있었는데, 그 대표적인 예로서 『오경정의五經正義』를 편찬한 공영달孔穎達(574~648년)은 관직에 나가기 전에 사학을 열고 학생들을 가르쳤으며, 그와 함께 『오경정의』를 편찬한 안사고顔師古(581~645년) 역시 관리로 나가기 전에 사학을 열고 학생들을 가르쳤다고 한다. 또한 국자학 박사로서 여러 경전의 주석에 밝았던 윤지장尹知章(?~719년) 역시 집에 돌아와서도 강의를 멈추지 않았다고 한다. 이러한 예를 통해 볼 때, 당대의 국자학 박사들 역시 집에서 학생들을 가르쳤다는 사실을 알 수 있다.

당대는 개인의 사학을 장려하는 규정을 명분으로 제정해 놓았다. 당대는 일찍이 수많은 사상가, 문학가, 예술가 등이 등장하여 한 시대를 풍미하였던 시대였다. 이들의 성장은 그들이 받았던 조기교육과 밀접한 관계를 가지고 있는데, 그 조기교육이 바로 사학과 가학이었다. 사학은 당대에 이르러 비교적 커다란 발전을 이룩하였다. 수많은 유명 인사들은 관직에 몸담고 공무를 처리하면서도 또 한편으로는 집에서 사학을 열고 학생들을 교육하였으며, 심지어 어떤 대사大師는 민간에 은거하며 학생들을 가르치는 교육에 전념하기도 하였다. 예를 들어, 왕공王恭은 어려서 배우는 것을 좋아해 오경과 삼례三禮에 정통하였으나, 고향을 떠나지 않고 후학을 양성하였는데, 먼 곳에서 그를 찾아오는 학생이 수백여 명이나 되었다고 한다. 또한 한유韓愈(768~824년)와 유종원柳宗元(773~819년)도 유배당했을 때, 수많은 학생들이 천리를 멀다 여기지 않고 그들을 찾아와 스승으로 모셨다고 한다. 사서에 기재된 이와 같은 내용들은 번창했던 당대의 사학에 관한 상황을 짐작하게 해준다. 또한 사학은 농촌에까지 깊이 파고들었다. 유명한 시인 원진元稹(779~831년)은 『거이집居易集』서문에서 "내가 수평시水平市에서 마을의 아이들이 서로 다투어 시를 읊는 모습을 보고, 그들을 불러 물어보니 모두 대답하길, '선생님께서 우리에게 낙천樂天(백거이白居易)·미지微之(즉 원진)의 시를 가르쳐 주었다.'"고 밝히고 있다. 이를 통해볼 때, 당시 농촌의 사립 소학교에서도 시를 배우는 풍조가 대단히 성행하였다는 사실을 엿볼 수 있다. 당대는 중국 고대시의 발전이 최고조에 달했던 시기로써 시가 학습 역시 사학의 중요한 내용 가운데 하나였음을 알 수 있다.

당대에 유행했던 계몽교육을 위한 교재로 한대의 『급취편急就篇』과 양대梁代의 『천자문』이외에도 다음과 같은 몇 가지 종류가 있었다.

1) 『개몽요훈開蒙要訓』

『개몽요훈開蒙要訓』은 『천자문』과 마찬가지로 어린이의 식자 교육을 주요 목적으로 하고 있으며, 문장 역시 4언에 압운 형식을 취해 "건곤복재乾坤復載, 일월광명日月光明, 사시래왕四時來往, 팔절상영八節相迎" 등과 같은 형식을 보여주고 있으며, "침처의식寢處衣飾,

『개몽요훈開蒙要訓』의 잔권殘卷

신체질병身體疾病, 기물공구器物工具, 음식팽조飲食烹調, 수목화초樹木花草, 농업

경작農業耕作" 등과 같은 내용을 많이 다룬 반면에 봉건적 윤리강상에 관한 내용은 『천자문』에 비해 상대적으로 적은 편이다. 주로 실제생활에 필요한 상식적인 내용을 많이 소개하고 있다.

2) 『태공가교太公家敎』

이 책은 중당中唐에서 북송 초기까지 널리 유행되었던 계몽교육 교재로써, 그 내용 역시 대부분 4언과 압운을 사용하여 사람이 처세하는 도리, 그리고 훈계와 관련된 내용을 담고 있다. 예를 들어, "인무원려人無遠慮, 필유근우必有近憂, 탐심해기貪心害己,

『태공가교太公家敎』의 잔권殘卷

이구상신利口傷身" 등의 구절과 같이 통속적이면서도 이해하기 쉬운 내용을 담고 있어 널리 유행하였으며, 또한 일찍이 여진문女眞文과 만문滿文으로 번역되기도 하였다.

3) 『몽구蒙求』혹은(『이씨몽구李氏蒙求』)

『몽구蒙求』는 이한李翰이 편찬한 책으로써, 주로 역사적 전고를 주요 내용으로 다루었다. 매 구마다 4언으로 구성되어 있으며, 위아래 두 구가 서로 대구를 이루고 있다. 내용은 "광형착벽匡衡鑿壁, 손경폐호孫敬閉戶, 손강영설孫康映雪, 차윤취형車胤聚螢" 등과 같이 역사적 인물이나, 혹은 전설적인 인물과 관련된 고사를 담고 있다. 당송 이후 널리 유행하였으며, 또한 조선과 일본에도 전해졌다. 후에 『몽구』와 유사한 책들이 지속적으로 출현하였는데, 예를 들면, 『십칠사몽구十七史蒙求』, 『광몽구廣蒙求』, 『순정몽구純正蒙求』, 『문학몽구文學蒙求』 등과 같이 체례나 혹은 내용상에서 모두 『이씨몽구』를 모범으로 삼아 편찬되었다.

이한李翰의 『몽구蒙求』

이외에 두사선杜嗣先이 저술한 『토원책부兎園冊府』가 있는데, 모두 30권으로 이루어져 있다. 그러나 애석하게도 모두 산실되고 현재 서문 가운데 일부가 전해오고 있다. 당말에 이르러 호증胡曾이 편찬한 『영사시詠史詩』는 칠언절구의 형식으로 이루어져 있으며, 간단하면서도 통속적인 내용으로 구성되어 있어, 당대唐代 시부취사詩賦取士에 필요한 일종의 계몽교육 교재였다는 사실을 알 수 있다.

6. 당대의 유학생 교육

당시 장안은 국력이 강성했던 당의 수도로써 전국의 정치, 경제, 교통, 문화의 중심지였을 뿐만 아니라, 또한 동서 각 나라의 교류에 있어 문화와 교육의 중심지이기도 했다. 고구려를 비롯한 신라, 백제, 일본, 니파라尼婆羅(네팔), 천축天竺(인도), 임읍林邑(베트남 남부), 진랍眞臘(캄보디아), 가릉訶陵(인도네시아), 표국驃國(미얀마), 사자국獅子國(스리랑카) 등의 나라에서 유학생들이 끊임없이 장안을 찾아와 중국의 경사를 비롯한 법률, 예제禮制, 문학, 과학 기술 등을 공부하였다.

더욱이 신라는 지속적으로 중국에 유학생을 파견하였는데, 가령 개성開成 5년(840년) 105명의 유학생들이 한 번에 중국에서 귀국할 정도로 많은 유학생들이 장안에 유학을 하였다. 또한 9세기부터 10세기 중엽까지 약 150여 년간에 걸쳐 과거시험에 급제한 신라의 유학생들이 무려 90여 명에 달하였으며, 그 중에서 최치원은 12세에 당에 유학하여 18세에 진사

에 급제하였다. 그가 저술한 『계원필경집桂苑筆耕集』은 지금까지도 한·중 양국에 전해오고 있다. 신라는 중국

최치원崔致遠의 『계원필경집桂苑筆耕集』

의 경사經史를 중시해 유학생들은 귀국할 때마다 경사를 가지고 돌아가 신라의 말로 번역해 널리 전파하였다. 신라는 당나라의 문화와 교육의 영향을 받아, 당의 교육제도를 모방해 과거제도를 도입 하였으며, 과거 시험의 내용 역시 주로 유가의 경전을 교재로 삼았다.

일본 역시 중국에 비교적 많은 유학생을 파견하였다. 일본이 수나라에 견수사遣隋使를 600년에 처음 파견한 이후 894에 이르기까지 4차례의 수견사와 19차례의 견당사遣唐史(실제로 실현된 견당사는 12차례임)를 파견하였다. 처음에 파견된 견수사는 그 규모가 비교적 작은 편이었지만, 견당사의 규모는 점차 커지기 시작해, 특히 아홉 번째 견당사 이후 견당사의 배가 2척에서 4척으로 증가하였고, 인원 역시 500여 명으로 늘어났다. 하지만 더욱 중요한 사실은 이 시기부터 일본 정부가 직접 유학생과 학승學僧을 중국에 파견하기 시작했다는 점이다. 이들은 비교적 오랜 기간 동안 중국에 머물면서 공부를 했는데, 고향현리高向玄理와 남연청안南淵請安 등과 같은 경우는 무려 32년 동안이나 중국에 머물기도 하였다. 그리고 길비진비吉備眞備는 당 개원開元 4년(716년)부터 장안의 태학에서 20년간 경사經史 연구와 문예를 연마하였으며, 천문역법과 산술학에도 능통하였다. 또 한편, 관원미성菅原梶成은 당에서 의술을 배우고 일본에 돌아가 침박사·시의侍醫 등의 관직에 임명되어 당시 일본 의학교육을 발전시키는 데 중요한 역할을 하였다.

당은 이웃 나라에서 파견한 유학생의 학습은 물론 그들의 의식주에 대해서도 우대 정책을 취하였다. 당시 당과 외교관계를 맺고 있던 나라는 모두 70여 개국에 이르렀으며, 당의 문화는 이들 유학생들의 왕래를 통해 동서 각국에 전파되었으며, 또한 우호 관계와 문화·교육의 교류 발전에 있어서도 중요한 역할을 하였다.

당대 유학생의 왕래는 중국과 각국의 문화 교류를 촉진시키는데 중요한 역할을 하였다. 특히 많은 학승이 장안에 유학을 다녀갔다. 인도와 페르시아에서 온 학승도 있었고, 신라와 일본에서 온 학승도 있었다. 이들은 불경을 번역하거나 전파하는 일 이외에도 중국의 전통문화를 공부하였다. 인도의 학승들은 의학에 정통하였으며, 특히 눈병을 잘 치료했다고 한다. 더욱이 이들은 인도와 페르시아 등의 의학지식을 중국에 전하는 동시에 중국의 의학 지식을 본국에 전파하는 역할을 하였다. 인도의 『용수보살약방龍樹菩薩藥方』을 비롯해 『파라문약방婆羅門藥方』, 『파라문제선약방婆羅門諸仙藥方』 등의 의학서적은 모두 수·당 시기 중국에 유입된 의학서이다. 당나라 때 해외에 살던 중국의 페르시아 학자는 『해약본초海藥本草』를 남겼으며, 대진大秦(동로마)의 의술 역시 당에 전해져 사람들에게 익숙하였다. 인도의 천문학자는 학업을 마치고 장안의 사천대司天臺에서 관직을 수행하며 역서曆書의 편제 작업에도 참여하였으며, 아울러 인도의 『구집력九執歷』을 번역해 중국에 소개하였다.

중국의 수많은 승려들이 인도와 파키스탄, 네팔 등에 가서 불경을 구하고 예불을 올렸으며, 또한 어떤 승려들은 외국에서 수년간 불경을 연구하기도 하였다. 일찍이 당의 현장법사玄奘法師(602~664년)는 서역 인도에서 657부의 불경을 가지고 돌아와 장안에 불경을 전문적으로 번역하는 기구를 만들고 20년간 75부 1335권의 불경을 번역하였다. 또한 의쟁법사義淨法師(635~713년)가 인도에서 경經·율律·론論 등 약 400부에 이르는 경문을 가지고 돌아와 낙양에 이르자 측천무후가 그를 직접 맞이하였다고 한다. 불교의 유입과 전파는 고대 중국의 종교, 정치, 경제, 문화, 사상 등에 걸쳐 커다란 영향을 주었다. 특히 불경의 사변적 철리와 주석방법은 당송 시기 경학의 발전에 지대한 영향을 끼쳤다. 후에 불경은 또한 중국을 통해 한국과 일본 등에 전해져 동아시아 문명체계에 적지 않은 영향을 주었다. 당대의 음악, 무도, 조소彫塑, 건축예술 등 역시 유학생의 교육과 문화교류에 따라 서역과 중앙아시아, 특히 인도의 영향을 적지 않게 받았다. 그 일례로 돈황敦煌의 조각상을 통해 서역의 전통적 불상 조각의 영향을 많이 받았다는 사실을 알 수 있다.

한마디로 말해서 널리 공부해 서로 상대방의 정수를 취하고자 했던 것이 당대 유학생 교육의 커다란 특징 가운데 하나였다고 할 수 있다. 세계의 고대 교육사를 살펴 볼 때, 유학생의 교육에 대해 당대와 같은 규모를 갖춘 경우를 찾아보기 어렵다는 점에서 당대의 유학생 교육은 상당히 성공적이었다고 말할 수 있다.

이밖에 외국에서 당나라에 파견한 유학생이나 학승 이외에 중국인이 직접 외국에 나가 문화를 전파한 경우도 있었다. 예를 들어, 『문선文選』과 『이아爾雅』의 음音에 능통했던 원진경袁晉卿은 735년 견당사를 따라 일본에 건너가 대학음박사大學音博士가 되어 중국의 전통문화를 일본에 전파하는데 적지 않은 공헌을 하였다. 특히 감진화상鑑眞和尙(688~763년)은 일본에 가고자 다섯 차례 시도했다가 실패한 후 두 눈을 실명하였으나, 드디어 여섯 번째 시도에 성공함으로써, 위로 천황으로부터 아래로 평민에 이르기까지 불교의 계율과 중국의 의학 지식을 전파하였다. 그의 일본 방문은 일본의 불교와 의학 발전은 물론, 두 나라의 문화와 교육의 발전과 교류에도 커다란 영향을 주었다.

제8장

송·요·금·원 시기의 학교

1. 송대의 학교 개혁운동

현덕顯德 7년(960) 조광윤趙匡胤은 "진교병변陳橋兵變"[4]을 일으켜 송을 건국하였다. 송대는 북송(960~1127년)과 남송(1127~1279년)으로 나누어지며, 총 320년간 지속되었다. 이 무렵에 북방에서는 계단족契丹族과 여진족이 전후 료遼(916~1125년)와 금金(1115~1234년)을 건국하였으며, 후에 몽고족이 남송을 멸망시키고 전국을 통일해 원元(1271~1368년)을 세웠다.

송대 초기 조정에서는 과거시험제도를 지나치게 중시하여 학교를 세우고 인재를 양성하는 일에 소홀하였다. 또한 당시의 적지 않은 지식 인사들 사이에서도 학교 교육보다는 과거시험에 주의를 기울이는 풍토가 성행하였다. 이 때문에 경력慶歷 4년(1044년) 전후 송 조정에서는 3차에 걸쳐 학교에 대한 개혁 운동을 전개하였다.

1차 학교개혁운동은 송 인종仁宗 경력연간에 일어났다고 해서 일명 "경력흥학慶歷興學"이라고 부르는데, 범증엄范仲淹(989~1052년)은 이 개혁운동을 주도하였다. 그는 참지정사參知政事에 임명되어 "경력신정慶歷新政"을 추진하며 10개 항의 개혁방안을 제시하였는데, 이는 학교를 설립하고 인재

---

4) 역자주: 현덕顯德 7년(960)에 조광윤이 후주後周의 공제恭帝에게 황제를 선양받아 송나라를 건국한 사건으로서, 진교역陳橋驛에서 군인들이 조광윤에게 술을 먹이고 황포를 입혀 강제로 추대하였다. 조광윤은 부하들에게 못 이기는 척하며 개봉開封에 입성하여 황제를 선양받고 송나라를 건국하였다.

를 육성해 과거시험을 중시하고 학교 교육을 홀시했던 당시의 풍토를 개혁하고자 하는 내용을 담고 있었다. 그 주요 내용을 살펴보면, 첫 번째는 학교 설립을 통해 인재를 양성하고자 주현州縣에 학교 설립을 명하였으며, 태학과 국자학을 개선하여 과거시험을 보고자 하는 사람들은 먼저 일정 기간 학교 교육을 받도록 하였다. 일반적으로 이들은 300일 이상의 학교 교육을 받아야 과거시험에 참가할 수 있었다. 두 번째는 과거시험제도의 개혁을 통해 관리의 품행을 바로잡고자 하였다. 그래서 과거시험을 보기 전에 먼저 "책策"을 시험한 다음 이어서 "논論"을 시험 보도록 하였다. 그리고 "시부詩賦"를 시험보는 규정을 마련해 더 이상 외워서 첩경帖經(빈 공간을 채우기)과 묵의墨義(문답)를 작성하지 않아도 되도록 개선하였다. 세 번째는 태학을 창건하는 동시에 태학의 교육제도를 개혁하여 저명한 교육자 호원胡瑗(993~1059년)이 창건한 "소호교

범중엄范仲淹

법蘇湖教法"을 널리 보급하도록 하였다. 이른바 "소호교법"이란 "경의經義"와 "치사治事"라고 하는 두 개의 재齋를 건립하고 학생을 나누어 교육하는 방법이었다. "경의"재에 입학한 학생은 주로 유가경전을 공부하였으며, "치사"재에 입학한 학생은 주로 군사·민정·농사·수리·측량·계산 등을 학습하였다. 먼저 학생들에게 자신의 주전공을 선택하도록 한 다음 부전공을 선택하도록 하였는데, 이는 학생들에게 폭넓고 깊이 있는 지식을 배울 수 있도록 배려한 것이었다. 이와 같이 경의와 실천을 모두 중시한 교육방법은 태학의 교육 수준을 크게 향상시켜 주었을 뿐만 아니라, 현실적인 내용과 동떨어져 있던 당시의 교육 내용과 형식주의 학풍을 크게 바꾸어 놓았다. 범중엄이 얼마 못가 조정의 배척을 받아 "경력흥학"이 비록 실패로 끝났지만, 이와 같은 개혁운동은 북송 시기 학교 교육의 발전을 촉진시키

는데 중요한 작용을 하였을 뿐만 아니라, 그 여파 또한 지속적으로 영향을 주었다.

2차 학교 개혁운동은 송 신종神宗 희녕熙寧년간에 일어났다고 해서 이른바 "희녕흥학熙寧興學"이라고 일컫는다. 왕안석(1021~1086년)은 이 개혁운동을 주도하였다. 그는 참지정사에 임명되었다가 곧이어 다시 중서문하평장사中書門下章事에 제수되는 등, 신종의 전폭적인 지지아래 "희녕신법"을 추진하였다. 그는 인재의 육성과 사상 통일을 신법 실행에 있어서 가장 기본적인 조건으로 생각하였는데, 이는 바로 학교의 교육과 과거시험제도에 대한 개혁의 필요성을 제기한 것으로, 인재육성에 힘쓸 것을 강조한 것이다. 그가 주장한 네 가지 주요 내용을 살펴보면 다음과 같다. 첫 번째 그는 태학의 개혁을 위해 "삼사법三舍法"을 제창하였다. 이른바 "삼사법"은 태학을 외사外舍, 내사內舍, 상사上舍 등으로 구분하고, 그 수준에 따라 태학생을 세 무리로 나눈 다음, 처음 입학한 학생은 외사생外舍에 배정해 매월 1회, 매년 1회 승사昇舍시험을 본 다음, 그중에서 먼저 1, 2등을 선발하는 방식이다. 그리고 선발된 학생들의 평소 품행을 고려해 내사생內舍生으로 승급시켰는데, 내사에서는 매 2년마다 1회 승사시험을 시행하였다. 그리고 중간 이상의 우수한 성적과 평소 학생의 품행을 고려해 상사생上舍生으로 승급시켰다. 상사생은 매 2년마다 1회 시험에 참여 할 수 있었으며, 그 시험방법은 과거시험의 "성시법省試法"과 동일하였다. 그렇지만 조정에서 별도로 시험관을 파견하여 시험을 주관하였기 때문에 태학의 학관은 이 시험에 참여할 수 없었다. 성적은 세 등급으로 나누어 평가하였으며, 평소 품행과 시험성적이 모두 우수하면 상등급에, 평소 품행은 우수하지만 시험성적이 보통이면 중등급에, 그리고 평소 품행과 성적이 모두 보통, 혹은 품행은 뛰어나나 성적이 나쁘면 하등급으로 분류하였다. 상등급자는 전시殿試를 면제받고 관직을 제수 받았으며, 중등급자는 예부시禮部試

를 면제 받고 전시에 참가할 수 있었다. 그리고 하등급자는 공거貢擧를 면제 받고 예부시禮部試에 참가할 수 있었다. "삼사법三舍法"의 시행으로 인해 태학 내부에 엄격한 승사시험제도가 마련되어 공부에 대한 학생들의 적극성을 유도하는 동시에 태학의 교육 수준을 크게 제고시켜 주었다. 또한 승사昇舍시험과 과거시험을 연계함으로써 태학의 인재 양성과 지위 역시 제고시켜 주었는데, 이는 태학의 관리제도에 있어 하나의 새로운 개혁이었다. 두 번째는 주현州縣의 지방 학교를 복원하여 발전시켰으며, 세 번째는 무학武學을 비롯한 율학律學과 의학醫學 등의 전문학교를 복원시켜 발전시켰다는 점이다. 네 번째는『삼경신의三經新義』를 편찬하고, 유가의『시경詩經』·『상서尚書』·『주례周禮』 등을 재훈석해 태학과 주州·부府학學에 보급함으로써 하나의 교재로 통일시키는 한편, 각과 시험의 기본적인 내용과 표준 답안으로 제시했다는 점이다. 이외에 왕안석은 또한 과거시험제도를 개혁해 명경제과明經諸科를 폐지하는 동시에 더 이상 진사과 시험에서 "시부詩賦", "첩경帖經", "묵의墨義" 등을 보지않고 경의經義, 논論, 책策 등을 시험 과목으로 대체하였다는 점이다.

그렇지만 "희녕흥학" 역시 왕안석이 조정에서 축출됨에 따라 개혁에 실패하고 말았다. 하지만 이러한 그의 조치는 북송의 교육을 한 단계 더 발전시켜 주었을 뿐만 아니라, 훗날 학교의 교육개혁에 대해서도 커다란 영향을 주었다는 사실에 주목할 필요가 있다.

3차 학교 개혁운동은 송 휘종徽宗 숭녕崇寧 연간에 일어난 이른바 "숭녕흥학"이었다. 이 개혁운동은 채경蔡京(1047~1126년)이 주도하였는데, 그는 상서우복사尚書右僕射에 임용되어 휘종의 뜻에 따라 희녕신법을 계승하여 북송을 통치 위기에서 구하고자 하였다. 그래서 그는 "희녕신법"을 다시 회복시켜 발전시킬 수 있는 조치들을 취하였는데, 그 주요 몇 가지 내용을 살펴보면 다음과 같다. 첫 번째 전국에 지방 학교를 설립하는 것이었고, 두 번째는 현학縣學, 주학州學, 태학 등을 연계하는 학제를 마련하는 것이었다. 규정상에 의하면 현학의 학생은 시험을 통해 주학의 학생으로 승급할 수 있었으며, 주학의 학생은 매 3년마다 시험성적에 따라 태학의 각기 다른 재사齋舍로 승급할 수 있었다. 상등급자는 상사에, 중등급자는 하등 상사에, 하등급자는 내사로 승급할 수 있었으며, 그밖에 학생은 외사로 승급할 수 있었다. 이러한 학제는 원·명·청대의 학교 체계에 커다란 영향을 주었다. 세 번째는 벽옹辟雍(대학)을 새로 세워, 태학을 발전시키고자 하였다. 벽옹 역시 "외학外學"이라고 불렸으며, 태학의 외사外舍가 되었다. 네 번째는 의학을 회복시키고, 산술학·서학書學·화학畵學 등을 새롭게 창설하였다. 다섯 번째는 과거시험을 폐지하고 학교를 통해 인재를 등용하고자 하였는데, 이는 인재등용제도의 중대한 개혁이었다.

위에서 언급한 바와 같이 3차에 걸친 북송의 개혁운동 중에서, 비록 1, 2차 개혁이 기대만큼 효과를 거두지는 못했지만, 결과적으로 북송의 학교 교육을 크게 발전시켜주는데 중요한 역할을 하였다. 3차 학교 개혁운동을 주도했던 채경蔡京은 신법을 복원시킨다는 명분아래 자신과 뜻이 맞지 않는 세력을 배척하고 가혹하게 착취하였을 뿐만 아니라, 대형 토목공사를 일으켜 국고를 탕진함으로써 결국 이른바 "육적六賊"의 괴수가 되고 말았다. 그러나 집정 시기 학교의 부흥과 개혁에 주력하여 송대의 학교 교육을 발전시키는데 적지 않은 역할을 담당하였다. 그렇기 때문에 이 3차에 걸친 학교 개혁운동이야말로 "흥문교興文敎"정책을 가장 잘 구현한 것으로 평가할 수 있다.

2. 송대宋代의 학교 교육제도

1) 중앙의 관학

국자학을 국자감이라고도 불렀는데, 송대의 가장 높은 교육기구이자 또

한 가장 높은 학부學府이기도 하였다. 국자학은 "7품 이상의 중앙관리 자제"를 학생으로 선발해 입학시켰으며, 이들을 국자생國子生이라고 일컬었다.

송宋 휘종徽宗 『설강귀도도雪江歸棹圖』의 채경蔡京 발문跋文

태학의 지위는 국자학 보다 낮아 8품 이상의 자제나, 혹은 서민 중에서 우수한 학생을 선발해 입학시켰다. 설립된 시기 역시 비교적 뒤늦은 편이었지만, 그 성과에 있어서는 국자학에 비해 더 효과적이었다. 인재 육성에 있어서도 송대 학교의 중심이자, 또한 중앙 관학의 중주척인 역할을 담당하였다.

벽옹辟雍은 태학의 분교로써 "외학外學"이라고도 불렀으며, 사문학四門學과 광문관廣文館은 과거시험에 참가하는 선비들을 위해 설립된 예비학교로써 8품 이상의 관리 자제와 서민 자제를 모집해 교육하였다.

무학武學은 송대 최초로 설립된 전문학교로써, 제가諸家의 병법을 공부하고 보병과 기병 등의 무술을 교육하였으며, 상上·내內·외外 3사로 나누어 100명의 학생을 모집하였다. 송대는 무학을 중시하였는데, 이는 당시 외부의 침략으로 인해 국가를 방어할 인재가 필요했으며, 또한 오랜 교육적 경험을 토대로 군사적 측면의 훌륭한 인재를 양성 할 수 있는 교육적 기반이 마련되어 있었기 때문이다. 더욱이 군사 방면의 인재를 양성하는 무학은 송대에 처음 설립되었으며, 후에 원·명·청대의 학교 교육에도 커다

란 영향을 주었다는 점에서 주목할 만하다.

율학律學은 송대에 이르러서도 매우 중시되었기 때문에 율학과 관련된 인재 육성에 많은 노력을 기울였다. 의학醫學의 설치 역시 비교적 이른 편으로, 방맥과方脈科, 침과針科, 양과瘍科 등 세 개의 전공으로 나누어 설치하였다. 방맥과는 『소문素問』, 『난경難經』, 『맥경脈經』을 대경大經으로 삼았으며, 『소씨병원巢氏病源』, 『용수론龍樹論』, 『천금익방千金翼方』을 소경小經으로 삼았다. 그리고 침과와 양과에서는 『맥경』을 제외하고 『삼부침구경三部鍼灸經』을 추가해 가르쳤는데, 교수 1인에 학생 300명을 두었다. 산학算學은 관리와 평민을 모두 학생으로 모집하였으며, 정원은 210명이었다. 그 교육 내용은 『구장九章』을 비롯한 『주비周髀』와 역산曆算, 그리고 삼식三式과 천문 등이 포함되어 있었다.

송본宋本 『방언方言』

서학은 학생의 신분에 제한을 두지 않았으며, 또한 학생의 정원에도 제한을 두지 않았다. 교육 내용은 주로 전篆·예隸·초草 등 세 가지 서체를 배웠으며, 이와 동시에 『설문說文』, 『자설字說』, 『이아爾雅』, 『박아博雅』, 『방언方言』 등의 자서에도 깊은 조예를 가지고 있어야 했다. 시험은 상·중·하 3등급으로 구분하였으며, "획의 굵기가 적당하고 붓 끝에 힘이 있으며, 또한 기운이 맑고 고풍스러운 멋을 풍겨 오래된 것처럼 보이지만 속되지 않은 것을 상등으로 쳤다. 네모져 있지만 둥글게 보이고, 둥글지만 네모난 느낌을 주며, 말랐으나 초췌해 보이지 않고, 통통하지만 굵고 거칠어 보이지 않아 각 부분이 적당해 보이는 것을 중등으로 쳤다. 네모나지만 둥글어 보이지 않고, 통통하지만 말라보이지 않아 옛사람의 필획을 모방한 것 같지만, 그 정신을 얻지 못한 것을 하등으로 간주하였다.

화학畵學은 불도佛道, 인물, 산수, 조수, 화죽花竹, 옥술屋術 등의 전문 과정을 개설하였으며, 학생들은 이와 같은 전문 과목을 이수하는 것 이외에도 반드시 『설문說文』, 『이아爾雅』, 『방언方言』, 『석명釋名』 등의 자서를 공부해야 하였다. 그림에 대한 평가 기준은 "전인을 모방하지 않으면서도 사물의 모양과 색이 자연스럽고, 필운이 높으나 간단한 것을 훌륭한 작품으로 평가하였다."

송대는 서학과 화학을 중시하였는데, 이는 송 휘종 조길趙佶(1082~1135년)과 깊은 관련이 있다. 조길이 서법에 능하여 스스로 "수금체瘦金體"로 일가를 이루었을 뿐만 아니라, 공필화工筆畫와 산수, 화조, 인물, 안마鞍馬, 금수禽獸 등에도 모두 능하였다. 이렇듯 송 휘종의 창도 아래 송대의 서학書學과 화학畫學은 커다란 성취를 이룩하였다.

이외에, 송대는 또 전문적으로 종실의 자제들을 교육시키기 위한 귀족 학교가 설립되었는데, 예를 들면, "자선당資善堂", "종학宗學", "제왕궁학諸王宮學", "내소학內小學" 등과 같은 경우이다.

2) 지방의 관학

송대의 지방 행정은 세 등급으로 나누어 관리 하였는데, 1등급은 노路, 2등급은 주州·부府·군郡·감監(일반적으로 주州, 혹은 부府에 설치하며, 특수한 상황일 경우 군과 감에 설치하였음), 3등급은 현縣으로 구분하였다. 각 로에는 학교를 직접 설치하지 않고 학관을 두어 소속된 학교를 관리하는 기능만 가지고 있었다. 그렇기 때문에 송대 지방의 학교는 주나 혹은 부·군·감에 설립된 주학·부학·군학·감학과 현에 설립된 현학 등만 있었다. 당시 주·현의 학교 설립이 가장 보편화되어 있었던 까닭에 송대의 지방 학교는 주로 주학과 현학에 치중되어 있었다.

송대 지방 관학의 발전은 "경력흥학慶歷興學"으로부터 시작되었으며, "희녕흥학熙寧興學" 역시 지방의 관학을 발전시켜 주는데 적지 않은 작용을 하였다. 이어서 일어난 "숭녕흥학" 역시 송대의 지방 관학이 공전의 발전을 이룩하는데 커다란 공헌을 하였다.

송대의 지방 학교는 일반적으로 일정한 규모의 교사校舍를 갖추고 있었으며, 교육·제사·오락·선식膳食·주숙主宿·수장收藏 등의 장소로 활용하였으며, 이외에 장서각은 별도로 세웠다. 학교의 운영비는 학전學田에서 나오는 경비와 정부의 보조금, 기부금, 그리고 출판을 통해 벌어들이는 등 여러 가지 경로를 통해 충당하였다.

관리체제 측면에서 볼 때, 수당 이전의 지방 관학은 모두 지방의 행정 장관이 관리를 겸하였으나, 송대에 이르러서는 지방의 관학을 강화하기 위해 송 신종 희녕 4년(1071년)부터 각 노路에 학관을 지속적으로 설치하였으며, 숭녕 2년(1103년)이후에는 각 노路에 제거학사사提擧學事司를 설치하였다. 송대 이전에는 지방 관학을 관리하는 전문적인 교육행정기구가 없었지만, 송대 제거학사사의 등장은 중국의 학교 교육발전사에 또 하나의 획을 긋는 획기적인 사건이었다. 이후 중앙에서 지방에 이르기까지 전문적으로 교육을 관리하는 교육행정기구가 정비되었다. 중앙에서는 국자감이 중앙의 관학을 관리하였고, 지방에서는 제거학사사가 지방의 관학을 관리하였다. 남송에 이르러서는 간혹 전문인을 두거나, 혹은 명문으로 지방 관리가 제거학사사를 겸직하도록 규정해 놓았다. 이처럼 송대 조정이 지방의 교육행정에 대해 신경을 쓴 것은 이미 상당히 발전했던 당시의 지방 학교 상황과 무관하지 않으며, 또한 이는 결과적으로 지방의 관학을 한 단계 더 발전시키는데 계기가 되었다.

한마디로 말해서, 송대는 전대의 성과를 토대로 관학제도를 새롭게 발전시킴으로써, 송대 교육제도만의 독특한 색깔을 가지게 되었다고 하겠다. 우선 관리체제상에서 중앙으로부터 지방까지 한 걸음 더 발전된 교육행정기구가 건립되었으며, 이와 함께 관학의 유형도 다양화되어 중앙의 관학 역시 국자학, 태학, 사문학, 유가경전을 교육하는 학교 이외에 무학,

율학, 의학, 산학, 서학, 화학 등을 전문적으로 교육하는 학교가 출현하였으며, 그 중에서 무학과 화학은 송대에 이르러 독창적으로 설립된 학교였다. 지방의 관학은 주학과 현학에도 전통적인 유가경전 이외에 별도로 무학, 의학, 도학道學을 교육하는 학교가 설치되었는데, 이 또한 송대만의 독창적인 교육체제였다. 한편, 중앙의 관학은 학생의 가정이나 출신에 대한 제한을 완화시켰을 뿐만 아니라, 심지어 서학에 대해서는 이러한 제한을 완전히 철폐하였다. 이와 같은 특징은 당대의 교육제도와 비교해 볼 때 상당히 발전된 모습이었다고 하겠다. 끝으로 학전學田제도의 확립을 들 수 있다. 송대 지방에 설립된 학교는 일반적으로 대부분 학전을 가지고 있었는데, 이는 송의 조정에서 각 주학과 현학에 학전을 하사해 학교의 운영 경비로 충당하도록 했기 때문이다. 이러한 학전제도는 지방의 관학을 적극적으로 발전시켜 주었을 뿐만 아니라, 후에 원·명·청 3대의 교육체제에도 그대로 계승 발전되는 결과를 낳았다.

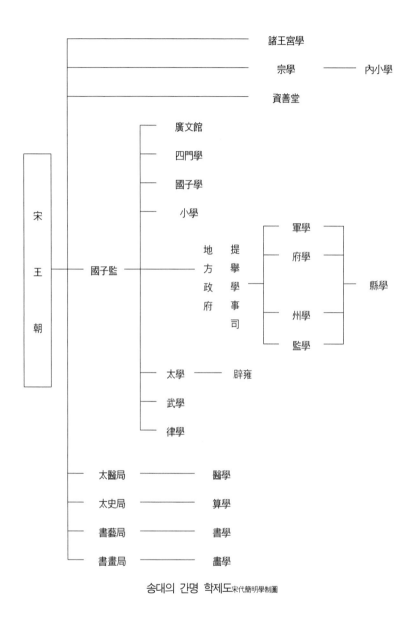

송대의 간명 학제도宋代簡明學制圖

3. 요遼·금金 시기의 학교제도

계단족契丹族의 추장 야율아보기耶律阿保機는 916년 계단국契丹國을 건립하여 황제를 칭하고 연호를 신책神冊이라 하였다. 신책 5년(920년)에 계단문자를 만들어 전국에 반포하고 시행함으로써, 문자가 없던 계단의 역사도 끝나게 되었다. 이와 동시에 당의 교육제도를 모방하여 수도에 국자감을 설치하였는데, 이는 당시 계단의 최고 학부였을 뿐만 아니라, 전국의 교육기관을 관리하는 기구이기도 했다. 태종 야율덕광耶律德光은 즉위 후 935년 국호를 "요遼"로 바꾸고 남경(지금의 요녕성 요양遼陽)에 국자학을 설립하였는데, 또한 이를 남경태학이라고도 불렀다. 도종道宗 청녕淸寧 5년(1060년) 상경上京(임황부臨潢府)·동경東京(요양부遼陽府 원래의 명칭은 남경)·서경西京(대동부大同府)·중경中京(대정부大定府)·남경南京(석진부析津府) 등에 학교를 설립하고 "오경학五京學"이라 불렀으며, 각 학교에 박사와 조교를 각각 1명씩 두었다.

요대의 지방 관학은 부학府學·주학州學·현학縣學 등이 있었으며, 부학은 당시 황용부학黃龍府學(지금의 길림성 농안農安)과 흥중부학興中府學(지금의 요녕 조양朝陽) 등이 있었다. 여기서는 유가의 경전을 주로 교육하였으며, 박사 1인과 조교 1인을 두었다. 각 주와 현에도 주학과 현학을 설치하였는데, 주학과 현학에도 역시 박사와 조교를 두었다.

요대는 귀족 자제의 교육을 매우 중시하여 전문적으로 "제왕문학관諸王文學館"을 세웠으나 "제왕반독諸王伴讀"과 "제왕교수諸王敎授"는 두지 않았다. 요대는 또한 고려의 유학생을 받아들였는데, 이것은 중외문화교육교류사에 있어 당대 이후 외국의 유학생을 받아들인 또 하나의 중요한 사건이었다.

여진족의 영수였던 완안아골타完顔阿骨打는 1115년 금金을 건립하고 황제를 칭하며 연호를 수국收國이라 하였다. 금의 태종은 승상 희윤希尹에게 여진문자를 창제하도록 하는 한편, 중국의 경사經史를 번역하여 여진인을 가르치게 하였다. 해릉왕海陵王 천덕天德 3년(1151년) 국자감을 설치하고 중앙의 관학을 총괄하도록 하였는데, 이 역시 금의 최고 학부였다. 종실과 외척 중에서 황후대공 이상의 친속과 공신, 그리고 3품 이상의 관원 자제들 가운데 15세 이상의 자제들을 입학시켰으며, 15세 이하는 국자감 부설 소학에서 공부하도록 하였다. 또한 국자감은 당시 각종 교과서의 인쇄를 책임지고 있었기 때문에 전국 교과서 출판의 중심이 되었다.

금의 세종은 대정大定 6년(1166년)에 태학을 설치하고 5품 이상의 관원 자제와 지방의 각 부에서 추천한 생원과 거인을 학생으로 받아들여 교육하였으며, 태학박사와 조교 등의 직을 두었다. 학생은 3일마다 책론冊論을 하나씩 작성해 제출해야 하고, 또 3일마다 부賦와 시詩를 각각 1편씩 지어 제출해야 했다. 그리고 3개월마다 한 번씩 시험을 거행했는데, 시험 내용은 시·부·책론이었다. 태학은 학생들에게 10개월마다 한 번씩 휴가를 주었는데, 이를 일러 "순휴旬休"라고 하였다. 명절에 부모님이나 친척 방문, 그리고 병이 났을 때도 휴가를 청할 수 있었다. 만일 학교의 규칙을 어기거나 혹은 학습 태도가 좋지 않은 학생은 사건의 경중에 근거해 처벌을 내렸으며, 심지어 학적에서 제적을 시키기도 하였다.

금의 세종은 대정 13년(1173년)에 여진국자학을 설치하고 여진진사과를 열어 책冊과 시詩로 관리를 선발하였는데, 모두 27명을 선발하였다. 이것은 여진의 역사에서 처음 선발된 진사였다. 이들 진사는 교수직에 임명되거나, 여진국자학에서 교편을 잡기도 하였다. 그해에 또 다시 여진소학을 설치하였다. 대정 28년(1188년)에 여진태학을 세우고 재능과 학식이 뛰어난 사람을 교사로 임명하도록 규정하였다.

금대의 중앙 관학은 국자감·소학·태학 이외에도 전문적으로 여진족의 인재 육성을 위해 여진국자학·여진소학·여진태학이 설립되었는데, 이것은 중국의 고대학교발전사에 있어 또 하나의 특징이었다고 할 수 있다.

이외에도 또 사천대司天臺와 궁녀학교가 있었다. 사천대는 천문·달력 계산·물시계 등의 과목이외에 천문지리를 가르쳤으며, 궁녀학교는 전문적으로 궁녀들을 가르치기 위해 궁정 내에 설치되었다. 교관은 "궁교宮敎"라고 불렸으며, 궁녀들과 얼굴을 마주 보고 강의할 수 없었기 때문에 궁녀와의 사이에 푸른 천을 가리고 강의를 진행하였다.

금대의 지방 관학은 부府·진鎭·주학州學과 여진부女眞府·주학州學, 그리고 이외에 지방 의학이 있었다.

금대는 중앙 관학은 물론 지방 관학에서 공부하는 학생들의 모든 경비를 정부에서 지원하였는데, 경비의 주요 출처는 학전學田이었다. 관학생官學生은 경제적인 지원 이외에도 종신토록 잡역을 면제 받았다.

4. 원대元代의 학교제도

원대의 학교는 원의 태종 와쿼대窩闊臺 시기에 시작되었다. 원 태종 6년(1234년) 금을 멸망시킨 원은 금의 추밀원樞密院을 선성묘宣聖廟로 고치고 풍지상馮志常을 국자학 총교總敎로 삼아 귀족 자제 18명을 입학시켰다. 원 세종 홀필열忽必烈 시기에 이르러 원의 학교 체제가 완비되어 중앙에서 지방까지 관학과 교육관리기구가 건립되었다.

원대의 중앙 관학으로는 "국자학國子學"·"몽고국자학蒙古國子學"·"회회국자학回回國子學" 등이 있었다. 국자학은 한족의 문화를 전문적으로 공부하는 학교였기 때문에 주로 유가의 경전을 교육하였다. 교육 형식은 강설講說·속대屬對·시장詩章·경해經解·사평史評 등이 있었으며, "승재등제법昇齋等第法"과 "적분법積分法"을 채용하였는데, 이른바 "승재등제법"이란 바로 국자학을 하·중·상 3등급과 6개의 재사齋舍로 나누고 학생의 수준에 따라 각기 서로 다른 재사를 배정해 교육했던 제도로써, 그 학업의 성적과 품행에 근거하여 순서대로 승급할 수 있었다. 이것은 송대의 "삼사법三舍法"을 계승 발전시킨 것이었다. 시험은 사시私試와 승재昇齋 두 가지로 나누어져 있었으며, 사시는 매월 1회 거행되었다. 이 시험에서 상등자는 1점을 주고, 중등자는 반점을 주었다. 1년 안에 점수의 합계가 8점 이상인 자는 고등생원高等生員으로 승급되었다. 그 정원은 40명으로 제한되어 있었으며, 한인 20명을 포함해 몽고인과 색목인을 각각 10명씩 승급시켰다. 승재昇齋시험은 매 계절(3개월)마다 실시하였는데, 성적이 우수한 중제생中齋生은 상재上齋로 승급되었고, 성적이 우수하고 규칙을 위반하지 않은 하재생下齋生은 중재中齋로 승급되었다. 즉 "적분법"은 1년간 학생의 성적을 누적시켜 계산하는 방법으로써, 이 적분법은 송대의 태학에서 원대의 국자학에 이르는 과정 속에서 점차적으로 완비된 제도였다. "적분법"은 평상시 학생의 성적을 반영했던 까닭에 평상시 학생들의 학업을 독촉하는 적극적인 작용과 결과를 가져다 주었다.

"몽좌국자학蒙左國子學"의 설립 목적은 몽고족의 문화 발전에 있었기 때문에 몽고족 인재의 양성을 가속화시켜주는 결과를 가져다주었다. 그 주요 학습 내용은 몽고문으로 쓰인 『통감절요通鑑節要』였으며, 이에 정통한 학생은 그 수준에 따라 관직을 제수 받았다. 학생은 몽고족 이외에도 다른 민족의 학생들 역시 입학할 수 있었다.

"회회국자학回回國子學"에서는 이스티페문자를 전문적으로 배웠다. 즉 페르시아문자를 교육하는 학교였는데, 회회국자학을 창건한 이유는 당시 서역과 국제적인 교류가 빈번해지면서 페르시아 문자를 이해하는 전문적인 인재가 절실하게 요구되었기 때문이다. 이 학교가 설립된 이후 외국어에 능통한 수많은 전문 인재들이 배출되어 당시 사회의 수요에 부응하였다.

회회국자학은 중국 최초의 외국어학교로써 당시 중서문화 교류를 촉진시키는 적극적인 작용을 하였으며, 중국의 고대학교 교육발전사에 있어 또 하나의 중요한 특징으로 평가할 수 있다.

이밖에 원대는 사천대司天臺와 태사원太史院에 부설 학교를 설립하고, 천문역법에 관련된 인재들을 육성하였다.

원대는 노路·부府·주州·현縣의 행정구획에 따라 각 지방에 노학·부학·주학·현학 및 노소학路小學·사소학私小學 등의 교육체계를 완성하였다.

사학社學은 지원至元 23년(1286년)에 창립되었는데, 원의 조정에서는 농촌에 사社의 설립을 장려하기 위해 각 노路에 명령을 내려 현에 소속된 촌장村莊은 50가구를 하나의 사社로 조직하고, 각 사마다 사장社長 1인을 두었다. 그리고

『자치통감절요資治通鑑節要』

100가구 이상이 되면 1인을 증원한 반면, 50가구 이하이면 인근의 사와 합쳐 운영하도록 하였다. 사장은 전적으로 농상農桑의 장려와 교육을 전담하였으며, 각 사마다 학교를 하나씩 세우고 경서에 능통한 사람을 선발하여 교사로 삼았다. 농한기에 학생을 모집해 이들에게 초등교육을 실시하였다. 따라서 원대의 사학은 농촌지역의 문화교육을 발전시키는데 중요한 작용을 하였을 뿐만 아니라, 교육체계에 있어서도 후대에 커다란 영향을 주었다.

이외에 또한 각 노路에 몽고자학蒙古字學·의학·음양학 등의 전문학교를 건립하였다. 노몽고자학路蒙古字學은 지방에서 몽고 문자를 가르치던 학교로써 지원 6년(1269년)에 창건되었는데, 그 목적은 몽고문자를 보급하기 위한 것으로, 몽고문을 이해하는 인재를 육성하였는데 있었다. 배우는 과목은 경사京師의 몽고국자학과 동일했으며, 주로 몽고문으로 번역된 『통감

절요』를 학습하였다. 학교의 학생이 되면 잡역을 면제받았다. 학업을 마치고 시험에 합격된 자는 학관學官·역사譯史 등의 관직에 임명되었다.

노의학은 세조世祖 중통中統 2년(1261년)에 태의원太醫院의 직속으로 설립하였으며, 학생은 주로 적의호籍醫戶와 약방을 운영하는 집안의 자제들을 모집해 교육하였다. 일반적으로 좋은 집안의 자제들도 본인이 원하거나, 또한 자신이 의학을 배울만한 자질을 갖추고 있다고 생각되면 시험을 거쳐 입학할 수 있었다. 학관으로는 교수敎授·학정學正·학록學錄 등이 있었다. 물론 가르치는 사람이나 학생 모두 잡역이 면제되었다. 학습 내용은 『소문素問』·『난경難經』·『신농본초神農本草』 등의 의학 경전이외에도 대방맥大方脈·잡의과雜醫科·소방맥小方脈·풍과風科·산과產科·안과眼科·구치과口齒科·인후과咽喉科·정골과正骨科·금창종과金瘡腫科·침구과鍼灸科·축유과祝油科·금과禁科 등과 같은 13개 과목을 교육하였다.

노음양학은 천문과 산력算曆을 가르치던 학교로써 지원 28년(1291년) 사천대司天臺의 직속으로 설립되었다. 지방의 천문과 산력에 관한 인재 육성을 위해 세운 노음양학은 원대에 이르러 새롭게 등장한 교육체계로서 후에 명대의 교육체계에 지대한 영향을 끼쳤다.

원대 조정에서는 학교를 "풍화지본風化之本, 출치지원出治之源"으로 여겼던 까닭에 학교 교육을 중시해 각 지방에 적극적으로 학교를 설립하고 학전學田을 설치해 지원하였다. 『원사元史·세조본기世祖本紀』의 기록에 의하면, "지원 28년(1291년) 각 노路에 21,300여 개 소의 학교를 설치하였는데, 그 당시의 인구 통계를 살펴보면, 이 해 전국의 인구가 모두 1,343만호에 5,984만여 명이었다고 한다. 이렇게 볼 때 평균 2,800여 명마다 학교를 하나씩 세웠다고 할 수 있으니, 당시로서는 상당히 볼만했다고 할 수 있다. 특히 주목할 만 한 점은 변경지역에도 학교를 설치해 이들 지역의 개화와 발전을 촉진시켰다는 사실이다.

제9장

송·원 시기의 서원

1. 서원의 맹아

서원書院은 당대 말기 이래 지속적으로 발전해 온 일종의 새로운 형식의 교육기구였다. 서원은 당대 말기에 시작되어 오대에 형성되었으며, 송대에 이르러 번영하였다. "서원"이라는 명칭은 당대부터 시작되었다. 당 현종玄宗 개원開元 6년(718년) 여정수麗正修서원을 설립하였으며, 13년(725년) 집현전集賢殿서원으로 개명하였다. 하지만 이것은 중앙정부가 설립해 국가의 장서藏書·교감·교정을 전담하던 기구이자 교육기구였다. 그러나 민간에서 출현한 서원은 개인이 책을 읽고 학문을 연구할 수 있는 장소로 활용되었는데, 이러한 내용이 『전당시全唐詩』에 보이는 시제詩題에서도 잘 나타나고

남계서원南溪書院

있다. 예를 들어, "이비서원李祕書院"·"두중승서원杜中丞書院"·"효관중수재서원孝寬中秀書院"·"남계서원南溪書院"·"침빈진사성원沈彬進士書院" 등과 같은 경우이다. 개인이 설립한 서원 역시 학생을 모집해 교육을 하였는데, 예를 들어, 길수吉水의 "황료서원皇寮書院", 장주漳州의 "송주서원松州書院", 덕안德安의 "의문서원義門書院", 봉신奉新의 "오동서원梧桐書院" 등과 같은 경우이다. 비록

이렇게 학생을 받아들여 강의 할 수 있는 곳이 당시에는 아직 보편화 되지 않아 일반적으로 규모도 크지 않고 규정도 마련되어 있지 않았지만, 이 시기에 이미 이와 같은 새로운 형식의 교육기구가 싹트기 시작했다는 사실을 알 수 있다.

관학이 쇠퇴함에 따라 선비들 역시 학업을 중단해야 했지만, 학문을 좋아하는 일부 선비들은 여전히 유행하는 서적을 간행하거나 장서각을 세워 학문을 탐구하는 한편, 스스로 서원을 세우고 학생들을 모집해 강의를 진행함으로써 과거시험의 속박에서 벗어나 자유롭게 강의하는 풍조를 다시 일으켰다. 불교는 이름난 산림 속에 선림정사禪林精舍를 세우고 참선과 불경을 강의하였는데, 이는 청정한 산림 속에서 깊이 수행할 수 있었기 때문이다. 서원 역시 이러한 영향을 받아 대부분 산림 명승지에 세워졌다. 또한 고승들은 일반적으로 설법을 할 때 당堂에 올라 질의와 문답을 주고받는 형식을 취하였는데, 이 과정에서 청중들은 이때 고승의 불경 해설과 설법 내용을 기록하여 『어록語錄』·『장구章句』·『강의講義』 등의 형식으로 남겼는데, 이러한 형식은 서원의 교육방법에도 적지 않은 영향을 주었다.

서원이 흥기하면서 서원의 강의 내용 역시 품성에 대한 개인적 수양에서 시정時政에 대한 평론으로 그 범위가 점차 확대·발전하게 되었으니, 봉건전제주의 통치하에 있던 당시 상황에서 자연히 통치집단의 탄압을 받지 않을 수 없게 되었다. 하지만 서원의 흥기는 결국 당시의 학풍을 바꾸어 놓았을 뿐만 아니라, 학파 간의 논쟁을 통한 인재의 육성에도 새로운 토대가 마련되었다는 점에서 주목할만한 가치를 지니고 있다.

2. 송대宋代의 서원

송대 초기에 이르러 서원은 강인한 생명력을 가지고 커다란 발전을 이룩하였으며, 또한 일종의 중요한 교육기구로 자리 잡게 되었다. 당시 출현했던 유명한 서원들을 다음과 같이 살펴보고자 한다.

1) 백록동서원白鹿洞書院

백록동서원은 강서성 성자현星子縣 북쪽(지금의 강서성 구강九江 남쪽)에 위치한 여산廬山 오로봉五老峰 아래에 세워졌다. 당대唐代 정원貞元 년간(785~805년)에 낙양 사람인 이발李渤과 그의 형 이섭李涉이 여산에 은거해 학문에

백록동서원白鹿洞書院

정진할 때 흰 사슴 한 마리를 길렀던 까닭에 사람들이 그를 백록선생이라고 불렀으며, 후에 이발이 강주江州의 자사刺史(821~824년)로 부임하게 되면서 자신이 독서하던 곳에 건물을 짓고 물을 끌어들여 꽃을 심어 백록동이라 이름 붙였다고 한다. 후에 남당南唐 승원昇元 연간(937~943년)에 이르러 국자감의 이선도李善道가 명을 받아 이곳에 학교를 세우고 여산국학廬山國學이라고 이름 붙였는데, 훗날 이 학교를 또한 백록동국상白鹿洞國庠이라고도 일컬었다. 송대 초기에 이르러 백록동서원으로 그 명칭이 바뀌었으며, 수십여 명의 학생들이 이곳에서 수업을 받았다고 한다. 특히 주희朱熹가 이곳에서 학생들에게 강의를 했다고 전하며, 명·청대에 이르러서도 여전히 서원의 명맥이 유지되었다.

2) 악록서원岳麓書院

악록서원은 호남성의 선화현善化縣(지금의 장사시長沙市) 서쪽에 위치한 악록산岳麓山의 포황동抱黃洞 아래에 세워졌다. 원래는 사찰이었던 곳을 개보開寶(976년) 담주潭州의 태수 주동朱洞이 이를 토대로 강당 5칸, 재사 52칸을 세우고 악록서원을 창건하였다. 후에 함평咸平 2년(999년)에 이르러 담주의 태수 이윤李允이 다시 악록서원岳麓書院을 증축하였

악록서원岳麓書院

으며, 대중大中 상부祥附 8년(1015년)에는 송 진종眞宗이 악록서원의 산장山長 주식周式을 접견하고 친필로 "악록서원"이라 쓴 편액을 하사하였다. 이후 악록서원의 명성이 천하에 널리 알려지게 되었다. 남송 때 장식張栻, 주희 등이 일찍이 이곳에서 강의를 했으며, 한때 학생이 천여 명에 달했다고 한다. 명·청대까지 강의가 지속적으로 이루어졌다.

3) 응천부서원應天府書院

응천부서원은 수양睢陽(지금 하남성 상구현商丘縣)에 자리하고 있으며, 응천부서원은 또한 수양서원睢陽書院이라고도 불리었다. 이곳은 원래 대유학자였던 척동문戚同文의 고향이었는데, 송 진종 때 조성曹城이 이곳에

응천부서원應天府書院

학사를 건립하고 1,500여 권의 장서를 마련해 학생을 모집해 가르쳤으며, 범중엄範中淹 역시 일찍이 이곳에서 학생들을 가르쳤다고 한다.

4) 숭양서원嵩陽書院

숭양서원은 하남성의 등봉현登封縣 태실산太室山(즉 숭산嵩山) 남쪽 기슭에 자리하고 있다. 북위北魏 때 숭산사崇山寺가 되었다가 당대에 이르러 숭양관嵩陽觀로 바뀌었으며, 오대五代 이후 주周나라의 태실서원太室書院이 되었다. 송 태종 지도至道 2년(996년)에 이르러 태종이 "태실서원"이라는 이름을 하

사하였으나, 인종 경호景祐 2년 (1035년)에 이름을 숭양서원으로 바꾸고 나서 천하에 그 명성을 떨치게 되었다. 그러나 남송 때 이미 쇠퇴하여 그 명맥이 끊겼으나, 청대 강희 연간에 이를 다시 재건하였다.

숭양서원嵩陽書院

5) 석고서원石鼓書院

석고서원은 호남성의 형양현衡陽縣(지금의 형양시衡陽市) 북쪽 석고산石鼓山에 위치해 있다. 원래는 심진관尋眞觀이었으나, 당 헌종憲宗 원화元和 년간 (806~820년)에 형양 사람이었던 이관李寬이 심진관의 옛 터에 집을 짓고 그 곳에서 공부를 하였는데, 후에 송 태종 지도至道 3년(1024년) 이사진李

士眞이 이관이 공부하던 옛 터에 서원을 창건하였다. 명·청대에 이르기까지 그 명맥이 유지되었다.

석고서원石鼓書院

6) 모산서원茅山書院

모산서원은 강소성의 강녕부江寧附 (지금의 강소성 금단현金壇縣 경내) 모산茅山에 위치해 있으며, 송대 초기 후유侯遺(중유仲遺)가 건립하였다. 송인종 천성天聖 2년(1024년)에 강녕부의 지부地府였던 왕수王隨가 조정에 주

모산서원茅山書院

청하여 전田 3경頃을 하사받아 서원의 경비로 충당하였다.

조송엽曹松葉 선생은 『송원명청서원개황宋元明淸書院槪況』에서 일찍이 송대에 203개소의 서원이 있었는데, 이 중에서 북송대 24%, 그리고 남송대 75%를 차지하였다고 밝혔다. 강을 중심으로 살펴볼 때, 장강 유역이 74.76%, 주강珠江 유역이 21.53%, 그리고 황하 유역이 3.52%를 차지하였다. 성省을 중심으로 살펴보면, 강서성이 80개소로 가장 많았으며, 그 다음이 34개소의 절강성과 24개소의 호남성 순이었다. 사립과 관립 학교를 놓고 볼 때, 사립이 50% 이상으로 관립보다 더 많았으며, 주로 강서·절강·호남지역이 가장 많은 수를 차지하였다.

이상의 통계로 볼 때, 서원은 남송 때 가장 흥성하였으며, 특히 남송 이종理宗 시기 이학理學에 대한 금지령이 폐지된 후 대규모의 서원 건립이 이루어졌음을 알 수 있다. 장강 유역에 서원이 발달했던 원인은 당시 이 지역의 경제, 그리고 문화의 발달과 불가분의 관계를 가지고 있으며, 강서성을 비롯한 절강성과 호남성에 서원이 많이 세워지게 되었던 주요 원인은 바로 강서성 백록동서원의 영향과 아울러 주희, 육구연陸九淵 등과 같은 저명한 학자들이 이곳에서 활동했던 상황과도 깊은 관련이 있다. 절강성은 당시 남송의 수도 임안臨按이 있던 곳이었고, 호남성은 악록서원의 영향을 받았다고 볼 수 있으니, 정치·경제·문화적 요인들이 송대 서원의 발

전에 중요한 작용을 하였다는 사실을 엿볼 수 있다.

3. 원대元代의 서원

원대는 서원을 보호하고 제창하면서도 또 한편으로는 통제를 강화하는 이중적인 정책을 시행하였다. 일찍이 태종 8년(1236년) 연경燕京(지금의 북경)에 원대의 첫 번째 서원이라고 할 수 있는 태극서원太極書院이 창립되었으며, 지원 28년(129년)에 이르러 원의 조정이 서원을 제창하는 정책을 시행함으로써 원대 서원의 발전을 크게 촉진시키는 결과를 가져다 주었다. 왕정王頲의 『원대서원고략元代書院考略』에 보이는 통계에 의하면, 일찍이 원대에 모두 408개소의 서원이 있었으며, 그중에서 새롭게 건립된 서원이 134개소, 다시 재건된 서원이 59개소로 모두 193개소가 있었다고 한다. 408개소의 서원 가운데 현재 그 장소를 알 수 없는 9개소를 제외하고, 나머지 399개소는 전국 13개 행성 중에서 7개 행성에 분포되어 있는데, 강절행성江浙行省이 167개소로 가장 많았고, 그 다음 강서행성江西行省 80개소, 중서성中書省 55개소, 호광행성湖廣行省 42개소, 하남행성 37개소, 협서행성陝西行省 9개소, 사천행성 9개소 등의 순이었다. 이러한 상황을 고려해 볼 때, 일찍이 어떤 학자가 "서원의 건립은 원대만큼 성행한 적이 없었다."고 한 말이 근거없는 잘못된 평가라고 할 수는 없을 것이다.

원대의 서원에서는 주로 유가의 경전과 이학자의 서적을 가르쳤는데, 그 주요 내용은 육경을 비롯한 『논어』·『맹자』 등의 유가경전과 주돈이周敦頤·정이程頤·정호程顥·장재張載·주희朱熹 등과 같은 이학자들이 저술한 서책을 교육하였다. 또한 당시 서원에서 강연을 담당했던 사람들은 상당수가 당시에 이미 유명한 학자로 이름이 났던 사람들이었다. 여기서 가장 주목

역산서원歷山書院

할 만한 점은 원대의 서원 중에 다른 학과목을 가르치는 곳이 있었다는 사실이다. 예를 들어, 복주濮州의 역산서원歷山書院에서는 의학을 가르쳤으며, 남양부南陽府의 박산서원博山書院에서는 수학과 서학書學을 가르쳤다. 그리고 파양현鄱陽縣 파강서원鄱江書院에서는 몽고자학 등을 설치해 가르쳤는데, 이 점이 바로 원대 서원의 특징 중에서 가장 특색 있는 부분이라고 하겠다.

원대는 서원을 보호하고 제창하는 동시에 또 다른 한편으로는 통제를 강화하였다. 원대의 서원은 그 숫자상에서 비교적 큰 발전을 이룩하여 전국 각지에 널리 분포되어 있었다. 또 다른 한편으로는 중앙정부에서 서원의 교사에 대한 임명은 물론 학생 모집과 시험, 그리고 학생의 진로까지 통제하였으며, 이와 동시에 중앙정부에서 학전을 지급하여 운영하도록 하였다. 이에 따라 서원의 관학화가 심화되어 점차 지방의 많은 서원이 관학체계로 편입되었고, 노路·부府·주州·현학縣學 등과 마찬가지로 과거시험의 부속물이 되면서 명리와 학문 수양을 추구했던 초기 서원의 의미가 퇴색되고 말았다. 물론 당시의 상황이 이와 같았지만 서원은 문화교육의 보급과 이학의 전파, 그리고 인재의 육성이라는 측면에서 여전히 긍정적인 작용을 하였다.

4. 서원의 조직과 관리제도

1) 서원의 조직

서원을 관장하는 사람을 "동주洞主"·"산장山長"·"당장堂長"·"원장院長"·"교수敎授" 등으로 불렀는데, 규모가 큰 서원에서는 부산장副山長·부강副講·조교助敎 등을 두어 산장의 일을 보좌하도록 하였다. 서원의 조직은 비교적 간단하고 관리 인원도 적었으나, 관리는 상당히 엄격하였으며, 또한 학생들 역시 관리에 참가하였다.

2) 서원의 학칙

서원에서 통용되었던 주요 교재는 "사서"와 "오경" 등과 같은 유가 경전이었으며, 원대 초기에 정단예程端禮가 초안한 『정씨가숙독서분년일정程氏家塾讀書分年日程』을 역대 서원에서 채용하였는데, 이것은 당시 서원 전체의 "교육계획서"였다고 말할 수 있다. 정단례가 제창한 독서의 순서는 먼저 주희의 『소학小學』을 읽고 난 다음, 『예기·대학』·『논어』·『맹자』·『예기·중용』·『효경』·『역』·『서』·『시』·『의례』·『예기』·『주례』·『춘추』삼전三傳 등을 읽어야 하며, 이어서 『사서집주四書集注』를 읽고 난 다음 『오경』을 베껴 쓰면서 읽어야 한다고 주장하였다. 또한 그는 이처럼 경서를 먼저 읽고 난 다음, 이를 토대로 『통감通鑑』과 같은 사서史書를 비롯해 한유의 문장과 『초사』 등을 읽어야 하며, 끝으로 작문을 연습해야 한다고 주장하였다.

3) 서원의 학칙

일찍이 남송의 주희는 『백록동서원학규白鹿洞書院學規』를 제정하고, 서원의 교육 방침으로 "부자유친父子有親, 군신유의君臣有義, 부부유별夫婦有別, 장유유서長幼有序, 붕우유신朋友有信"의 "오교五敎"를 주장하였다. 이 방침을 실현하기 위해 주희는 위학爲學·수신修身·처사處事·접물接物 등에 대한 원칙을 다음과 같이 제창하였다.

위학爲學을 위해 "널리 배우고, 자세히 물으며, 신중히 생각하고, 명확하게 분별하며, 독실하게 수행하며"(博學之, 審問之, 愼思之, 明辯之, 篤行之), 수신修身의 요체로써 "말이 진실하고 신의가 있어야 하며, 행실이 독실하고 공손해야 하며, 분한 생각을 경계하고 욕심을 막아야 하며, 잘못을 고치고 늘 선한 곳을 지향해야 한다"(言忠信, 行篤敬, 懲忿窒慾, 遷善改過)고 주장하였다. 그리고 처사處事의 요체로써 "정正은 옳은 것으로 이利를 도모하지 않는 것이고, 명明이란 도道로서 그 공을 계산치 않으며"(正其誼不謀其利, 明其道不計其功), 접물接物의 요체로써 "자기가 하기 싫어하는 것은 남에게 시키지 말며, 일을 해서 얻어지는 것이 없으면 자기 때문이라고 생각하라"(己所不欲, 勿施於人 ; 行有不得, 反求諸己)는 주장을 제기하였다.

『백록동서원학규白鹿洞書院學規』는 유가의 도덕적 수양과 그 기본 원칙을 개괄하고 있는 동시에 봉건적 사회교육의 주요 정신을 구현해내었다. 이것은 남송 시기 서원의 학칙으로 채용

백록동서원학규白鹿洞書院學規

되었을 뿐만 아니라, 원·명·청대의 서원에 이르러서도 중요한 지침서가 되었으며, 더 나아가 일반 관학에서도 이를 채용하여 학칙으로 삼았다.

4) 강회講會(토론)제도

강회講會는 서원의 강의를 구성하는 중요한 형식 가운데 하나로써 설사 학파가 서로 다르다고 해도 한곳에 모여 강연을 하거나 혹은 토론을 벌이는 것이 허락되었다. 그래서 강회는 서원이 일반 학교와 다름을 나타내는

중요한 지표라고 할 수 있다. 이러한 서원의 강회제도는 남송 시기에 등장했는데, 유명한 강회로는 순희淳熙 2년(1175년) 여조겸呂祖謙이 강서 신주信州에서 주관했던 "아호지회鵝湖之會"를 예로 들 수 있다. 이 강회에서 주희와 육구연陸九淵 두 학파가 학술문제를 놓고 격렬하게 논쟁을 벌였으며, 순희 8년(1181년)에 주희가 특별히 육구연을 백록동서원에 초청하여 강연을 요청하는 동시에, 그의 강의 내용을 비석에 새겨 서원 내에 세워 놓았다. 이것은 바로 견해가 서로 다른 두 학파의 강연과 변론을 위한 모범을 수립하고자 했던 것으로, 서원 "강회講會"의 효시가 되었다. 이후 각 학파의 학자들이 분분히 각 지역의 서원에 모여 강회를 열고 자신의 관점을 피력하게 되었으며, 이로부터 점차 강회제도가 서원 내에 자리 잡게 되었다. 이러한 강회제도는 명·청 시기에 이르기까지 지속적으로 이어져 왔다. 강회제도의 조직·의식·규모·규약 등을 놓고 볼 때, 강회제도는 이미 서원의 교육 범위를 넘어서 한 지역의 학술토론회나 혹은 학술교류회의 성격을 지니고 있었다. 이렇게 서원의 영향이 확대됨에 따라 서원의 사회적 지위도 함께 제고되었으며, 또한 서원의 교육내용도 풍부해져 서원의 교육수준과 학술연구를 제고시켜 주는 결과를 가져오게 되었다.

5. 서원의 교육 특징

1) 교육과 학술연구의 결합

역사상 유명했던 수많은 서원은 모두 교육 활동의 중심지이자, 또한 이와 동시에 학술연구의 성지이기도 했다. 남송 시기 주희를 비롯한 일련의 학자들은 이학理學을 제창하고 이와 관련된 내용을 서원에서 강의하였으며, 심학心學을 제창한 육구연 등은 서원에서 주로 심학과 관련된 내용을 강의하였다. 이처럼 역대로 서원을 주관한 사람들이 대부분 저명한 학자들이었던 까닭에, 그들은 학술연구를 통해 교육을 촉진시켜 주었을 뿐만 아니라, 또한 동시에 교육을 통해 학술연구를 선도해 나갔다. 그렇기 때문에 학술연구는 서원 교육의 중요한 토대가 되었으며, 또한 서원의 교육은 학술연구의 성과에 힘입어 광범위하게 전파되어 나갔다. 이처럼 학술연구와 교육의 결합은 서원 교육의 중요한 특징가운데 하나로써 우리가 참고해볼만한 충분한 가치를 지니고 있다.

2) 자유로운 교육과 수강

서원에서 각기 다른 학파 간의 공동 강연이 이루어지면서, 주희는 서로 다른 학파에 속하는 육구연을 백록동서원에 초청해 강연을 개최하였는데, 이것이 바로 각 학파가 공동으로 강연을 진행하는 새로운 기풍을 열어주었다. 일찍이 역사상 등장했던 수많은 학파들 역시 이처럼 서로 다른 관점에 대한 논쟁을 통해 발전되어 왔음은 주지의 사실이다. 또한 서원에서 유명 학자들을 초청해 강연을 개최할 때면, 각계각층의 인사들이 자유롭게 와서 강연을 듣곤 하였는데, 주희와 육구연이 각지의 서원을 돌며 강연할 때도 강연을 듣기 위해 모인 사람들이 수백여 명이나 되었다고 한다. 또한 주희의 학생이었던 황간黃幹이 일찍이 백록동서원에서 "건곤이괘乾坤二卦"를 강의할 때도 그 지역의 거의 모든 선비들이 모여 강의를 들었다고 한다. 이와 같이 당시 자유로운 강연과 수강은 서원 내부의 교육은 물론 서원 외부의 학술연구 활동에도 긍정적으로 작용하여 서원의 교육과 학술연구를 유기적으로 결합시켜 주었으며, 또한 동시에 교육적인 측면에서도 학생들의 수준과 시야를 넓힐 수 있어 매우 유용하게 작용하였다. 이러한 측면에서 볼 때, 당시 서원에서 자유롭게 강연하고 수강할 수 있는 분위기는 바로 "백가쟁명百家爭鳴"의 정신을 구현한 것이라고 볼 수 있다. 물론 이들의 "쟁명爭鳴" 역시 한계성을 띠고 있었다고는 하나, 오직 선생님의 강의만 들어야 했던 일반 학교들과 상황을 비교해 볼 때, 서원에서 자유로운 강연과 수강이 가능했다는 사실에 주목할 필요가 있다.

3) 학생은 독학 위주, 교사는 계발 위주

서원에서는 학생의 교육에 대해 학생 개인이 스스로 배우고 탐구하는 것을 강조한 반면, 교사는 학문에 대한 자신의 연구 경험을 토대로 학생들의 학습 지도에 중점을 두었

여택서원麗澤書院

다. 그래서 서원에서는 학생들에게 서적을 충분히 제공하였으며, 교사는 학생들의 독서와 학문연구 방법 지도에 많은 노력을 기울였다. 또한 서원에서는 학생들에게 학문에 대한 문제를 적극적으로 제기하도록 독려하였으며, 교사는 질문에 답변하는 방식으로 학생들의 학습을 지도하였다. 그래서 당시 유행했던 "어록語錄"은 대부분 서원의 교사와 학생들이 서로 주고받은 질문과 답변을 기록해 놓은 것이다. 교사는 학생들의 논쟁을 장려하였는데, 이는 학생들이 의문을 가지고 독서하는 분위기를 조성하기 위한 것이었다. 주희 역시 일찍이 독서 할 때는 반드시 의문을 가져야 한다고 강조했는데, 이는 의문을 가지고 독서를 해야만 학문의 깊은 이치를 깨달을 수 있다고 생각했기 때문이다. 즉 의문을 하나씩 해결해 나가는 과정 속에서 세상의 도리와 이치를 체계적으로 이해할 수 있게 되는데, 이것을 바로 학문의 시작이라고 여겼던 것이다. 일찍이 여조겸呂祖謙 역시 여택서원麗澤書院에서 강연할 때, 학문 탐구와 학생들의 독립적인 사고를 강조하였는데, 이는 독립적인 연구와 사고를 통해 문제의 해결 방법을 찾

아 나간다면 기존의 진부한 견해에서 벗어나 자신만의 새로운 견해를 밝혀낼 수 있다고 믿었기 때문이다. 서원의 강사는 항상 "강의講義"에 앞서 강의안을 먼저 준비했는데, 이 강의안이 바로 교사가 학생들에게 교육하고자 하는 내용을 정리해 놓은 것이었다. 이렇게 학생들은 교사의 지도와 질의문답식 학습 방법을 통해 더욱 깊이 학문에 정진해 나갈 수 있었다.

4) 스승에 대한 존경과 제자에 대한 사랑

서원의 스승과 제자의 관계는 그 어떤 관계보다 돈독하여 스승에 대한 존경과 제자에 대한 사랑이 두터웠다. 이는 그들이 오랫동안 함께 생활하면서 교육과 학습활동을 통해 자연스럽게 서로에 대한 이해와 두터운 감정을 쌓아 나갈 수 있었기 때문이다. 그러나 이와 같은 우량한 전통은 당시 관학에서 거의 찾아보기 어려운 특징 가운데 하나였다. 관학의 스승과 제자 관계는 이와 달리 서로 사이가 좋지 않았다. 서원의 교사들은 대부분 몸소 직접 모범을 보이는 동시에 가르치는 일을 게을리하지 않고, 조석으로 학생들을 돌보며 접촉했던 까닭에 학생들은 자연스럽게 교사를 존중하게 되었으며, 또한 이러한 관계 속에서 스승과 제자가 서로 돈독한 감정을 쌓을 수 있었다. 이뿐만 아니라 덕이 높고 고상한 품격을 갖춘 교사들은 종종 자신보다 뛰어난 교사를 학생들에게 추천해 주었다. 주희가 일찍이 백록동서원에서 강연할 때도 조금도 게으른 모습을 보이지 않았다. 그는 하루라도 강의를 하지 못하면 불편하게 생각하였으며, 심지어 병중에서도 강론을 멈추지 않았다. 또한 그는 학생 지도에서 있어서도 엄격함을 요구하였다. 그러나 학칙에 의한 규제보다는 학생들의 자발적 깨달음을 중요시했기 때문에 학생들은 그를 매우 존중하였다. 육구연 역시 학생을 지도하는 과정에서 학생의 자질에 맞춰 학문의 이치를 깨닫게 함으로써 교육적으로 커다란 효과를 거둘 수 있었다.

서원의 교육은 사람의 인격도야에 중점을 두었던 까닭에 과거급제를 직접적인 목표로 삼았던 관학의 교육과 사회적 풍조에 대해 반대하였다. 즉 서원에서는 사람의 덕성을 함양하는 교육을 가장 큰 교육적 가치로 여겨 서원의 대학자들은 항상 "사람의 스승"이라는 마음가짐으로 자신을 스스로 엄격히 단속하였으며, 학생들 역시 "정正은 바른 것이니 이利를 도모하지 않는다."는 "순유醇儒"의 엄격함을 자신에게 요구하였다. 학생들은 스승을 존중하고 도리를 중요하게 생각하여 스승에게 지식만을 배운 것이 아니라, 사람이 되는 도리도 함께 배웠다. 그래서 이와 관련된 이야기들이 많이 전해 오고 있는데, 그 가운데 하나가 바로 스승에 대한 존경을 표현한 "정문입설程門立雪"이라는 고사이다. 또한 주희와 육구연이 세상을 떠났을 때, 그의 장례식에 참여하기 위해 찾아온 제자들이 천여 명에 이르렀다고 한다. 이처럼 서원의 스승과 제자 사이가 돈독하고 두터웠던 까닭에 스승이 세상을 떠난 후 그들의 제자들은 스승의 학문을 계승하기 위해 전국 각지에 서원을 건립하고 학생을 모집해 교육하였으며, 또 어떤 제자는 스승의 학설을 한 단계 더 발전시켜 새로운 성과를 거두기도 하였다.

　위에서 언급한 이상의 몇 가지 특징들은 고대 서원의 우량한 전통으로써, 서원의 교육과 학술연구, 그리고 스승과 학생의 관계를 존경과 사랑으로 더욱더 발전시켜 나가는데 중요한 작용을 하였다.

제10장

송·원대 시기의 몽학蒙學

1. 송·원대 몽학의 발전

송·원시대는 고대 중국의 몽학 교육 발전에 있어 새로운 단계로 접어들었던 시기였으며, 또한 수량적인 측면에서도 증가하였을 뿐만 아니라, 교육내용과 방법, 그리고 교재 측면에서도 송·원시대만의 독특한 특징을 가지고 있어 후대 몽학 교육 발전에 커다란 영향을 주었다.

송·원시대는 관 주도의 몽학이 설립되었던 시기였다. 예를 들면, 경성의 황궁 안에는 귀족 자제들을 위해 소학小學을 설립하였고, 지방에는 서민의 자제들을 위한 소학이 설립되었다. 송대의 『경조부소학규京兆府小學規』에 당시 지방관의 소학 설립에 관한 규정이 구체적으로 정리되어 있는데, 가령 교사가 학생들에게 가르쳐야 할 교육내용을 예로 들어보면. 그 주요 내용은 매일 경서 2~3페이지와 송독해야 할 문장, 그리고 문구와 음의音義에 대한 분석 및 해

경조부소학규京兆府小學規

설, 시부, 속대屬對, 고사 등을 담고 있었다. 한편, 학생은 수준에 따라 상·중·하 세 등급으로 나누고 이들이 매일 공부해야 할 내용 또한 규정해 놓았다. 상등급의 학생들은 매일 세 가지 경의經義에 대한 답안 작성과 함께

200자의 글자를 익히고 시 1수를 암송해야 했다. 그리고 3일마다 부賦 1수를 외워 시험을 봐야 했으며, 3~5페이지의 역사책을 읽어야 했다. 중등급의 학생들은 매일 100자의 글자를 익히고, 10줄의 글자를 써야 했으며, 시 1수와 대련 하나, 그리고 부賦 1수와 고사 하나를 익혀야 했다. 하등급의 학생들은 매일 5~6개의 글자를 익히고 10줄의 글자를 쓰고 시 1수를 읽어야 했다. 이러한 상황은 당시 관에서 설립한 몽학이 대단히 발달했었다는 사실을 뒷받침해주는 것으로, 제도적 보장을 통해 커다란 성과를 거두었다는 사실을 짐작해볼 수 있다.

또한 원대는 전국 각지의 농촌에 50가구를 하나의 사社 단위로 조직하고 각 사마다 학교를 설립해 농한기에 농촌의 아이들에게 몽학교육을 실시하도록 하였다. 그래서 원대의 사학社學은 관에서 설립한 관학적 성격을 지니고 있었다.

송·원 시기에는 몽학교육을 위해 민간에서 설립한 사학私學이 있었는데, 어떤 사람은 이를 "소학小學"이라 부르기도 한다. 예를 들어, 일찍이 소식蘇軾은 스스로 자신이 8세에 소학에 입학하여 도사 장이간張易簡을 스승으로 삼았으며, 함께 수학한 학동이 수백여 명이었다고 언급한 바 있다. 당시 농촌 지역의 아이들이 농한기를 이용하여 공부하는 것을 "동학冬學"이라고 불렀으며, 이외에 또 "향교鄕校", "가숙家塾", "사숙私塾", "몽관蒙館" 등으로도 불리었다. 관에서 설립한 소학의 수량에도 한계가 있었으며, 더구나 몽학의 운영 경비가 많이 들지 않았던 까닭에 중소도시를 비롯한 읍과 농촌 지역에 이처럼 개인이 설립한 몽학이 당시에 상당히 보편화되어 있었다. 심지어 "삼가촌三家村" "사가점四家店" 등과 같은 지역에도 그리 크지 않은 규모의 사학이 설립되어 운영되었다.

2. 몽학의 주요 내용과 교육방법

송·원 시기 몽학교육의 주요 내용은 초보적인 도덕적 규범과 기초적인 문화지식을 교육하는데 있었다. 그렇기 때문에 학생들은 몽학에서 매일 식자識字, 습자習字, 독서讀書, 배서背書, 속대屬對, 작문 등의 교육을 받았으며, 이와 동시에 학생들에게 기본적인 도덕 규범과 도덕적 행위에 대한 교육을 실시하였다.

몽학교육은 기초교육이었던 까닭에, 이 시기의 몽학은 엄격한 요구를 강조해 그 기초를 다지고자 하였다. 그래서 예절 측면에서 아이들에게 일상생활에서 머물 때는 반드시 공손히 하고, 걸음걸이는 반드시 바르게 하며, 보고 들을 때는 반드시 단정히 하며, 말을 할 때는 반드시 공손하고 신중히 하며, 용모는 반드시 엄숙히 하며, 의관은 반드시 단정히 입고, 음식은 반드시 절제하여 먹고, 집안에 들어와서는 반드시 청결히 해야 하는 등등의 예절 내용을 교육하였다. 독서의 측면에서는 아이들에게 큰 소리로 진지하게 읽을 것을 요구하였다. 그래서 "한 자라도 틀려서는 안 되며, 한 자라도 빠뜨려서도 안 되며, 또한 한 자라도 많아서도 안 되며, 거꾸로 읽어서도 안 된다."는 점을 강조하였으며, 이와 동시에 능히 외울 수 있도록 충분히 읽을 것을 요구하였다. 글씨에 있어서도 반드시 "한 필 한 획을 엄정하고 분명하게 쓰되 조잡해서는 안 된다."는 점을 강조하였다. 공부 습관에 대해서도 "먼저 일을 마무리하고 청결하게 주변을 정돈한 다음, 서책을 정연히 정돈한다. 그런 후에 몸을 바르게 하고 서책을 마주 보며, 천천히 세밀하게 책을 읽어나가되 그 뜻을 자세하게 헤아려야 한다."고 요구하였다. 또한 "무릇 서책은 소중히 다루어 훼손하거나 더럽히지 말며", "독서에는 삼도三到가 있으니, 이른바 심도心到, 안도眼到, 구도口到가 있다."는 등등 어린 시절에 익혀야 할 바른 생활, 학습, 글씨 쓰기 습관 등을 강조하였다.

또한 송·원 시기의 교육자들은 다양한 형식의 『수지鬚知』와 『학칙學則』을 제정하고, 이것을 몽학 시기 어린이들이 학습해야 할 행위규범에 대한 준칙으로 삼았다. 예를 들어, 주희는 어린이를 위한 전문서인 『동몽수지童蒙鬚知』를 편찬하여 어린이의 의복·모자·신발·언어·걸음걸이·청소·독서·글씨 등과 같이 세부적인 일 처리 방법까지 자세하게 규정해 놓았다. 정단몽程端蒙과 동주董銖의 『학칙』 역시 어린의 생활과 학습에 대한

주희朱熹의 『동몽수지童蒙鬚知』

여러 가지 구체적인 지침을 규정해 놓았다. 이러한 규정과 요구가 비록 번잡하고 다양해 어린이의 개성 발달에 부정적 영향을 줄 수 있는 폐단을 가지고 있었지만, 또 한편으로는 어린이들이 법도에 따라 행동함으로써 바른 습관을 키워 나갈 수 있는 긍정적인 측면도 있었다.

몽학 시기의 어린이들이 활동적이라는 사실을 인지하고 있었던 송·원 시기의 교육자들은 이러한 어린이의 심리적 특성에 맞춰 학습에 대한 흥미를 유도하고자 하였다. 그래서 일찍이 양억楊億은 "일기 이야기" 형식을 이용한 교육을 제창하였으며, 정이程頤는 "물을 뿌리고 청소하며, 남을 응대하고 어른을 섬기는 예절"을 시가로 지어 아침저녁으로 아이들에게 부르게하면 도움이 된다고 주장하기도 하였다. 한편, 주희는 경전과 사적, 그리고 기타 논저에서 충군·친효·사장·수절·치가 등과 관련된 격언, 훈계, 고사 등을 광범위하게 발췌해 어린이의 도덕 교육을 위한 『소학』을 편집하였다. 또한 그는 "명銘"이나 "잠箴"류 같은 도덕적 훈계 내용을 족자로 만들어 벽에 걸어 놓거나, 혹은 서재·출입문·접시나 그릇 등과 같은 일용기구 위에 조각해 어린이의 관심을 높인다면 자연스럽게 학습에 대

한 자각성을 높일 수 있다고 주장하였다. 또 한편 그는 기억력은 뛰어나지만 성인에 비해 이해력이 떨어지는 어린이의 특성에 근거해 학습 내용을 숙독해 반드시 기억하도록 강조하였다. 한마디로 말해서 송·원 시기의 교육자들은 어린이의 심리적 특징에도 관심을 기울여 그들의 심리적 특성에 맞게 흥미를 유발시킬 수 있는 학습 방법을 개발하고자 많은 노력을 기울였다는 사실을 엿볼 수 있다. 이러한 그들의 경험은 우리가 관심을 기울일 만한 충분한 가치를 가지고 있다.

3. 몽학교재

송·원 시기의 몽학 교재는 전인들이 편찬한 몽학 교재를 토대로 계승발전시켜 나가는 동시에, 주제별로 교재를 구분해 편찬하는 현상이 등장하게 되었는데, 이는 중국 고대의 몽학교재를 새로운 단계로 발전시켜나가는 데 중요한 역할을 하였다. 이 시기의 몽학 교재는 그 내용에 따라 대체로 다음과 같이 몇 가지로 나눠 볼 수 있다.

1) 식자識字 교육 위주의 교재
어린이의 식자 교육과 관련된 대표적인 교재는 『삼자경三字經』, 『백가성百家姓』 등이 있으며, 그 주요 목적은 어린이에 대한 식자 교육과 문자 도구에 대한 파악, 그리고 이와 관련된 기초지식을 종합해 편찬하였다.

2) 도덕道德 교육 위주의 교재
어린이의 도덕 교육과 관련된 대표적인 교재는 여본중呂本中의 『동몽훈童蒙訓』, 여조겸呂祖謙의 『소의외전少義外傳』, 정단몽程端蒙의 『성리자훈性理字訓』

등이 있으며, 그 주요 내용은 어린이에게 윤리도덕과 처세, 그리고 사람과 사물을 대하는 태도에 대한 준칙을 설명해 편찬하였다.

3) 역사歷史 교육 위주의 교재

어린이의 역사 교육과 관련된 주요 교재는 왕령王令의 『십칠사몽구十七史蒙求』, 호인胡寅의 『서고천문 敍古千文』, 황계선黃繼善의 『사학제요史學提要』, 진력陳櫟의 『역대몽구歷代蒙求』, 오화용吳化龍의 『좌씨몽구左氏蒙求』 등이 있다. 이러한 교재 가운데 어떤 것은 역사발전에 대해 간략하게 서술되어 있는 경우도 있으

왕령王令의 『십칠사몽구十七史蒙求』

며, 또 어떤 것은 역사 고사나 혹은 역사 인물의 훌륭한 언행을 선별해 어린이에게 역사 지식을 전수하는 동시에 사상적 측면에서 도덕 교육을 시키고자 편찬된 교재도 있었다. 교재의 체례는 대부분 4언을 위주로 하되 대구와 압운을 달아 어린이들이 쉽게 암송할 수 있도록 하였다.

4) 성정의 도야 교육을 위한 교재

성정의 도야 교육을 위한 대표적인 주요 교재는 주희의 『훈몽시訓蒙詩』, 진순陳淳의 『소학시례小學詩禮』 등이 있는데, 이러한 교재는 주로 어린이에게 적합한 일련의 시가·사·부를 발췌하여 암송을 통한 성정 도야와 문사文辭와 미감美感 교육을 시키고자 하는 목적으로 편찬되었다.

진순陳淳의 『소학시례小學詩禮』

5) 사회와 자연상식 교육을 위한 교재

사회와 자연의 상식과 관련된 대표적인 주요 교재는 방본진方逢辰의 『명물몽구名物蒙求』, 호계종胡繼宗의 『서언고사書言故事』, 우소虞韶의 『일기고사日記故事』 등이 있으며, 그 주요 내용은 천문·지리·인물·조수·초목·의복·건축·기구 및 상용되는 전고와 성어 등의 내용을 담고 있다.

이상 위에서 서술한 몽학 교재 중에서 『삼자경三字經』, 『백가경百家經』, 『천자문千字文』은 세상에 널리 유전되어 있어 사람들은 이 세 책을 습관적으로 "삼三·백百·천千"이라고 칭하였다.

전하는 바에 의하면, 『삼자경』은 송대 말기의 왕응린王應麟(1223~1296년)이 편찬했다고 하며, 또 어떤 사람은 송대 말기의 구적자區適子가 편찬했다고도 한다. 전체 내용은 356구로 구성되어 있으며, 매 구마다 3개의 글자로 이루어져 있으며, 구마다 압운이 되어 있고 내용도 통속적이라 어린이가 이해하고 암송하기에 편리하였다. 더구나 문자도 간결하고 세련되어 누구나 쉽게 기억하고 사용할 수 있었다. 후에 문자가 지속적으로 보충되어 1,140자에 이르게 되었으며, 책의 내용은 교육의 중요성에 대한 언급으로부터 시작하고 있다.

"사람이 태어날 때 타고난 성품은 본래 착하여, 애초에는 사람 사이에 차이가 없다. 사람이 타고난 성품은 서로 큰 차이가 없으나 습관으로 인한 차이는 시간이 갈수록 더욱 커진다. 만일 자라나는 아이를 가르치지 않으면 선한 성품이 바뀌게 된다. 가르치는 방법은 오로지 한 가지에 마음을 전념하게 하는 것을 귀중하게 여긴다. 옛날에 맹자의 어머니는 아들에게 좋은 환경을 만들어주기 위해 세 번이나 이사하며 이웃을 가려서 살았다. 맹자가 학문을 중도에 포기하자 맹자의 어머니가 짜고 있던 베틀의 북을 잘라 맹자를 훈계하였다. 후진後晉 때 연산燕山의 두우균竇禹鈞은 올바른 교육방법으로 자식을 가르쳤다. 두우균이 다섯 아들을 잘 가르쳐 다섯 아들 모두 천하에 명성을 드날렸다. 자식을 기르면서 교육시키지 않고 밥만 먹이는 것은 아버지의 잘못이다. 제자를 가르치면서 엄격하지 않는다면, 이는 스승으로서 제 역할을 제대로 하지 못하는 것이다. 아들이나 제자로서 배우려 하지 않는다면 이 역시 옳은 일이 아니다. 사람이 어릴 때 배우지 않는다면, 나이 든 후에 무엇을 하겠는가. 아무리 좋은 옥석玉石을 가지고 있더라도 정성껏 갈고 다듬지 않는다면 그릇을 만들 수 없다. 아무리 재능이 뛰어난 사람이라도 배우지 않으면 도리를 알 수 없다."

이어서 순서에 따라 삼강오상三綱五常·오곡·육축·칠정·사서·육경·자서 등과 역대 왕조의 역사적 사실을 서술하고, 마지막에 가서 역사상 부지런히 공부해 세상에 이름을 떨친 사람들의 사례를 들어 끝을 맺고 있다.

"어려서는 마땅히 실력을 쌓기 위해 열심히 공부하고, 어른이 되어서는 배운 것을 실천하여, 위로는 나라와 임금을 위해 충성을 다하고, 아래로는 백성에게 은덕을 베풀어야 한다. 자기의 명성을 떨칠 뿐 아니라 부모님의 이름도 드높이고, 나아가 가문까지 빛내며, 자손에게는 영광과 풍요로움을 주어야 한다. 사람들은 자식에게 금은보화를 상자에 가득 담아 남겨 주고자 하는데, 나는 오직 경서經書 한 권을 가지고 자식을 가르쳐서 사리에 밝게 하고자 한다. 부지런히 노력해서 공부하면 좋은 성과가 있지만, 즐기고 놀기만 한다면 아무런 이익도 없게 된다. 이를 경계해야 하나니, 마땅히 힘써 노력해야 한다."

『삼자경』은 식자識字와 역사에 관한 지식, 그리고 도덕적 윤리와 훈계를 하나의 체제로 구성해 간결하면서도 세련되게 간추려 압운을 달아 어린이들이 암송하기에 편리하도록 하였다. 전체의 문장은 모두 3언으로 구성되어 있으며, 3언의 압운 형식을 갖춘 최초의 몽서蒙書로 알려져 있으며, 또한 구법도 융통성이 있고 언어도 통속적이라 고대 중국에서 가장 유명한 몽학 교재로 전해져오고 있다. 『삼자경』은 송대 말기부터 원·명·청을 거쳐 근대에 이르기까지 광범위하게 전해져오고 있다. 후에 『삼자경』의 체례를 모방해 편찬된 몽학 교재들이 적지 않게 등장했지만 『삼자경』을 대신할만한 교재는 없었다.

전하는 바에 따르면, 『백가성百家姓』은 북송 때 편찬되었다고 하나 작자는 정확하게 알 수가 없다. 전체의 구성은 각종 성씨를 모아 매 구마다 4 언의 압운 형식으로 편집하였으며, 글자는 모두 400자로 구성되어 있다. "조전손이趙錢孫李"로부터 시작하여 "존국성尊國姓"으로 끝을 맺고 있다. 글자가 매우 교묘하게 잘 배열되어 있어 쉽게 송독할 수 있다. 그래서 이미 남송 때부터 세상에 널리 유행하여 농가의 자제들이 동학冬學에서 배우는 식자 교재로 활용되기도 하였다. 이후 여러 차례 재편집을 거쳤는데, 가령 명대 "주朱"씨 성을 첫머리에 놓은 『황명천자성皇明千字性』, "공孔"씨 성을 첫머리에 놓은 청대의 『어제백가성御製百家性』 등이 등장하였으나, 모두 『백가성』을 대신할만한 교재는 없었다.

『삼자경』, 『백가성』, 『천자문』 등은 부족한 면을 서로 보완해주며, 식자 교재로써 지금까지 전해 오고 있으며, 『몽한삼자경』·『몽한대조백가성』·『만한삼자경』·『여진자모백가성』·『만한천자문』·『몽한천자문』 등과 같이 소수민족의 언어로 번역되어 소수민족 어린이들에게 한문 교재로 제공되었다. 또한 『천자문』은 한국과 일본에도 전해져 어린이의 한문 학습 교재로 활용되었다.

종합해보면, 송·원 시기의 몽학교재를 주제별로 구분해 편찬했다는 사실은 몽학교재의 내용과 형식 역시 다양화되어 있었다는 사실을 짐작하게 해준다. 주희를 비롯한 여조겸, 왕응린 등과 같이 당시 유명한 학자들이 직접 몽학교재를 편찬하였다는 사실에 비춰 볼 때, 이들이 몽학교재를 얼마나 중시했는지 그 대략이나마 엿볼 수 있으며, 또한 이들의 참여가 당시 몽학교재의 가치와 수준을 한층 더 제고시켜 주었다는 점도 충분히 짐작해 볼 수 있다. 몽학교재는 어린이의 심리적 특징을 고려해 압운 형식을 채용함으로써 문자가 간결하고 세련되며, 또한 통속적이라 이해하기가 쉬웠다. 더욱이 당시의 교육자들이 이처럼 교육적 측면에서 식자 교육을 윤리와 도덕, 그리고 기본적인 사회와 자연에 대한 상식을 유기적으로 결합시키고자 한 노력과 경험은 후대 교육 발전에 커다란 영향을 끼쳤다.

제11장

명대의 학교와 서원

1. 명대의 학교

명대(1368~1644년)는 277년간 유지되었던 왕조로써 관학은 그 설치에 따라 중앙관학과 지방관학 두 가지 유형으로 나눌 수 있는데, 중앙관학으로는 국자감國子監·종학宗學·무학武學 등이 있었다.

1) 국자감國子監

명대의 국자감은 남북으로 나뉘어 설치되었는데, 남경의 국자감이 그 규모나 크기 측면에서 북경의 국자감 보다 더 넓고 교실도 많았으며, 주변의 환경 또한 아름다웠다. 교육을 하던 장소인 정당正堂과 지당支堂 이외에도 서루書樓(장서각)·사포射圃·찬당饌堂(식당)·방호方號(학생 숙사)·광철당光哲堂(외국 유학생 숙사)·양병방養病房(요양하는 방)·창고·문묘文廟 등의 건축물을 갖추고 있었다. 1403년 명 성조成祖가 북경에 국자감을 증설한 이후 남감南監과 북감北監으로 구분해 부르게 되었다. 그러나 북감은 남감의 규모나 크기에는 미치지 못하였다.

국자감에서 공부하던 학생들을 일반적으로 감생監生이라고 통칭하였으나, 그 입학 자격에 따라 "거감擧監"·"공감貢監"·"음감蔭監"·"예감例監" 등으로 구분하였다. 회시會試에서 낙방한 거인擧人은 "거감擧監"이라 불렸으며, 지방의 부·주·현에서 선발되어 추천된 학생은 "공감貢監"이라고 칭하였다. 그리고 3품 이상의 자제나 혹은 공훈을 세운 집안의 자제들을 통칭하여 "음감蔭監"이라고 불렀다. 이외에 서민이 돈이나 곡식을 기부하고 조정로부터 특별 입학을 허가받은 집안의 자제를 일러 "예감例監", 혹은 "민생民生"이라고 불렀다. 그리고 고구려, 신라, 백제, 일본 등의 이웃 나라에서 유학온 유학생을 일러 "이생夷生"이라고 불렀다. 명 홍무 26년(1396년)에 이르러 국자감의 학생은 이미 8,124명에 달하였고, 영락 20년(1422년)에 이르면 9,972명으로 대폭 증가하였는데 이때 국자감의 학생이 가장 많았다고 한다.

비록 국자감에서 수학하는 학생들의 출신이 각기 다르기는 했지만, 학습 기간 동안 그들은 모두 비교적 후한 대우를 받았다. 예를 들어, 음식은 모두 국가에서 제공되었으며, 의복을 비롯한 모자·신발·침구 역시 모두 국가에서 철마다 맞춰 지급하였다. 또한 절기마다 "상절전賞節錢"을 지급하였으며, 이미 결혼한 사람들에게는 처자 양육비를 지급하였고, 미혼인 역사생歷事生(실습생)에게는 결혼 준비금을 지급하였다. 이외에도 친척 방문을 위해 고향에 돌아갈 때 옷과 여비를 지급하였으며, 변경지역의 학생들이나 외국의 유학생일 경우는 그들의 하인들에게까지 후한 상을 내릴 정도로 후한 대우를 받았다.

국자감의 내규는 매우 엄격하게 규정해 놓았다. 수업을 비롯해 기거·음식·의복·목욕·휴가신청 등에 관해서도 상세한 규정을 두어, 작은 실수를 범하는 경우에도 체벌을 내렸다. 홍무 15년(1385년)에는 금지조항을 반포하고 비석에 새겨 국자감 내에 세우도록 하였다. 이로써 살펴볼 때, 명대의 국자감은 전례없이 학생들에게 후한 대우를 해주었으며, 또한 그 규제 역시 전례 없이 엄격했다는 사실을 알 수 있다.

국자감의 교관教官은 제주祭酒·사업司業·감승監丞·박사博士·조교助教·학정學正·학록學錄·전부典簿·전적典籍·장찬掌饌 등으로 나누고, 각기 그 직무를 담당하도록 하였다. "제주祭酒"는 국자감의 최고책임자로써 업무를 총괄하였으며, "사업司業"은 제주를 보좌하는 일을 담당하였다. "감승監丞"은 국자감의 학규를 관장하고 교과를 감독하였다. "박사博士"는 경설經說을 강술하였고, "조교"와 "학정學正"은 수업을 보좌하고 학생의 기율을 감독하였다. "전부典簿"는 문서와 경비를 관리하였으며, "전적典籍"은 서적을 관리하였고, "장찬掌饌"은 급식을 관리하였다.

국자감에서는 사서오경을 위주로 가르쳤기 때문에 영락 연간(1403~1424년)에 "사서"와 "오경대전"을 제정해 공포하고, 각 학교의 필독서로 규정하였으며, 아울러 『성리대전性理大全』·유향劉向의 『설원說苑』· 『어제대고禦制大誥』, 그리고 법령 및 서수 등을 교육하였다. 『어제대고』는 명의 태

『성리대전性理大全』

조 주원장이 편찬한 것으로, 그 주요 내용은 백성들의 본분, 세금의 납부와 부역, 그리고 나라를 위해 충성하는 도리 등의 훈시로 구성되어 있으며, 또한 범죄인들의 죄상을 열거해 놓았는데, 이는 학생들이 학습을 통해 경계할 바를 깨달아 성실히 자신의 본분을 지키도록 하기 위함이었다. 이외에 매월 초하루와 보름에 활쏘기 연습을 하도록 하였으며, 또한 매일 200여 자의 글자와 서예를 익히도록 하였다.

수업은 "제주祭酒", "사업司業", "박사博士", "조교" 등이 담당하였으며, 매월 초하루와 보름 이틀 이외에, 매일 아침과 오후로 나누어 강의를 진행하였다. 오전 수업은 제주가 속관을 인솔하고 출석하여 강의를 진행하면 학생들은 조용히 강의를 수강하였다. 그리고 오후 수업은 주로 회강會講· 복강復講·배서背書·논과論課 등의 강의를 하였는데, 이때는 박사와 조교가 담당하였다.

국자감에서는 학생들의 수준에 따라 6당堂으로 구분해 교육하였다. 우선 정의正義·숭지崇志·광업廣業 등의 3당은 초급반, 수도修道·성심誠心 등의 2당은 중급반, 솔성率性 1당은 고급반으로 구분하였다. 만일 감생 중에서 겨우 "사서"에 통달한 자는 초급반에 편입되어 1년 반 이상 공부해 시험에 합격하고 문리文理에 막힘이 없으면 중급반으로 승급시켰다. 중급반에서 1년 반 이상 공부하고 시험에 합격한 자가 경사經史에 밝고 문리에 막힘이 없으면 고급반으로 승급시켰다. 고급반으로 승급한 후에는 "적분제積分制"를 적용하였는데, 이른바 적분제란 송·원시대의 평가방법을 계승한 것으로, 매월 1회 시험을 봐서 성적이 우수한 자는 1점을, 가까스로 합격한 자는 반점, 불합격한 자는 점수를 주지 않는 평가 방법을 가리킨다. 이들이 1년 안에 8점을 얻지 못하면 당堂에 남아 계속 공부를 해야만 하였다.

또한 국자감의 6당에는 매 당마다 당장堂長 1인을 두었다. 당장은 당堂의 모든 사물을 관리하였고, 학생들의 잘못을 기록해 잘못이 많고 적음에 따라 처벌의 경중을 결정하였다. 또한 당장은 당내 감생의 출입을 검사하는 직책을 담당해야 했기 때문에 인물 선발에 신중을 기울였다. 그래서 사업司業은 종종 대학사大學士·상서尚書·시랑侍郎 중에서 선발하여 그 책임을 맡도록 하였다.

명대 홍무 5년(1372년) 국자감에서는 "역사제도歷事制度"를 제정해 일정한 학습기간이 지나면 "감생"을 조정의 각 부서에 배치하여 실습을 시켰는데, 이를 "선습이사先習吏事", 혹은 "발력撥歷"이라고도 불렀다. 그리고 이부吏部·호부戶部·예부禮部·대리사大理司·통정사通政司·행인사行人司·오군도독부五軍都督府 등에 배치되어 실습하는 감생을 "정력正歷"이라고 불렀으며, 제사諸司에 파견되어 상주문을 베껴 쓰는 일 등에 종사하는 감생을 "잡력雜歷"이라고 불렀다. 그리고 이러한 실습 감생을 일반적으로 "역사감생歷事監生"이라고 불렀다. 또한 역사감생은 조정의 각 부서 이외에 주·현에도 파견되어 농토나 혹은 수리시설에 관한 수리와 감독을 맡기도 하였다. 실습 기간은 각 감생마다 그 구체적인 기간이 달라 어떤 경우는 3개월이나 반년, 또 어떤 경우는 1년 동안 실습을 하기도 했으며, 심지어 더 오랫동안 실습을 하는 경우도 있었다. 명 혜제惠帝 건문建文 연간(1399~1402년)에 심사방법을 다시 확정하고, 감생의 실습 기간이 끝나면 시험을 통해 상·중·하의 세 등급으로 구분하였다. 그리고 상등급의 감생은 이부의 관원으로 선발해 관직을 제수하였으며, 중·하 등급의 감생은 다시 1년 더 실습을 거친 후 다시 시험을 봐서 상등급인 감생은 관직에 등용하고, 중등급인 감생은 품계를 구분하지 않고 그 재능에 따라 임용하였다. 그렇지만 하등급인 감생은 국자감에 돌아가서 계속 공부를 해야 하였다. 후에 이르러 국자감의 학생이 증가하게 되자 입학 순서에 따라 선발하게 되었다. 명대 감생을 선발하여 실습생으로 파견한 주요 원인은 명대 초기 부족한 관리의 수를 보충하기 위함이었다. 그렇지만 감생은 실습 기간 동안 비교적 광범위하게 정치적 경험을 쌓을 수 있었기 때문에 그들의 발전에도 많은 도움을 주었다. 이러한 국자감의 감생 역사제도는 중국의 고대 대학에서 실시되었던 교육실습제도로써 명대만의 독특한 교육제도였다고 볼 수 있다. 그러나 이 제도의 실행은 후에 감생의 증가와 역사감생의 범람에 따라 제도의 실질적 의미를 상실하고 말았다.

2) 종학宗學과 무학武學

종학宗學은 명대 귀족 자제들의 교육을 위해 전문적으로 설립된 귀족학교였다. 종학은 양경兩京(북경과 남경)에 설립하고, 세자世子·장자長子·중자衆子·장군將軍·중위中尉 및 미성년의 종실 자제들이 입학해 교육을 받는데, 이곳의 학생을 종생宗生이라고 불렀다. 교사는 왕부王府의 "장사長史"·"기선

『황명조훈皇明祖訓』

紀善"·"반독伴讀"·"교수教授" 중에서 학문과 도덕이 높은 사람을 선발하였으며, 종학의 행정을 주관하는 관리는 종정宗正 1인을 두었으나, 후에 종부宗副 2인을 더 증원하였다. 종학의 학습 내용은 『황명조훈皇明祖訓』·『효순사실孝順事實』·『위선음즐爲善陰騭』 등을 비롯하여 "사서와 오경", 『통감』, 『성리』 등의 서적을 학습하였다. 학칙으로 규정된 학습 기간은 5년이며, 만일 시험을 통과한 자가 학교를 나가기 위해 주청을 올려 허락을 받으면, 본 등급의 봉록을 수령 할 수 있었다. 처음에는 제학관提學官이 매년 시험을 주관하였으나, 후에 과거 시험에 참가시켜 적지 않은 인재를 배출해 내었다.

무학武學은 홍무 연간에 창설되었는데, 처음에는 대녕등위유학大寧等衛儒學 내에 무학 과목을 설치하고 무관의 자제들을 교육하였다. 영종英宗 정통正統 6년(1441년)에 경위무학京衛武學을 설치하고, 교수 1인, 훈도訓導 8인을 두어 무관의 자제들을 교육시켜 병부 사관司官의 제조提調로 임용하였다. 그 이듬해 남경에도 무학을 세웠는데, 그 규모가 대단히 크고 웅장하였다. 성화成化 원년(1465년)에 무학의 학칙을 제정하였다. 성화 9년(1474년)에 도사都司·위소衛所의 직위를 물려받은 10세 이상의 학생 중에서 제학관이 선발한 학생들을 무학에 보내 공부시켰다. 홍치弘治 6년(1493년)에 병부 상서 만문승馬文昇의 건의를 받아들여 『무경칠서武經七書』를 간행하고 양경(남경과 북경)의 무학에 보내 무생武生들에게 배우도록 하였다. 가정嘉靖 15년(1536년)에 경성의 무학을 개축하고 문무文武 중신들이 가르치도록 하였다. 명 만력萬曆 연간에 무고사武庫司

『무경칠서武經七書』

에 주사主事 1인을 두어 무학을 관리하도록 하였다. 이러한 내용을 통해 명 조정에서 무학을 얼마나 중시했는지 그 대강을 엿 볼 수 있다.

3) 지방관학

명대의 지방관학은 그 성질에 따라 "유학"·"전문학교"·"사학社學" 등으로 구분할 수 있다.

유학은 지방의 행정구획에 따라 설립된 부학·주학·현학과 군대의 편제에 따라 설립된 도사유학都司儒學·행도사유학行都司儒學, 위유학衛儒學 및 곡물과 재물이 모이는 집산지에 설립된 도전운사유학都轉運司儒學, 토착 민족이 모여 사는 지역에 설립된 선위사유학宣慰司儒學, 안무사유학按撫司儒學 등으로 나눌 수 있다. 부학府學에는 교수 1인과 훈도 4인을 두었으며, 주학州學에는 학정學正 1인과 훈도 3인을 두었다. 그리고 현학縣學에는 교유教諭 1인과 훈도 2인을 두었는데, 교사는 간혹 낙방한 거인이 교육을 담당하기도 하였으며, 혹은 공생貢生(추천을 받아 수도의 국자감에 가서 공부하던 사람)이 교육을 담당하기도 하였다. 그러나 지위가 낮고 봉록이 적어 거인들이 대부분 이 일을 회피했던 까닭에 공생이 담당하는 경우가 더 많았다. 명대 초기의 통계에 의하면, 교사가 전국적으로 4,200여 명에 달하였으며, 한때 5,200여 명에 이르기도 했다고 한다. 하지만 이 통계 안에는 변경지역의 위학衛學과 각 사司의 유학교사는 포함되어 있지 않은 수치이다.

부·주·현학과 각 위사유학衛司儒學의 학습 내용은 국자감과 유사한 내용으로 구성되어 있었지만, 그 수준은 국자감의 교육내용보다 낮은 편이었다. 홍무 초년에 규정된 학습 내용에 의하면, 학생들은 경전 하나를 전문적으로 익혀야 했으며, 아울러 예禮·악樂·사射·어禦·서書·수數 등의 과목을 학습해야 하였다. 홍무 25년(1392년)에 규정을 다시 제정하고, 예·사·서·수 등의 4과목을 교육하였는데, "예禮"는 주로 경사·율령·조고·예의 등의 서적을 공부하였으며, "사射"는 예부에서 반포한 사의射儀(활쏘기 법도)의 규정에 의거해 대체로 초하루와 보름날에 사원이나 혹은 공터에서 활쏘기 연습을 거행하였다. 이때 관리가 활쏘기를 주관하였으며, 활을 쏘아 과녁을 맞힌 사람은 상을 받았다. "서"는 명인들의 법첩을 임모하는 것으로, 매일 500자의 글자를 연습해야 하였다. 그리고 "수"는 『구장산술』 등의 서적을 학습하였다.

부·주·현학의 학생은 늠선생廩膳生, 증광생增廣生, 부학생府學生 등 세 가지로 나뉘는데, 늠선생은 학습 기간 동안 정부가 제공하는 급식을 제공 받았다. 명대 초기의 학생들은 모두 녹봉을 받았는데, 각 학생마다 매월 쌀 여섯 말과 어육을 지급 받았을 정도로 후한 대우를 받았다. 그러나 후에 늠선생으로 입학하고자 하는 사람이 많아지면서 정원 이외에 1배를 추가해 모집하고, 이들을 증광생이라 불렀는데, 이들에게는 녹봉이 지급되지 않고 다만 늠선생의 지위만 누릴 수 있었다. 후에 늠선생과 증광생의 정원 보다 더 많은 사람들이 입학을 희망하면서 선발하는 학생의 수를 더 늘렸는데, 이렇게 선발된 학생을 부학생附學生이라고 불렀다.

명대 부·주·현학의 학생 수를 살펴보면, 늠선생·증광생은 제한된 정원을 선발하였으며, 동경부학은 60인, 외부학은 40인, 주학은 30인, 현학은 20인을 선발하였다. 그러나 부학생의 경우에는 그 정원에 제한을 두지 않았다. 처음에 부학생으로 입학하여 세歲·과科 등의 시험을 거쳐 성적이 우수한 자는 그 순서에 따라 증광생원·늠선생원廩膳生員이 되었다. 학생은 학교에서 10년 동안 공부할 수 있었으며, 이 기간 동안 학문적 성취가 없거나 혹은 큰 잘못을 저지른 자는 관아의 심부름을 하거나 혹은 녹봉이 환수되었다. 하지만 성적이 우수하고 품행이 바른 학생은 그 순위에 따라 진급할 수 있었으며, 또한 늠선생 중에서 성적이 우수한 학생은 공감貢監을 통해 경사의 국자감에 입학 수 있었다.

명대 초기에는 각 지역의 요충지에 위衛를 설치하고, 각 성의 도사都司로 하여금 관할하도록 하였다. 홍무 17년(1384년)에 처음 민주위岷州衛에 학교를 세우고 위학衛學이라 불렀으며, 교수 1인과 훈도 2인을 두었다. 무신의 자제들을 입학시켜 그들을 "군생軍生"이라고 부르고 유가의 경전을 공부하도록 하였다. 후에 점차 각 위衛에도 학교를 세우고 학생을 선발해 교육하였다. 성화成化 연간(1465~1488년)에 위학의 조례를 제정하고, 사위四衛 이상은 군생 80인, 삼위三衛 이상은 군생 60인, 그리고 이외의 일위一衛 이상의 군생은 40인을 선발하였다.

　　명대의 부·주·현학은 모두 나라에서 하사한 학전學田을 통해 나오는 비용으로 충당하였는데, 그 경비는 비교적 충분한 편이었다. 홍무 15년(1382년)에 학전學田 제도를 정비해 부·주·현학의 경비는 학전에서 나오는 조세로 소속 학교의 경비를 충당하도록 하였다. 학전은 세 등급으로 나누어져 있었는데, 무릇 부학은 1,000석, 주학은 800석, 현학은 600석, 응천부학應天府學은 1,600석으로 정해져 있었다. 그리고 각 학교마다 전문적으로 회계를 보는 사람이 경비의 수입과 지출을 담당하였다. 이처럼 지방관학은 고정된 수입이 있어 자연히 사생師生에 대한 대우가 후할 수밖에 없었다. 그래서 학생이 입학하면 늘선생이 되어 녹봉을 지급 받을 수 있었다.

　　명대 지방관학의 학칙 역시 매우 엄격하여 학생들에게 월례 고사와 연례 고사 이외에도 평상시 학생들의 품행을 관찰하여 기록하였는데, 그 내용은 주로 덕행, 경예經藝, 치사治事 등 세 가지로 구분하였다. 무릇 이 세 가지를 모두 갖춘 학생은 상등에 열거하였고, 덕행은 훌륭하나 경예가 부족하거나 혹은 치사를 잘하면, 이등에 열거하였다. 그리고 경예와 치사는 훌륭하지만 덕행이 부족한 학생은 삼등에 열거하였다. 이른바 덕행이란 바로 부모에게 효도하고 웃어른을 공경하여 감히 윗사람의 뜻을 거스르지 않아야 비로소 우등생이 될 수 있었다. 학생이 학교에서 학습하는 10

명륜당明倫堂

년 동안 만일 덕행이 좋지 않거나 잘못을 크게 저지르면 징벌을 받거나 혹은 학비를 환수당하기도 하였다. 명의 태조 주원장은 홍무 15년(1382년)에 더욱 단호하게 금지조항을 반포하고 비석에 새겨 명륜당明倫堂 좌측에 세운 다음 전국의 모든 사생이 반드시 이를 준수하도록 하였다. 만일 이를 어기는 경우에는 엄하게 처벌하였다. 부·주·현학의 학생이 만일 큰 사건과 연루된 경우 부모형제가 그 학생을 대신해 관청에 하소연할 수 있었지만, 큰 사건이 아닐 경우 경솔하게 관청에 하소연하지 못하도록 하였다. 군민의 이해득실에 대해서 농·공·상인 모두 자신의 의견을 제기할 수 있었으나, 오직 학생만은 자신의 의견이나 견해를 제기하지 못하도록 하였다.

명대의 지방관학에는 또 무학·의학·음양학 등의 전문학교가 있었으나 명대 초기만해도 무학은 설치되지 않았다. 후에 비록 양경兩京(남경과 북경)에 무학을 설치되기는 하였으나, 지방에는 무학을 설치하지 않았다. 이후 숭정崇禎 10년(1637년)에 이르러 전국의 부·주·현학에 무학을 설치하고 생원을 선발하도록 하는 조서가 내려짐에 따라 비로소 무학이 지방관학에 정식으로 설치되었다. 그러나 이때 명 왕조는 이미 국운이 쇠퇴하여 지방에 무학을 설치할만한 역량이 없었다. 의학은 홍무 17년(1384년)에 처음 설치되었는데, 학관學官은 부府에 종9품의 정과正科 1인을 두었으며, 주州에는 전과典科 1인, 현縣에는 훈과訓科 1인을 두었다. 음양학 역시 홍무 17년(1384년)에 처음 설치하였는데, 학관은 부府에 종9품 정술正術 1인을 두었으며, 주州에는 전술典術 1인, 현縣에는 훈술訓術 1인을 두었다.

한마디로 말해서, 명대의 지방관학은 공전의 발전을 이룩했다고 평가할 수 있다. 지방의 행정구획에 의거하여 학교가 설치되었을 뿐만 아니라, 또한 군대의 편제에 의거하여 학교를 설치해 무신의 자제를 가르쳤으며, 여기서 더 나아가 전국의 곡물과 재화가 모이는 지역에 도전운사유학都轉運司儒學을 설치하였다. 이 도전운사유학은 부府급에 상응했던 까닭에, 부학府學과 같이 교수 1인, 훈도 4인을 두었다. 이외에도 토착 민족이 거주하는 지역에 선위사유학과 안무사유학을 설치하고, 소수민족 수령에게는 관직을 하사하여 인재를 양성하도록 하였다. 이러한 상황에 비추어 볼 때, 명대의 지방학교는 이미 이전의 그 어떤 시대보다 더 발전된 모습을 갖추고 있었음을 알 수 있다.

4) 사학社學

명대 홍무 8년(1875년) 천하에 조서를 내려 사학의 설립을 명하자, 전국 각지에서 분분히 사학이 설립되었다. 명대의 사학은 도시와 읍, 그리고 향촌 지역의 민간 자제들에 대한 교육을 담당했던 일종의 사회 기층에 속하는 지방관학이었다고 할 수 있다. 사학에서 모집한 학생은 대체로 8세 이상 15세 이하의 소년들로서 모종의 강제성을 띠고 있었다. 예를 들어, 『명사明史·양계종전楊繼宗傳』의 기록에 의하면, 명 헌종 성화 연초에 양계종이 가흥嘉興 지부에 부임하여 사학을 크게 일으키고 "민간의 자제 가운데 8세가 되어서도 취학하지 않은 자는 그 부모를 벌하였다."고 하는 기록이 보인다. 비록 명대의 사학이 강제성을 띠고 있었지만, 이러한 특징은 근대의 의무교육과 유사한 성격을 띠고 있었다.

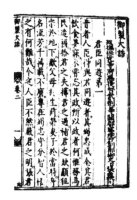
『어제대고御製大誥』

어린이가 사학에 들어가면 먼저 몽학 교과서인 『삼자경』·『백가성』·『천자문』을 공부하고, 이어서

경사와 역산 등과 관련된 지식을 학습하였다. 그리고 이와 더불어 『어제대고 禦制大誥』와 율령을 공부하고, 관혼상제에 관한 예를 수강하였다.

사학의 교사는 사사社師라고 불렀는데, 일반적으로 그 지방에서 학행學行이 뛰어난 연장자가 담당하였다. 교육적인 측면에서 명대의 사학은 어떻게 어린이가 책을 읽고, 작문을 하고, 문장을 쓰며, 또 어떻게 학습 습관을 바로 잡고, 매일 무엇을 공부해야 하는지 등의 비교적 구체적인 방안을 제시하였다. 여곤呂坤(1536~1618년)이 편찬한 『사학요략社學要略』에서는 이와 관련하여 사학의 교육목표, 도덕 규범, 교육내용, 교육과정, 교재, 교육방법 등에 대해 구체적으로 제시해 놓았다. 그는 사학의 교육목적이 덕의 수양과 수신修身에 있기 때문에 사사社師의 선발에 신중할 것을 제창하였다. 이와 아울러 그는 어린이 학습과 행위 습관에 대하여 다음과 같이 강조하였다.

> "어린이를 가르칠 때 먼저 청결함을 가르쳐 벼루에 묵은 때가 없게 하고, 먹물이 붓끝에 남아 있지 않게 해야 한다. 먹물에 붓을 담글 때는 먹물 표면의 물을 사용하도록 하며, 붓을 사용할 때는 먼저 먹물을 촉촉이 적시도록 한다. 책을 볼 경우 몸에서 세 치 정도 떨어져 보도록 하되 주먹으로 비벼서는 안 되며, 손은 반드시 하루에 두 번씩 씻어 서적을 더럽히지 말아야 한다. 책을 책상에 올려놓을 때 가로세로 어지럽게 놓아서는 안 되며, 또한 책 속의 구절에 대해서 함부로 평을 하지 말아야 한다. 학당은 날마다 청소를 하고, 책상과 의자는 수시로 닦아야 한다."

학생의 식자와 독서 교육에 대해서는

> "글자를 익힐 때는 처음에 숫자부터 배우는 것이 좋으며, 구절을 연결하여 익히는 일은 그 다음에 할 일이다. 먼저 한 구절을 익히고 나서 다시 이어서

한 구절을 배우면 눈이 글자에 고정되어 틀리지 않게 된다. 따라서 마음이 흐트러지지 않으면 글자를 쉽게 익힐 수 있으며, 점차 구절에 익숙해지면 쉽게 책을 읽을 수 있게 된다. 여러 차례 반복해 읽다 보면 오랫동안 잊지 않고 기억을 하게 되는데, 이는 한 해의 일정을 구체적으로 구분해 살펴보면 자세히 알 수 있다."

작문에 관해서는

"작문이 명확하고 간략하면 주제를 드러내는 것이 쉽다. 따라서 작문이 주제에 맞지 않으면 다시 한번 자세히 설명해 주고 주제에 맞도록 문장을 짓게 해야 한다. 하나의 주제를 가지고 반복해 세 번 작문을 해 보면 생각이 자연히 정리되고 이치가 통하게 된다. 그러므로 날마다 주제를 바꿔서 연습을 해야 한다. 그러나 너무 심오한 주제를 작문의 주제로 삼기보다는 천천히 단계별로 진행해야 한다."

독서와 휴식에 관해서는

"독서는 부지런함을 우선으로 삼아야 한다. 아이는 멀고 가까움을 가리지 말고 이른 새벽부터 배움을 시작해야 한다. 먼저 책 한 권을 다 외우고 나서 다시 새로운 책을 읽도록 해야 한다. 그리고 밥을 먹은 후에는 문을 나서 대략 한두 시각 휴식을 취했다가 다시 책을 보며 문장을 짓도록 한다. 글쓰기를 마치면 책을 읽도록 한다. 점심을 먹은 후에는 문을 나서 한두 시각 휴식을 취하고 다시 책을 읽도록 해야 한다. 날이 저물면 아이들을 반으로 나눠 서로 마주 보게 한 다음, 한쪽에서 문제를 내면 다른 쪽에서 문제에 답을 하도록 해 올바로 이해할 수 있게 해야 한다. 그런 연후에 수업을 마친다. 대체로 어린아이들은 비위가 약한 까닭에 밥을 먹은 후에 서둘러 마음을 쓰지 않도록 하는 것은 음식을 소화하지 못할까 두렵기 때문이다."

그리고 시가 낭독에 관해서는

"매일 어린아이가 권태에 빠지거나 산만할 때는 시 한 수를 읊도록 한다.
고금의 작품을 선택할 때는 아주 쉬우면서도 적절하고, 통쾌하면서도 감동을
받아 깨달음을 얻을 수 있는 작품을 모아 한 권의 책으로 엮어서 읊조릴 수
있고, 설명할 수 있고, 체득할 수 있도록 해야 한다."

명대의 사학은 원대의 사회제도를 토대로 한 걸음 더 발전시켰다고 할
수 있다. 사학의 설립은 명대에 이르러 더욱 보편화 되었고, 그 수도 많아
져 교육적 측면에서 한층 더 성숙된 모습을 보여주었다. 위에서 언급한『
사학요략社學要略』은 명대 사학의 교육 수준을 반영하고 있어 그 대강을 엿
볼 수 있다. 명대는 사학을 매우 중시하였다. 예를 들어, 영종英宗 정통正統
원년(1436년)에 "재주가 뛰어난 향학자向學者를 유학생원儒學生員으로 보충
하라는 칙서를 내리고", 사학을 부·주·현학과 연계하여 교육하도록 하였
다. 그리고 효종孝宗 홍치弘治 17년(1504년)에는 또 다시 각 부·주·현에 사
학 설립에 관한 칙서를 내리고, 현명하고 유능한 교사를 선발하여 민간에
서 선발된 15세 이하의 어린이를 교육하도록 하였다. 이를 통해 볼 때,
명대의 사학이 이미 비교적 완전한 형태의 교육 형식을 갖추고 있었을 뿐
만 아니라, 민간의 어린이들에게 기본적인 문화 지식과 윤리 도덕을 교육
시키는 중요한 교육기관으로 자리 잡았으며, 또한 청대의 학교 교육 발전
에도 상당한 영향을 주었다는 사실을 알 수 있다.

2. 명대의 서원

1) 명대 서원의 발전 과정

명대의 서원은 여러 가지 우여곡절을 겪으며 변화와 발전을 이룩하였다. 처음 명의 건국으로부터 효종 홍치 18년(1505년)에 이르기까지 130여 년간 서원은 별다른 발전 없이 단지 그 명맥만을 유지하였다. 당시 명은 관학의 건립과 발전을 중시했던 까닭에 명대 초기에 관학은 일찍이 당송시대를 능가하는 번영을 구가하였다. 그렇기 때문에 당시 조정에서는 서원에 대한 건립이나 복원을 서두르지 않았다.

하지만 정덕正德 연간(1506~1521년)부터 가정 연간(1522~1566년)에 이르러 명 조정은 점차 침묵을 깨고 서원의 건립과 교육에 관심을 가지기 시작하였다. 조송엽趙松葉의 통계에 의하면, 명대의 서원은 모두 1,239개소에 달했으며, 그중에서 가정 연간에 설립된 서원의 수가 전체에서 가장 많은 37.13%를 차지하고 있으며, 그 다음은 만력 연간(1573~1620년)의 서원으로 전체의 22.71%를 차지하였다. 일부 성省의 통계 자료를 통해서도 위에서 언급한 상황과 서로 일치한다는 사실을 알 수 있다. 예를 들어, 오경현吳景賢은 『안휘서원연혁고安徽書院沿革考』의 통계를 통해, 명대 안휘성에 세워진 서원이 모두 98개소였으며, 그 가운데 가정 연간에 세워진 서원이 약 40%를 차지하는 39개소였음을 밝혀놓고 있다. 또 예를 들어, 유백기劉伯驥는 『광동서원제도연혁』의 통계 중에서, 정덕 연간부터 광동에 세워진 서원이 모두 150개소였으며, 그중에서 정덕 연간에 8개소의 서원이 세워졌으며, 가정 연간에는 78개소, 그리고 만력 연간에는 43개소가 건립되었다는 사실을 밝혀 놓았다. 당시 서원은 광주廣州를 비롯해 혜주惠州, 고주高州, 조주潮州, 흠주欽州, 뇌주雷州 등의 주州와 부府 이외에도 궁벽한 현縣에도 건립되었는데, 물론 위에서 언급한 서원의 숫자가 정확하다고 말할 수는 없지만, 대체로 명대 중기 이후 서원이 흥성하여 가정 연간에 최고조에 도달했다는 사실은 우리가 충분히 짐작해 볼 수 있다.

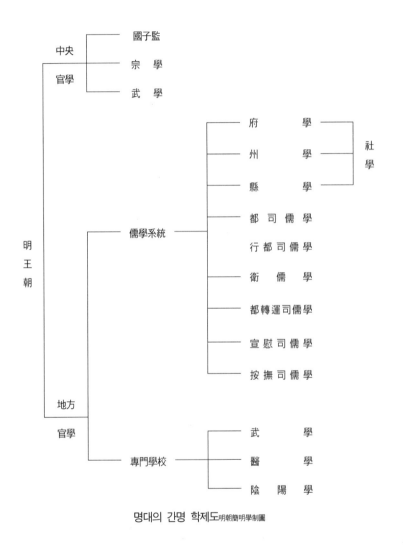

명대의 간명 학제도明朝簡明學制圖

명대 각 성에 설립되었던 서원은 대략 강서성이 19.59%로써 1위를 차지하였으며, 절강성이 10.07%, 광동성이 10.07%로 2위에 열거되었다.

강의 유역을 가지고 살펴보면, 장강 유역이 51.255, 황하강 유역이 19.43%, 주강 유역이 30.73%를 차지하였는데, 원대와 비교해 볼 때 1위인 장강 유역이 그 백분율에서는 오히려 더 낮아졌으며, 주강 유역이 2위, 그리고 황하강 유역이 3위라는 사실을 알 수 있다.

민간에서 세운 서원과 관학을 계산해 보면, 민간에서 세운 사원이 18.98%로 송·원 양대보다 한참 낮아진 반면에 지방관학은 47.13%, 그리고 중앙과 기타 관부에서 설립한 관학이 17.885를 차지하고 있음을 알 수 있다.

명대 중기 이후 서원이 흥성함에 따라 특히 주강 유역과 광동지역에 새로 건립된 서원이 눈에 띄게 증가하였는데, 그 원인을 살펴보면 대략 다음과 같은 세 가지 특징이 있다. 첫째, 주강 유역의 경제가 급성장하였다는 점이며, 둘째, 명 왕조에 환관이 득세하여 정치가 부패하자 재야의 사대부들이 서원을 건립하고 인재 양성과 조정 풍자에 힘썼으며, 이와 더불어 관학이 쇠락하여 이미 과거시험제도가 무용지물이 되자 일부 학술연구에 뜻을 둔 사대부들이 분분히 서원을 창건하고 학생을 받아들여 가르치면서 서원이 증가하였다. 셋째, 잠약수湛若水(1466~1560년)와 왕수인王守仁(1472~1528년) 등과 같은 유명한 학자들이 서원의 발전을 선도하였다는 점이다. 왕수인은 34세부터 23년간 서원의 강단에서 강의를 하였으며, 전후로 용강서원龍岡書院·염계서원濂溪書院·계산서원稽山書院·보문서원敷文書院 등을 건립하고, 문명文明서원·악록서원·백록동

서원 등의 서원에서 강의를 하였다. 한편, 잠약수는 그의 일생 중에서 55년이라는 세월을 강단에서 학생들을 가르치고 널리 서원을 세웠던 까닭에, 그를 따르는 문인들이 대단히 많았다. 이들 이외에도 유명한 학자들

용강서원龍岡書院

이 도처에 서원을 설립하고 강학을 펼치게 되자, 명대 중기 이후 "강학지풍講學之風"이 크게 흥기하여 서원의 발전이 신속하게 이루어지는 결과를 낳았다.

그러나 명대 중기 이후 서원은 전후 4차례에 걸쳐 철폐되는 수난을 겪게 되었다. 1차는 가정 16년(1537년), 2차는 가정 17년(1538년), 3차는 만력 7년(1579년), 4차는 천계天啓 5년(1625년)이었다. 물론 서원의 철폐에 대한 이유는 각기 다르지만, 이렇게 4차에 걸쳐 서원이 철폐된 주된 이유는 대부분 당시 통치 집단의 내부적 투쟁과 밀접한 관계가 있었다. 즉 그 실질적인 목적은 봉건적 전제주의 통치를 공고히 하고자 하는데 있었던 것이다. 당시 서원의 학풍은 비교적 자유로워 명 왕조의 전제정치에 대해 비판적 시각으로 바라보았으며, 심지어 어떤 서원은 전횡을 일삼던 환관 정권에 대해 직접적인 비평과 풍자를 가하기도 하였다. 이로 인해 심기가 불편해진 집권계층은 서원을 철폐하는 조서를 내려 서원을 철폐하고자 하였으나 그렇게 쉬운 일은 아니었다. 가정 연간에 2차례에 걸쳐 연이어 서원의 폐쇄와 금지령을 내렸지만, 오히려 서원이 더 많이 증가하는 기현상이 일어났다는 사실만 봐도 그리 쉬운 일이 아니었다는 사실을 알 수 있다. 만력과 천계 연간에도 서원을 철폐하는 명령을 내렸지만 서원의 수가 오히려 더 증가하였으며, 가정과 천계 연간에도 서원은 지속적으로 발전하였다. 이로써 볼 때, 명의 조정이 서원에 대한 금지령을 내리면 내릴수록 민간에서는 오히려 서원의 발전이 더욱더 활발하게 이루어졌다는 역사적 사실을 살펴볼 수 있다.

2) 동림서원東林書院

명대의 수많은 서원 중에서 그 명성과 영향력이 가장 컸던 서원은 바로 동림서원이었다. 동림서원은 강소성의 무석 동남쪽에 위치하고 있는데,

동림서원東林書院

원래 이곳은 북송 시기의 교육자 였던 양시楊時(1053~1135년)가 강학을 하던 곳이었다. 후에 이 곳에 서원이 세워져 양시를 귀산 龜山선생으로 부르게 되었으며, 동림서원의 명칭 역시 귀산서원 으로 부르게 되었다. 원대 지정 연간에는 서원이 한때 폐쇄되고 스님들의 숙소로 활용되기도 하였다. 명 대 만력 32년(1604년)에 이르러 무석無錫의 고헌성顧憲成(1550~1612년)과 그의 동생 고윤성顧允成이 당시 상주常州의 지부知府와 무석의 지현知縣 등의 지원을 받아 동림서원을 다시 복원하고, 대문大門·의문儀門·여택당麗澤堂·천 당川堂·의용당依庸堂·연거묘燕居廟·도남사道南祠·재사齋舍 등을 건립하였다. 그리 고 학자들을 초빙하여 강학을 진행하였으며, 후에 "동림학파"가 성립되었 다. 고헌성이 세상을 떠난 후 고반용高攀龍(1562~1626년)과 섭무재葉茂才가 이 일을 계승하였다. 동림서원은 주희의 『백록동서원학규』를 본받아 『동 림회약東林會約』을 제정하고, "오교지목五敎之目"·"위학지서爲學之序"·"수신지 요修身之要"·"처사지요處事之要"·"접물지요接物之要" 등을 그 기본적인 내용으로 삼았다.

동림서원은 당시 중요한 문화학술센터로써 체계적인 강회講會제도를 갖 추고 있었다. 이러한 동림서원의 강회제도는 명대 서원의 강회제도를 대 표한다고 할 수 있는데, 그 핵심은 『동림회약』의 "회약의식會約儀式" 가운 데 집약되어 있다. 동림서원은 정기적으로 강회를 개최하였는데, 대회大會 는 매년 1회, 소회小會는 매월 1회 각 3일간 개최하였으며, 추천을 받은 사람이 사회를 맡았다. 강회의 의식은 성대하게 거행되었는데, 주로 "사 서" 위주의 내용을 강학하였다. 이때 사람들은 사심 없이 강학을 듣고 강의가 끝나면 서로 토론을 주고받았으며, 또한 강회가 열리는 기간 동안 사람들은 시가를 지어 서로 화답하는 등 강회의 분위기가 대단히 활기찼었다. 이외에도 통지通知, 계찰稽察, 차점茶點, 오찬午餐 등과 같은 강회의 조직 운영에 대해서도 구체적인 규정을 제정해 놓았다. 이 모든 것은 동림서원의 강회가 이미 제도화 되었다는 사실을 말해 준다고 하겠다. 강회의 규약·조직·의식·규모 등의 내용을 통해 볼 때, 강회는 이미 서원의 범위를 넘어서 한 지역의 학술을 연구하고 토론하는 장으로 그 역할이 확대되어 있었다. 이처럼 서원의 영향이 확대됨에 따라 서원의 사회적 지위뿐만 아니라, 서원의 교육과 학술 수준을 제고시켜 주는 결과를 가져다주었는데, 이것이 바로 동림서원의 중요한 특징 가운데 하나라고 할 수 있다.

동림서원의 또 다른 중요한 특징은 바로 정치와 밀접한 관계를 지니고 있었다는 점이다. 즉 강학 활동과 정치 투쟁이 긴밀하게 결합되어 있었던 까닭에, 학생들에게 적극적으로 국가의 정치 활동에 참여할 것을 요구하였다. 고헌성과 고반용은 동림서원을 토대로 동림학파의 형성과 함께 동림당을 형성하였는데, 그들은 강학이 "세도世道"를 벗어나서는 안 된다는 논리로 정치와 권문세족에 대한 비평은 물론 여론의 힘을 빌려 조정에 압력을 행사하였다. 이러한 그들의 정치적 논의는 커다란 사회적 반향을 일으켜 많은 지식인들이 그들을 찾아왔다. 마침내 천계 5년(1625년) 위충현魏忠賢을 수뇌로 하는 엄당閹黨의 박해를 받아 동림서원이 폐쇄되고, 고반용·양련楊漣·좌광두左光斗·위대중魏大中·주순창周順昌·황존소黃尊素·이응승李應昇 등과 같은 수많은 동림당의 인물들이 죽임을 당하였다. 당시 동림서원의 영향력이 워낙 컸던 까닭에 엄당은 전국의 모든 서원을 동림당과 연계했다는 죄명을 씌워 폐쇄하였으나, 오래지 않아 숭정 황제의 즉위로 위충현을 비롯한 엄당의 인물들이 처벌을 받음으로써 동림당의 인사들은 누명을 벗게 되었다. 그리고 숭정 6년(1633년) 동림서원이 다시 복원되었다.

이 일련의 곡절을 겪으면서 동림서원의 명성은 더욱 높아져 새로운 활기를 띠게 되었으니, 결과적으로 동림서원은 중국 고대 서원발전사에서 특수한 지위를 누리게 되었다.

제12장

청대의 학교와 서원

1. 청대의 중앙 관학

순치順治 원년(1644년)부터 도광道光 20년(1840년) 아편전쟁이 일어나기까지, 즉 근대이전 약 200년간 청대의 학교 교육은 기본적으로 명대의 교육제도를 답습하여 중앙관학과 지방관학으로 나누어져 있었다.

1) 국자감國子監

청대의 국자감 역시 국학 혹은 태학으로 일컬어졌으며, 순치 원년에 처음 설치되었다. 국자감에는 제주를 비롯한 사업·감승·박사·조교·학정·학록·전부 등의 관직을 두었으며, 솔성率性·수도修道·성심誠心·정의正義·숭지崇志·광업廣業 등의 6당을 설치하여 교육하였다. 또한 학생들의 독서를 위해 521칸의 건물을 건립하였다.

국자감의 학생들은 일반적으로 감생이라고 불렀는데, 그 자격에 따라 공생貢生과 감생監生으로 구분되었다. 공생은 또 세공歲貢·은공恩貢·발공撥貢·우공優貢·부공副貢·예공例貢 등의 여섯 가지로 구분되었다. 여기서 이른바 세공은 바

청대의 국자감國子監

로 상공常貢을 의미하며, 매년 각 부·주·현학 등에서 정해진 약간 명의 공생을 선발하여 보냈기 때문에 세공이라고 불렀다. 은공은 명대와 마찬가지로 대체로 나라에 성대하게 경축할 만한 행사나, 혹은 새로운 황제가 즉위할 때 특별히 생원을 선발하여 국자감에 입학시켰는데, 그 해의 정공正貢을 은공恩貢으로 삼고, 배공陪貢을 세공歲貢으로 삼았다. 발공생拔貢生은 부·주·현학의 늠선생廩膳生으로 한정하지 않고 과거시험에서 1, 2등을 한 생원 중에서 선발하기도 했던 까닭에 발공拔貢이라 하였다. 처음에는 부정기적으로 선발하였으나 옹정雍正 5년(1727년)부터는 6년마다 한 번씩 선발하는 것으로 규정하였다. 그러나 건륭 7년(1742년)에 이르러 12년마다 한 번씩 선발하는 것으로 규정을 개정하였다. 우공優貢은 3년마다 문행文行이 뛰어난 자를 선발하여 국자감에 입학시켰는데, 처음에는 늠廩·증增·부생附生의 구분을 두지 않았으나, 옹정 연간에 이르러 늠생廩生과 증생增生으로 한정하고 이와 함께 배우陪優를 설치하였다. 부공副貢은 즉 향시에서 차순위로 낙방한 생원을 가리키며, 예공例貢은 재물을 기부한 생원을 가리킨다. 이 중에서 세공·은공·발공·우공·부공을 "오공五貢"이라고 칭해 예공과 구별해 불렀다. 감생監生은 은감恩監·음감蔭監·우감優監·예감例監 등의 네 가지로 구분하였다. 은감恩監은 팔기관八旗官 학생 중에서 시험을 거쳐 선발하였으며, 음감蔭監은 만滿·한漢 문관 중에서 경京 4품·외外 3품 이상·무관 2품 이상의 자제 가운데 한 사람씩 선발하여 국자감에 입학시켰다. 우감優監은 우수한 부생附生을 일컬었다. 그리고 예감例監은 일반 서민이 재물을 기부하고 입학한 자로, 예공과 마찬가지로 잡류로 여겨졌다.

국자감의 교육 내용은 주로 "사서"와 "오경"을 비롯한 『성리』, 『통감』 등의 서적을 공부하였으며, 또 어떤 학생은 "십삼경十三經"과 "이십일사二十一史"를 함께 공부하기도 하였다. 이외에 또한 청조와 관련된 조詔·고誥·표表·책론策論·판判을 학습하였고, 매일 진晉·당唐의 명첩名帖 수 백자를 임모

방포方苞의 『흠정사서문欽定四書文』

하였다. 건륭 때 국자감의 제주 조국린趙國麟의 주청에 따라 『흠정사서문欽定四書文』을 육당六堂에 반포하고 학생들로 하여금 익히도록 하였는데, 이 책은 건륭황제의 명에 의해 방포方苞가 편찬한 것으로, 명·청 시기에 이른바 당시 유행하던 뛰어난 문장을 모아 수록해 놓았다. 당시 과거시험의 지침서가 되었다. 여기서 청대 국자감의 교육이 여전히 과거시험제도의 영향을 크게 받고 있었다는 사실을 발견할 수 있다.

교육 방법에 있어서, 직접 강의를 담당했던 교관은 박사·조교·학정·학록 등이 있었으며, 매월 초하루와 보름에 감생은 국자감에 가서 제주祭酒·사업司業의 경전 해석을 들은 후 육당관六堂官이 강의하는 "사서"와 『성리』, 『통감』 등을 듣고, 박사가 강의하는 "오경" 등을 들어야 했다. 강의를 듣고 난 후 감생은 또한 강장講章·복강復講·상서上書·복배復背 등의 수업을 수강해야 했는데, 만일 이해하지 못하는 곳이 있으면 즉시 강관講官을 찾아가 풀이를 요청할 수 있었으며, 혹은 서상西廂에 가서 교관에게 질문을 할 수 있었다. 평일에는 조교·학정·학록이 팔고문八股文과 책론冊論을 강의하였다.

감생의 학습 기간은 처음에 각 대상에 따라, 은공 6개월, 세공 8개월, 부공은 늠선생일 경우 6개월, 증광增廣·부학생일 경우 8개월, 발공은 늠선생일 경우 14개월, 증광·부학생일 경우 16개월을 학습하였다. 그러다 옹정 5년(1727년)에 감생의 학습 기간을 3년으로 규정함으로써 비로소 학습 기간을 하나로 통일하게 되었다.

시험은 월례시험과 분기 시험 두 종류가 있었다. 월례시험은 매월 거행하는 시험으로 사업司業이 주관하였다. 분기 시험은 3개월마다 거행하였는데, 제주가 주관하였다. 일반적으로 월례시험에서 1등은 1점, 2등은 반점을 받았다. 또한 오경과 역사에 정통하고 서법에 능한 자는 비록 작문에서 불합격되었다 해도 역시 1점이 주어졌다. 1년 안에 8점을 받은 자는 합격으로 간주했지만 사실상 인원이 제한되어 있어 총 10명을 초과할 수 없었다. 합격자들은 이부吏部에서 수습을 거쳐 그 성적에 따라 임용되었다. 만일 1년 내 점수를 취득하지 못할 경우 계속 감생으로 남아 공부할 수 있었다.

국자감의 최고 관리자는 제주와 사업이었으나, 옹정 3년(1725년)에 별도로 관리감사대신 1인을 두어 최고 책임자로서 국자감을 관리하도록 하였다.

국자감에서는 재齋를 나누어 교육을 실시하였다. 건륭 2년(1737년)에 형부상서 겸 관리감사대신 손가감孫嘉淦의 건의에 따라 경의經義와 치사治事의 구분을 주장했던 호원胡瑗(993~1059년)의 주장을 받아들여 분재分齋 교육을 실시하였다. 경의經義는 『어찬경설禦纂經說』의 『흠정사서』를 교재로 삼고 각 학파의 학설을 교육하였으며, 치사治事는 병형兵刑·천관天官·하거河渠·악율樂律·산법算法 등 중에서 하나 혹은 그 이상의 내용을 함께 가르쳤다. 당시 이름난 학자들이 육당六堂을 분장하여 전문적으로 경을 교육하였으며, 국자감을 중시했던 건륭황제의 지원을 받은 손가감이 교육과정을 엄격하게 정비하고 인재 유치에 많은 노력을 기울임에 따라 각 당堂의 교사들 역시 우수한 인재 유치에 많은 노력을 기울였다. 이로 인해 당시 국자감은 번성기를 맞이하게 되었다.

국자감의 사생師生에 대한 청 왕조의 관리 또한 매우 엄격하여 "감규監規" 28조를 제정하고 시행하였다. 그래서 주요 책임자와 교사는 "본보기"와

"모범"으로서 자신의 직책에 대한 책임이 엄격하게 요구되었으며, 또한 학생이 학규를 위반하거나 혹은 수업에 불성실할 경우 교사도 학생과 함께 처벌을 받았다. 학생에 대한 규정 역시 매우 엄격하여 강희 24년(1685년)에 국자감에 대한 엄격한 조사를 명하기도 하였다.

청대 국자감은 또한 외국의 유학생을 받아들여 교육하였는데, 당시 유구국琉球國과 러시아 등의 나라에서도 유학생을 파견하였다. 외국 유학생들에게도 본국의 학생들과 마찬가지로 매월 돈과 쌀, 그리고 기물을 지급해 후한 대우를 하였으며, 이들은 학업을 마치면 본국으로 돌아갔다.

2) 종실의 관학-종학宗學·각라학覺羅學

종학宗學은 청 종실의 자제를 위해 설립된 학교였다. 순치 10년(1653년)에 각 팔기마다 종학을 세웠는데, 대개 분봉을 받지 못한 만 10세 이상의 종실 자제들을

청대의 한림원翰林院

입학시켜 만족滿族 서적을 교육하였으며, 교사는 만주 관원을 임명하였다. 옹정 2년(1724년)에 처음으로 종학제도를 제정하고 왕을 비롯한 제후·귀족·공·장군 및 종실의 자제 가운데 18세 이하의 자제를 입학시켜 교육하였다. 비록 18세가 넘었거나 혹은 공부를 마친 귀족 자제라도 입학해 수업을 들을 수 있었으며, 또한 말타기와 활쏘기 등도 교육하였다. 종학은 경사京師 좌우 양쪽 관방에 설치하고, 각 익마다 만학滿學과 한학漢學을 하나씩 두었던 까닭에 모두 4개소의 종학이 있었다. 본인이 원하는 곳에 입학하여 공부할 수 있었다. 각 종학마다 왕관王官 1인을 파견하여 총관으로

삼고, 그 아래에 정교장 1인과 부교장 8인을 두었는데, 이는 모두 종실에서 존경받는 연장자가 담당하였다. 그리고 그 아래에 교습敎習 약간 명을 두고 수업을 담당하도록 하였다. 교과과정은 세 가지로 나누어 교육하였다. 첫째는 만문서滿文書의 교육으로, 각 종학마다 만인 교관인 교습敎習 2인을 두었다. 둘째는 한문서漢文書의 교육으로, 각 종학마다 10인의 교관을 두었는데, 그 중에는 한인 교관 교습 1인을 배치하였다. 셋째는 각 종학마다 활쏘기를 가르치는 교습 2인을 두었다. 옹정 11년(1733년)에 이르러 또 다시 한림관翰林官 2인을 종학의 교사로 임명하였다. 그들은 경의經義의 해설과 문법을 지도하였는데, 매월 비용과 식량, 의복 등이 지급되었다. 시험은 월례시험과 분기 시험 두 가지가 있었으며, 월례시험은 등급에 따라 그 성적을 기록해 상부에 보고하였다. 분기 시험은 봄과 가을 두 차례 종인부宗人府에서 사람을 파견해 주관하였다. 수학 기간은 3년이었으며, 만기가 되어 합격한 자는 조정에 임용되었다.

각라학覺羅學은 전문적으로 청대 각라씨覺羅氏의 자제를 교육시키기 위해

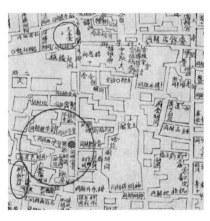

종실宗室 각라학覺羅學

설립된 학교였다. 옹정 7년(1729년)에 처음으로 팔기아문八旗衙門 옆에 만滿·한漢학을 각각 1개소씩 설립하고, 각라씨 중에서 8세 이상 18세 이하의 자제를 모두 입학시켜 교육하는 규정을 제정하였다. 총관 1인을 두었는데, 왕공대신이 이를 담당하였다. 각 종학마다 부관 2인을 두고 각라씨 중에서 경륜이 풍부하고 노련하며, 품행이 단정한 자를 선발하여 담당하도록 하였다. 또한 만서滿書 교습 1인을 두고, 만족의 진사·거공擧貢 생원으로 담당하게 하였다. 이외에도

기사騎射 교습 1인을 두고 팔기 중에서 활 잘 쏘는 자를 선발하여 담당하게 하였다. 한문서漢文書 교습은 10명의 학생마다 각 1인을 두었는데, 거공이 담당하도록 하였다. 재학 기간 동안 학생들의 대우는 종학과 마찬가지로 매달 비용·쌀·지필묵·얼음·숯 등을 지급하였다. 학업을 마치면 팔기인과 마찬가지로 응세應歲·과시科試·향시鄕試·회시會試에 응시할 수 있었다. 비록 각라학覺羅學이 종학의 성질을 가지고 있었지만, 실제로 모집해 교육한 학생들은 종학의 범위를 벗어나서 거의 모든 각라씨가 포함되었다. 어떤 곳에서는 종학과 각라학이 하나로 합쳐지기도 하였다.

3) 팔기관학·경산관학景山官學·함안궁관학咸安宮官學

팔기관학은 순치 원년(1644년)에 팔기를 4개의 지역으로 나누고, 각 지역마다 관학을 하나씩 설립하여 황족 이외의 팔기 귀족 자제를 전문적으로 교육하였다. 또한 이들과 함께 공부하는 반독伴讀 10인을 두어 그들의

팔기관학八旗官學 교재

학습을 돕도록 하였다. 학생은 각 좌령佐領 아래 2명씩 배정하였는데, 이 가운데 20명은 한문서漢文書를 배우도록 하고, 그외 나머지 학생은 만문서滿文書를 배우도록 하였다. 교육과정은 종학과 같았다. 팔기관학은 국자감에 소속되어 있었기 때문에 10일마다 국자감에 가서 시험에 참가해야 하였다. 기사騎射를 중시하여 봄과 가을에는 5일마다 활쏘기를 연습했으며, 그 훈련 방법은 국자감의 일반 학생에 비해 엄격하였다. 강희 황제 때 정원을 만주·몽고 생원 각 40명, 한군漢軍 생원 20명으로 규정하였으며, 옹정

6년(1728년)에는 각 기旗마다 학교를 설립하고, 만滿·한漢·몽蒙 기사騎射를 설치해 교육하였다. 교육 내용은 만문滿文·한문漢文·몽고문蒙古文을 비롯한 기사騎射 등으로 구성되어 있었다. 건륭 3년(1738년) 흠차대신을 파견하여 시험을 주관토록 하고, 한문에 능통한 자를 선발하여 국자감에 입학시켜 공부를 시켰다. 학습 기간이 끝나면 우수한 인재를 추천받아 시험을 거쳐 임용하였다. 팔기관학은 학제상 국자감과 서로 연계되어 있었다. 그래서 학생은 학업을 마치면 세歲·과시科試·향시鄕試·회시會試에 참가할 수 있었다. 그러나 가경·도광 이후 학교의 기강이 점차 문란해져 청대 말기에 이르러 팔기학당으로 변모하게 되었다.

경산관학景山官學은 강희 25년(1686년)에 창립되어 경사 북상문北上門 양쪽 관방官房 내에 만·한문 각 3개의 방을 설치하였다. 각 방마다 만문 3인, 한문 4인을 두었으며, 학생은 내부內附 삼기三旗의 좌령佐領·관령管領 아래의 자제 366명을 모집하여 입학시키고, 만문과 한문으로 나누어 가르쳤다. 건륭 44년(1779년)에는 또 회족回族 좌령 아래의 학생 4명을 선발할 수 있도록 허가하였다. 학생의 학습 기간은 3년으로 제한하였으며, 학업을 마치면 필첩식筆帖式·고사庫使·고수庫守로 임용하였다.

함안궁관학咸安宮官學은 옹정 7년(1729년)에 창립되었다. 그 설립의 직접적 원인은 경산관학의 학생들이 수업에 전념하지 않는 것을 보고 함안궁 내에 별도로 독서방 3개소를 설치하고, 경산관학의 학생과 좌령·관령 아래의 13~23세 가운데 90명을 모집하여 입학시켰다. 각 소所마다 30명을 배정하고, 한림원 내에서 한림 9인을 선발하여 교육을 담당하도록 하였으며, 또한 각 독서방마다 3인으로 하여금 수업을 감독하도록 하였다. 이외에 별도로 티베트인과 여진인 중에서 9인(각 소所마다 3인)을 선발하여 여가 시간에 만주어와 말타기, 활쏘기를 가르쳤다. 이들이 학업을 마치면 번역·중서中書·필첩식·고사 등에 임용하였다.

청대 설립된 기학旗學으로 또 성경관학盛京官學·팔기몽고관학八旗蒙古官學·팔기의학八旗義學·팔기교장관학八旗教場官學 등이 있었다. 족인族人 자제에 대한 교육을 중시하여 기학旗學을 광범위하게 설립하였는데, 이것이 청대 중앙 관학제도의 중요한 특징이었다.

4) 산학算學·러시아문관俄羅斯文館

일찍이 강희 9년(1670년), 즉 팔기관학 중에서 학생을 선발하여 학과를 나누어 산학을 가르쳤다. 강희 52년(1713년) 처음 장춘원暢春園에 산학관算學館을 설립하고, 팔기 자제를 선발하여 입학시키고 산학을 가르쳤다. 옹정 12년(1734년)에 팔기관학을 증설하고 산학 교습 16인을 두어 자질이 뛰어난 팔기관학 학생 30인을 선발해 산학을 가르쳤다. 건륭 4년(1739

청대의 산학관山學館

년)에 이르러 국자감에 예속시켜 국자감산학으로 일컬었다. 만주인 12명과 몽고·한군漢軍(팔기 중에서 요동인遼東人을 한군이라 칭함) 각 6명, 한인漢人 12명, 그리고 흠천감부학欽天監附學 24명 등 모두 60명을 모집하여 교육하였다. 무릇 만주·몽고·한군의 산학생은 모두 팔기관학생 중에서 시험에 합격한 학생들이었다. 한인 산학생은 거인擧人·공생貢生·생원生員·동생童生을 막론하고 모두 국자감에 모여 산학관算學館에서 시험을 보았다. 교육 내용은 선線·면面·체體 세 부분으로 나누어 교육하였으며, 1년 내에 이 세 가지를 모두 통달하도록 하였다. 칠정七政은 2년으로 제한했는데, 계고季考·세고歲考가 있었다. 5년의 학습 기간을 마치고 시험에 합격하면, 만·몽·한군 학생을 예부에 보냈으며, 팔기의 천문생天文生은 순서에 의거해 임용하였다.

청대의 아라사문관俄羅斯文館

러시아문관은 청 왕조에서 러시아어 인재 양성을 위해 설립한 러시아어 학교였다. 건륭 22년(1757년)에 창립되었다. 원래는 러시아 상인들이 오가는 곳에 배치하려고 했으나 후에 이곳에 관을 세워 전문적으로 러시아의 문자 번역을 주관하도록 하고, 팔기관학생 24명을 입학시켜 가르쳤다. 처음에 경사에 머무는 러시아인을 초빙하여 가르쳤으나 후에 관직에 오른 학생을 유임시켰다. 조교 2인을 두고 교육을 보좌하도록 하였다. 몽고인 시독학사侍讀學士 혹은 시독侍讀 1인을 제조관提調官에 임명하여 전문적으로 교육과정을 감독하도록 하였다. 별도로 이번원理藩院에서 낭중郎中 혹은 원외랑員外郎 1인을 파견하여 함께 관리하도록 하였다. 학생의 학습 기간은 5년으로 학습 기간이 끝나면 시험을 거쳐 성적이 1등인 자는 8품에 제수하고, 2등인 자는 9품에 제수하였다. 그리고 3등인 자는 관직에 임용하지 않고 관에 계속 머물며 다시 공부하

청대의 『어제수리정온御製數理精蘊』

도록 하였다. 러시아문관은 동치원년(1862년)에 폐지되었다.

2. 청대의 지방 관학

1) 부·주·현·위학

청 왕조는 북경에 수도를 정한 후 명대의 교육제도를 토대로 그 기초 위에서 부·주·현에 학교를 설립하였다. 순치 원년(1644년) 각 성의 부·주·현학에 조서를 내려 늠생원에게 예전과 같이 양식을 지급하도록 하는 동시에 증增·부附생원 역시 예전처럼 학교에서 수학하도록 하고, 관례에 따라 성적이 우수한 자는 여러 가지 혜택을 주었다. 순치 4년(1647년)에 각 학교의 늠선廩膳·증광增廣생원의 정원을 규정하였다. 그리고 부학의 학생은 40명, 주학은 30명, 현학은 20명으로 제한하였다. 동시에 또 명대의 교육제도를 모방하여 군대 주둔지에 위학衛學(어떤 곳은 설립하지 않았음)을 설립하고 무신의 자제들을 교육하였다. 위학의 정원은 늠선·증광생원을 각 10명씩 두었다. 순치 16년 (1659년) 규정에 따라 일반 위학은 모두 부府·주州학에 합병하였다.

부학은 교수 1인, 주학은 학정 1인, 현학은 교유教諭 1인을 두었으며, 그들의 직책은 학교의 학생을 계도하고 가르치며 품행의 우열을 평가하여 학정學政에게 보고하는 것이었다. 이외에 각 학교는 훈도 1인을 두고, 교수·학정·교유를 도와 학생을 가

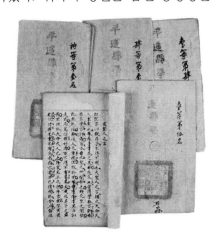

청대의 평요현학平遙縣學 시권試卷

르치고 지도하도록 하였다.

부·주·현학의 학생은 일반적으로 생원이라고 불렀으며, 명대와 마찬가지로 늠선·증광·부학의 세 가지로 구분하였다. 처음 입학한 자는 부학생원이라 불렀으며, 반드시 세시歲試·과시科試 두 시험을 거쳐 우수한 성적을 받아야만 비로소 늠선·증광생원이 될 수 있었다. 부학생원의 수는 학교마다 제한을 두지 않았으나, 늠선·증광생원은 정원이 정해져 있었다. 청의 조정은 학생 생원에 대한 관리를 위해 "육등출척법六等黜陟法"을 엄격하게 시행하였는데, 그 주요 특징은 생원에 대한 동태 관리를 위한 것으로, 학생의 등급은 그들의 학업성적에 따라 올라가거나 혹은 내려가기도 하였다. 학생의 등급과 학업성적을 밀접하게 연계시켜 그들이 학습에 적극적으로 임할 수 있도록 자극을 주었는데, 이는 또한 학교의 교육 수준을 높이는 측면에서도 유리하게 작용하였다. 이러한 점이 바로 청대 지방관학 관리의 중요한 특징이었다고 하겠다.

교육 내용은 "사서"와 "오경", 그리고 『성리대전性理大全』, 『자치통감강목資治通鑑綱目』, 『대학연의大學衍義』, 『역대명신주의歷代名臣奏議』, 『문장정종文章正宗』 등을 교육하였다. 이러한 서적은 모두 청 왕조가 반포하였으며, 아울러 서적 판매상들도 판각하여 보급하는 것을 허가하였다. 다만 규정되지 않은 서책에 대해서는 학생들이 읽는 것을 허락하지 않았다. 만일 성현의 서책이 아닌 일개 학파의 주장을 언급한 책이라면 학관에 세울 수 없었을 뿐만 아니라, 학생들 역시 읽지 못하게 금지하였다. 시험은 세고歲考와 과고科考 두 가지 방법으로 나누어 시행되었다. 세고는 매년 한 번씩 거행하고, 과고는 격년에 한 번씩 시행하였는데, 학정이 시험

『문장정종文章正宗』

을 주관하였다. 세고 시험에서 우등을 하면 등급이 올라가는데, 만일 부생이라면 증광생이 될 수 있었고, 증광생이라면 늠선생이 될 수 있었다. 그러나 성적이 좋지 않으면 순서에 따라 차례대로 등급이 내려갔다. 가장 우수하거나 혹은 늠선생 가운데 가장 오래된 자는 중앙 관학인 국자감에 진학하여 발공생拔貢生·우공생優貢生이 될 수 있었다. 과고 시험에서 우수한 성적을 받으면 향시에 응시할 수 있는 자격이 주어졌으며, 나머지 등급의 학생들에게도 역시 상을 주었다.

청대 지방관학의 대우는 명대에 훨씬 미치지 못해, 단지 승격 이외에 늠선생廩膳生이 될 수 있는 자격을 주는 정도에 지나지 않았다. 일반 학생은 입학 후 부역을 면제받을 수 있었다. 집안이 가난해 자급할 수 없는 경우는 학전을 지급하고 세금을 거두어 그들을 구제하였다. 또한 부모 가족과 멀리 떨어져 유학하는 학생들에게는 가족을 방문하거나 혹은 병이 났을 경우 휴가 기일을 정해주고 재시험을 보도록 하였다. 부모의 상을 당해서는 3년간 시험을 면제해 주었다. 학생이 범죄를 저질렀을 경우 죄가 가볍고 반성하는 태도를 보이면 이름을 바꾸고 다시 학교로 돌아가도록 하였으며, 죄가 이미 정해졌을 경우는 원래 이름으로 동자시童子試에 재응시하는 것을 허락하였다. 만일 죄가 아주 경미할 경우는 지방관이 학관에 보고하고 교관들이 모여 타이르고 덮어두었다. 평민처럼 채찍으로 때리는 것을 금지하였다. 상과 벌을 주는 방법은 먼저 학정이 교관들과 함께 논의를 거쳐 학생들의 우열을 심사하고 이를 학부에 보고하면, 학부에서는 다시 이를 대조하여 허가하였다. 성적이 우수하고 실력이 뛰어난 학생은 국자감에 들어갈 수 있었고, 그 다음은 수준에 따라 승급과 포상을 지급하였다. 그리고 성적이 나쁜 학생은 제명하였다. 학생의 우열에 대한 평가는 순치 9년(1652년)의 『훈사와비문訓士臥碑文』과 강희 39년(1700년)에 반포한 『성유십육조聖論十六條』의 기준에 따라 처리하였다. 『훈사와비문』이 비록 지방 관학 학생의 위인爲人·구학求學 및 교사의 교육 등에 대한 구체적인 항목을 제시해 놓은 것이라고 하지만, 실질적으로는 사회현실에 대한 학생들의 지나친 문제제기를 금지하기 위한 수단으로서 결사結社와 출판의 권리를 빼앗고, 충성스럽고 청렴한 관리로써 국가에 충성하는 인재를 양성하는 데 그 목적이 있었다. 『성유십육조』 역시 봉건 정치와 윤리 도덕을 기준으로 삼았기 때문에, 이를 위한 학생들의 사상·행위·학습·생활 등의 각 영역에 대한 지침을 명확하게 밝히고 있어 전국 각 학교에서는 기본적으로 이를 준칙으로 삼았다.

『성유십육조聖諭十六條』

2) 사학社學·의학義學·정학井學

사학社學은 향진鄕鎭 지역에 설치되었던 일종의 기층 관학으로 강희 9년 (1670년) 각 성에 사학·사사社師의 설치를 명하였으며, 옹정 원년(1723년)에 다시 사학의 규정을 재심사하고, 사학을 부·주·현학의 학제와 서로 연계하여 사학 중에서 성적이 뛰어난 자는 시험을 거쳐 부·주·현학의 학생이 될 수 있도록 하였다. 하지만 성적이 좋지 않은 학생은 원래의 사학으로 돌려보냈다.

의학은 또한 의숙義塾이라고도 불렀으며, 이곳에서는 가정 형편이 어려운 학생들에게 학비를 면제해 주었으며, 혹은 묘족·이족·요족 등의 자제들 가운데서 뛰어난 자들을 선발하여 가르쳤던 교육기구였다. 경사京師에 처음 설립되었으나 후에 각 성의 부·주·현에도 설립되었고, 이곳의 교사를 숙사塾師라고 일컬었다. 옹정 원년(1733년)에 의학의 학습에 관련된 내용을 규정한 『성유광훈聖諭廣訓』을 편찬하였다. 학생이 기본적인 학문 소양

만한滿漢 『성유광훈聖諭廣訓』

을 마친 후 6년을 기한으로, 다시 시·서를 익혀 만일 그 성적이 뛰어나면 공생貢生이 될 수 있도록 허락하였다. 하지만 3년 동안 별다른 진전이 없으면 집으로 돌려보냈다. 그리고 훌륭한 인품과 학문을 겸비한 지식인을 선발하여 숙사로 임용하였다.

정학#學은 운남의 변경지역에 설치했던 학교였다. 옹정 2년(1724년)에 처음 운남에 정학#學 훈도訓導를 설치하였다.

위의 내용을 종합해보면, 청대의 관학제도는 기본적으로 명대의 제도를 계승하여 발전하였지만, 장기적인 발전 과정에서 청대만의 독특한 특징을 갖추게 되었음을 알 수 있다. 예를 들어, 팔기 자제들의 교육을 중시하여, 여러 가지 기학旗學을 광범위하게 설립하는 동시에, 부·주·현학에 "육등출척법六等黜陟法"을 시행함으로써 학생들의 동태를 파악해 승급과 학업성적을 긴밀하게 연계시켜 놓았다. 이외에도 러시아문관을 설립하여 러시아어 인재를 양성하였으며, 이와 아울러 국자감에서 분재分齋 교육 등의 제도를 시행하였다. 비록 청대에 이르러 봉건제도가 막바지에 이르렀다고는 하지만, 순치·강희·옹정·건륭 시기에도 학교 교육은 여전히 비교적 커다란 발전을 이룩하였으며, 인재 양성과 사회 발전에도 커다란 영향을 끼쳤다.

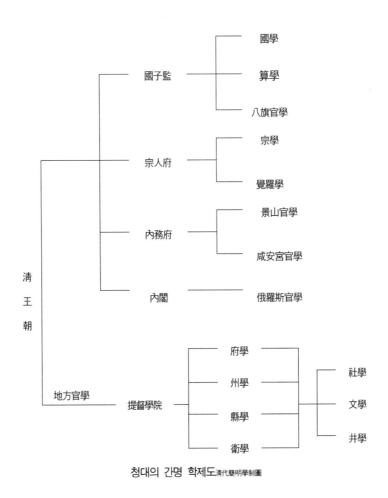

청대의 간명 학제도 清代簡明學制圖

하지만 가경·도광 이후 학교가 점차 폐지되면서 유명무실한 기구로 전락하고 말았다. 더욱이 이러한 중국의 봉건적인 교육제도는 점차 근대 신교육에 의해 교체되어나가면서 쇠퇴의 길로 접어들었는데, 이것은 역사발전의 필연적인 추세였다고 하겠다.

3. 청대의 몽학蒙學

『청패류초清稗類鈔』제 4책에『조사숙시嘲私塾詩』라는 시 한 수가 실려 있는데, 청대 몽학의 교육 상황을 잘 묘사하고 있다.

> 일진오아조만풍一陳烏鴉噪晚風,
> 제생제황호후롱齊生齊遑好喉嚨.
> 조전손이주오정趙錢孫李周吳鄭,
> 천지현황우주홍天地玄黃宇宙洪.

『삼자경三子經』을 읽고 나서『감략監略』과『천가시千家詩』를 다 읽으면, 필히『신동시神童詩』를 읽어야 한다. 그 중에서 총명한 학생은 하루에 세 번『대학』과『중용』을 읽었다.

청대의 몽학은 세 가지 형식이 있었다. 첫 번째는 좌관坐館, 혹은 교관教官(지주나 지역 유지가 교사를 초빙하여 집에서 교육을 진행한 것을 가리킴)이고, 두 번째는 가숙家塾, 혹은 사숙私塾(교사가 자신의 집에 학교를 설치하고 학생을 가르치는 것을 가리킴)이다. 그리고 세 번째는 의학義學, 혹은 의숙義塾(지방 혹은 개인이 돈을 내어 소학을 세우고 가난한 집안의 자제를 모아 가르치는 자선사업의 성질을 지니고 있었던 학교를 가리킴)이다. 청대의 몽학은 이미 정형화되어 일반적으로 고정된 교육제도와 교육과정을 갖추고 있었으며, 또한 몽학의 사숙을 전문적인 직업으로 삼았던 교사들이 대거 등장하였다.

몽학 교사들은 일반적으로 몽사蒙師라고 불렀는데, 어떤 사람은 그 지역의 동생童生(시험에 통과하여 생원生員(수재秀才)의 자격을 얻기 전에 연령이 많고 적건 간에 모두 동생童生이라 칭하였음)이나 혹은 가난한 수재가 담

청대의 사숙학당私塾學堂

당하였는데, 어떤 사람은 동생童生이나 수재秀才의 칭호도 없는 사람도 있었다. 『유림외사』제2회에서 산동을 묘사한 『설가집薛家集』에 주진周進이라고 부르는 60여 세의 몽사가 등장하는데, 그는 수재도 급제하지 못한 동생童生에 불과한 사람이었다. 그가 공원貢院 문 앞에 가서 안으로 들어가 보려고 기웃거리다가 문지기에게 채찍을 맞고 쫓겨나게 되었는데, 그 상황을 본 가장 지贄가 그에게 은자를 주었으나 채 한 달 식비도 안 되는 금액이었다. "요도청삼潦倒靑衫"이란 말은 바로 몽사의 생활을 사실적으로 묘사한 말이다. 청대 광서 연간에 이삼려李森廬라는 몽사가 있었는데 외지에 나가 학생을 가르치며 생계를 꾸렸다. 그런데 어느 해 섣달 그믐날이 되었어도 집에 돌아갈 수 없자 자신의 아내에게 시 한 수를 지어 보냈다.

> 我命從來實可憐,   나의 운명이 이제까지 너무 초라해
> 一雙赤手硯爲田.   맨손으로 벼루를 밭으로 삼고 살았다네.
> 今年恰似逢旱旱,   올해 마침 공교롭게 가뭄이 들었다 하여
> 只半收成莫怨天.   수확이 겨우 절반이라지만 하늘을 원망할 수 없다네.

강희와 건륭 연간에 생활했던 정판교鄭板橋(1693~1765년) 역시 일찍이 몽사를 역임하였는데, 당시의 상황에 대해 자조적인 시 한 수를 남기고 있다.

> 敎讀原來是下流,   교독敎讀은 원래 하류의 삶이라
> 傍人門戶過春秋.   문호 옆에서 봄가을을 보낸다네.

半饑半餓淸聞客,	절반이 굶주려 문객마저 찾지 않으니
無鎖無枷自在囚.	죄수들이 자물쇠도 칼도 없이 자유롭게 다니네.
課少父兄嫌懶惰,	수업을 적게 하면 부형이 게으르다 싫어하나
功多子弟結冤仇.	수업을 많이 하면 그 자제들과 원수가 된다네.
而今幸作靑雲客,	지금에 이르러 다행히 청운객이 되었으니,
遮却當年一半羞.	그 해 부끄러움의 절반을 가릴 수 있게 되었다네.

청대의 문화 수준은 그다지 높지 않았다. 어떤 이는 『삼자경』과 『천자문』도 읽어 내려가지 못할 수준이었다고 한다. 그래서 "선생이 쥐만도 못하다."고 조롱하기도 하였는데, 이 말의 의미는 쥐도 먹을 쌀이나 기름이 없을 경우는 오래된 종이 더미 속에서 서적을 골라 갉아 먹을 줄 아는데 선생은 이보다도 더 못하다는 의미이다.

몽사는 전체적으로 문화 수준이 비교적 낮았는데, 이는 그들에 대한 대우와 관련이 있었다. 이른바 집안에 세 말 곡식만 있어도 어린아이의 선생님은 하지 않는다는 속담이 전해 오듯이 쥐꼬리만 한 봉급으로는 그들의 생활을 해결할 수 없었기 때문이다. 이처럼 청대 사회에서 그들의 지위가 낮았던 이유는 정부의 지지를 받지 못했기 때문이다. 청대 교육자였던 장리상張履祥(1611~1674년)은 일찍이 몽사의 책임이 막중하건만 사회적 지위는 오히려 비천하고, 과거시험을 준비하는 사람들의 학문은 보잘 것 없어도 오히려 그 사회적 지위는 높기만 하다고 당시 상황에 대해 깊은 탄식을 남겼다.

청대의 몽학 교재는 대단히 많아 『삼자경』을 비롯한 『백가성』·『천자문』 등 이외에도 한때 『천가시千家詩』·『용문편영龍文鞭影』·『유학경림幼學瓊林』·『동몽관감童蒙觀鑑』 등이 교재로 사용되었다. 『천가시』는 모두 200여 수가 수록되어 있는데, 대부분 언어가 유창하고 문구가 평이해 쉽게 읽고 기억

『용문편영龍文鞭影』

할 수 있으며, 사람들에게 널리 회자 되는 명편이 적지 않게 수록되어 있었다. 예를 들어, 이백의 『정야사靜夜思』, 맹호연孟浩然의 『춘효春曉』, 왕지환王之渙의 『등학작루登鶴鵲樓』, 두목杜牧의 『청명淸明』, 소식의 『음호상飮湖上, 기청후우祁晴后雨』 등이다. 『천가시』가 몽학 중에서 주요 시가 교재가 됨에 따라 일반적으로 『천가시』와 "삼"·"백"·"천"을 합쳐 "삼·백·천"으로 부르기도 했다. 청대의 손수孫洙(호는 형당衡塘, 만년의 호는 퇴사退士)는 또 당시唐詩 중에서 사람들에게 회자 되는 작품을 골라 『당시삼백수唐詩三百首』를 편찬하여 출판하였다. 이 책이 출간되어 나오자 집집마다 없는 집이 없을 정도로 몽학교재로서 뿐만 아니라, 시가집으로서도 세상에 널리 유행하였다.

또한 일종의 몽학 교재를 "잡자雜字"서라고도 불렀다. 이는 역대 사서의 내용은 많지 않으나 일용생활과 관련된 내용이 많이 보이기 때문에. 이와 관련된 내용을 활용했기 때문이다. 이러한 교재는 주로 수공업자를 비롯한 농민과 소상인, 그리고 그들의 자녀교육에 활용되었다.

청대의 몽학은 주로 독서·습자習字·작문 등 세 영역으로 나누어 교육하였는데, 이러한 방식은 관학과 서원의 입학, 그리고 과거시험 응시를 위한 기본적인 토대를 마련하기 위한 것이었다. 이 세 영역의 교육을 위해 일정한 체계가 마련되어 있었다. 예를 들어, 독서는 우선 집중적으로 식자 교육을 실시해 어린이가 천 여자를 익숙하게 익힌 다음 "삼三·백百·천千"의 단계로 넘어가며, 다시 그 다음 단계로 "사서四書"를 교육하였다. 이때 몽학 교육의 중점은 어린이가 숙독하여 암송할 수 있도록 지도하는 데 초점이 맞추어져 있었다. 이러한 기초교육을 토대로 교사는 강의를 진행하면서 책 속의 봉건사상과 도덕 윤리에 관한 원칙을 중점적으로 설명하였다. 습자習字 교육은 우선 교사가 어린이의 손을 잡고 글씨 쓰는 법을 가르치고 나서 베껴 쓰기 교본의 글자를 보고 베껴 쓰도록 하였다. 그런 연후에 다시 서첩을 보고 베껴 쓰도록 가르쳤다. 이때 몽학 교육의 중점은 어린이가 교본을 베껴 쓰거나 명가의 자첩字帖에 대한 임모를 지도하는 데 있었다.

작문을 배우기 전에 반드시 먼저 대구 짓는 연습을 하도록 하였다. 그래서 교사는 어린이에게 대구 짓는 법을 가르칠 때 먼저 모방하는 방법부터 가르쳤다. 가령 교사가 "정명正名"이라는 격식을 말하고 "송주동남기送酒東南去 - 영금서북래迎琴西北來"라는 예를 들어 주고 어린이에게 이를 모방해 다시 한 구를 짓도록 하거나 혹은 "인류因類"라는 격식을 말하고 "원하부소엽圓荷浮小葉 - 세맥낙경화細麥落經花"라는 예를 들어주고 다시 어린이에게 한 구를 짓도록 하는 방법이었다. 교사는 또한 일련의 대구를 짓는 서책과 모범이 될 만한 시사詩詞를 발췌해 어린이를 지도하였다. 예를 들어,

> "하늘과 땅이 대구가 되고, 비와 바람이 대구가 되고, 대지와 푸른 하늘이 대구가 되고, 산화山花와 해수海樹가 대구가 되고, 붉은 해와 창천(蒼天)이 대구가 된다."(天對地. 雨對風, 大陸對長空, 山花對海樹, 赤日對蒼穹.)

> "구름은 비와 대구가 되고, 눈은 바람과 대구가 되고, 만조晚照는 맑은 하늘과 대구가 되고, 찾아오는 기러기는 떠나가는 기러기와 대구가 되고, 둥지에 깃드는 새와 벌레의 울음소리가 대구가 된다."(雲對雨, 雪對風, 晚照對晴空, 來鴻對去雁, 宿鳥對鳴蟲)

대구 짓는 연습에서 표면적으로 어법에 관한 이론이 언급되지는 않지만, 이는 실제로 상당히 엄격한 어법훈련이라고 말할 수 있다. 수차례에

걸쳐 연습을 하고 나면 어린이는 능숙하게 사류詞類와 조구造句의 규칙을 깨달아 작문에 활용할 수 있었기 때문에, 이러한 기초 훈련 방법은 연구해 볼 만한 가치를 지니고 있다.

몽학의 발전에 따라서 몽학교육법과 관련된 서적들도 등장하기 시작하였다. 청대의 왕균王筠(1783~1854년)이 저술한 『교동자법教童子法』은 전문적으로 몽학 교육에 관해 논술한 책으로, 글자 익히기·글씨 쓰기·책 읽기·댓구

『교동자법教童子法』

짓기·시 짓기·작문하기 등에 대한 기본적인 훈련 방법을 체계적으로 서술해 놓았으며, 이와 동시에 몽학의 일반적인 원리에 대해서도 자신만의 독특한 견해를 주장하였다. 예를 들어, 학습에 대한 학생들의 흥미에 초점을 맞추어 무조건 읽고 외우는 독서 방법에 대해 반대를 표명하였다. 그는 "학생은 사람이지 개나 돼지가 아니다. 독서를 해도 말을 하지 못하고, 경이나 목간을 읽는 듯하다.", "사람은 누구나 즐거움을 찾는 법이거늘, 누구라서 고생을 원하겠는가? 독서가 비록 장난보다 즐겁지는 않다고 하지만 만일 책 속에서 그 즐거움을 찾을 수 있다고 한다면 역시 서로 따르지 않겠는가!" 등과 같은 입장을 표명하였다. 어린이가 책 속의 의미를 이해하지 못한다고 하면 마치 스님이 불경을 외우는 것처럼 무미건조한 행위로 여기게 된다. 그렇기 때문에 학생들은 자연히 공부를 재미없고 힘든 일로 생각하게 되며, 또한 어린이는 주의력에 한계가 있기 때문에 교육할 때는 반드시 적당한 휴식이 필요하며, 만일 이 휴식시간에 지식에 관한 이야기를 어린이들에게 들려준다면, 그 내용이 비록 어려운 전고典故라도 쉽게 기억할 수 있을 뿐만 아니라, 어린이의 사유능력을 키워줄 수 있다고 주장하였다. 이외에도 교사는 먼저 학생에 대한 이해를 바탕으로 가르

쳐야 하고, 체벌을 가하거나 으름장을 놓아서도 안 된다고 주장하였다. 그러므로 학생을 즐겁게 할 수 있는지 아니면 질식하게 만들 것인지, 그 판단여하에 따라 좋은 스승이 될 수도 있고 어리석은 스승이 될 수도 있다고 자신의 견해를 피력하였다.

4. 청대의 서원

청 왕조가 북경에 수도를 정하고 난 후, 서원이 강학을 이용해 청의 통치에 대해 반대하는 것을 사전에 예방하기 위해 한편으로는 관학을 적극적으로 설치하는 동시에, 또 한편으로는 서원의 설립을 엄격하게 금지함에 따라 청대 서원의 발전은 그저 묵묵히 침묵을 지킬 수밖에 없었다.

강희 연간에 청 왕조는 한족 지식인을 회유하기 위한 수단으로 편액을 하사하거나, 혹은 서적을 하사하는 등 표면적으로는 서원을 장려하였지만, 실질적으로는 통제를 강화해 나갔다. 그런데 강희황제가 친히 "학달성천學達性天", "학종수사學宗洙泗", "경술조사經術造士", "학도환순學道還淳" 등의 편액을 서원에 하사하게 되자, 이를 계기로 전국 각지의 관리들이 적극적으로 서원을 창

학달성천學達性天

립하거나 복원하는 전기가 마련되었다. 이후 청대 서원은 침묵을 깨고 새로운 도약의 계기를 맞이하게 되었다. 옹정 11년(1733년)에 조서를 내려 서원을 제창하는 동시에, 총독과 순무巡撫로 하여금 성도의 서원 건립과 경비를 제공하도록 하였다. 하지만 이처럼 표면적으로는 서원의 건립을 적극적으로 지지하면서도 여전히 서원에 대한 통제의 끈은 놓지 않았다.

청대에 이르러 새롭게 건립된 서원의 수는 모두 781개소였으며, 그 중에서 강희 연간에 건립된 서원이 233개소로 가장 많은 수를 차지하였다. 그리고 건륭 연간에 건립된 서원이 228개소로 그 다음을 차지하였다. 강 유역에 분포하고 있던 서원의 통계를 분석해 보면, 강희 연간을 기준으로 황하강 유역에 건립된 서원이 20.39%, 장강 유역에 건립된 서원이 35%, 그리고 주강 유역에 건립된 서원이 43.93%를 차지하고 있어, 주강 유역에 건립된 서원이 1위를 점하고 있었음을 알 수 있다. 또한 서원의 발전이 전국적으로 고르게 발전하고 있었다는 사실도 확인할 수 있다.

각 성을 기준으로 놓고 볼 때, 비록 불완전한 통계지만 복건성 지역이 가장 많은 181개소의 서원이 있었고, 그 다음 호남성 지역이 106개소로 2위를 차지하였다. 그리고 광동 지역은 102개소로 3위를 차지하였다.

민간에 설립한 서원과 관청에서 설립한 서원을 비교해 볼 때, 민간에서 세운 서원이 9.65%, 지방관청에서 설립한 서원이 57.10%, 총독과 순무가 설립한 서원이 8.56%, 경관京官이 설립한 서원이 0.48%, 칙명에 의해 설립된 서원이 12.60%을 차지하고 있어 관청에서 설립한 서원을 모두 합치면 78.74%에 이른다.

이처럼 청대의 서원은 관청에서 서원의 설립과 경비를 장악하고 있었기 때문에, 서원의 사장師長에 대한 선발권은 물론 서원의 학생모집과 학생에 대한 심사까지도 모두 관에서 통제하였다. 이로 인해 대다수의 서원은 이미 과거시험제도를 보기 위한 교육장소로 변질되었다. 광서 27년 (1901년) 8월 청의 조정에서는 장지동張之洞과 유곤劉坤의 건의를 받아들여 각 성에 설립된 서원의 명칭을 학당으로 변경하는 칙서를 내렸다. 이로써 천여 년간 지속되어 왔던 중국의 서원제도는 마침내 종말을 고하고 말았다.

청대의 서원 교육이 비록 대부분 관청의 통제 아래 과거시험을 준비하거나 관료를 양성하는 양성소로 변질되었지만, 일부 민간 서원에서는 여전히 송명 이래 전해져 오는 서원의 전통, 즉 스스로 교사를 초빙하여 자유롭게 강학하는 전통을 그대로 유지하였다. 예를 들어, 자양서원紫陽書院의 강회講會는 강희 8년(1669년)에 맺은 『자양강당회약紫陽講堂會約』에 의거해 입회자에 대해 엄격한 자격조건을 요구하였는데, 이는 당시 관학화된 서원의 기능과 학풍을 어느 정도 억제하는 작용을 하였다.

청대의 서원 역시 일찍부터 『학기學記』 중의 "장언藏焉·수언修焉·식언息焉·유언遊焉" 등의 정신에 의거하여 강의와 자습을 결합한 정규수업과 보충수업을 적절히 배합해 교육하였다. 예를 들면, 완원阮元(1764~1849년)은 한편으로 고경정사詁經精舍를 관장하면서, 또 다른 한편으로는 학생들을 데리고 부근에 있는 "연집燕集"에 가서 시를 짓고 부賦를 읊었으며, 이옹李顒(1627~1705년)은 협서성 관중서원에서 유가경전 이외에 『귀거래사歸去來辭』와 같은 시문을 수업하였다. 이외에도 안원顏元은 자신이 설립한 장남서원漳南書院의 교과목 가운데 체육과 군사훈련을 학과목으로 배정해 교육하였으며, 심지어 어떤 서원에서는 학생들이 독학을 하고 교사가 옆에서 지도만 하는 형식을 취하기도 하였다. 완원이 설립한 학해당學海堂은 학생들의 박학博學한 지식과 정통성을 요구해 학생들에 대한 지도와 격려에 심혈을 기울였다. 교사는 강의를 진행하면서 학생들이 제기하는 질문에 대해 설명해 주거나, 혹은 학생들과 토론을 통해 학생들이 스스로 깨닫게 하였다. 이뿐만 아니라 서원에서는 학생들의 학습을 위해 교사와 교재 선택에도 많은 주의를 기울였다. 그래서 학해당의 경우는 8명의 학장學長을 두고 학생들이 선생님을 자유롭게 선택하여 공부할 수 있도록 하였으며, 또한 교사는 학생들과 함께 책을 저술하기도 하였는데, 이는 독서와 저술을 결합한 형태의 교육이었다. 학해당에서는 또한 간각제도刊刻制度를 마련하고 경전 해설에 관한 당대 문헌을 모아 『학해당경해學海堂經解』1,400권을 집성해 교육 참고서로 활용하였다. 이 외에도 학해당에서는 교사들이 쓴 논문을 묶어 『학해당전집學海堂全集』, 『학해당과예學海堂課藝』 등의 저서를 편찬하였다. 이처럼 학해당은 청대의 학술과 문화발전에 적지 않은 공헌을 하였다.

『학해당경해學海堂經解』

아편전쟁(1840년) 이후 양무파洋務派와 유신파維新派가 신식학교를 세우고 학생들을 교육하였다. 1903년 청 왕조는 장백희張百熙·영록榮祿·장지동張之洞 등에게 일본의 학제를 모방해 학당의 규정을 새롭게 입안하도록 하고 1904년 1월에 공포하였다. 즉 이 규정은 『주정학당장정奏定學堂章程』으로서 "계묘학제癸卯學制"라고 불렀는데, 이는 중국에서 학당의 규정이 법령 형식으로 처음 공포된 것으로, 새로운 교육체계가 전국에 보급되는 신호탄이 되었다. "계묘학제"의 반포와 실행은 그동안 중국에서 수천 년간 유지되어왔던 관학, 사학, 서원 등의 구식 학교체제가 종말을 고하고, 형식적으로나마 근대의 신식 학교체제가 새롭게 정식으로 확립되었음을 알리는 상징적인 계기가 되었다. 이로써 중국의 고대 학교 교육이 근대로 전환되는 역사적 토대가 마련되었다.

저자 / 곽제가郭齊家

- 1938년 후베이(湖北)성 우한(武漢)시 출신
- 베이징사범대학 교육학과 교수
- 북경사범대학 주하이분교 법정학원 교수 역임
- 중국 전통문화교육과 학술연구 종사 및 국내외 석·박사 30여 명 배출

주요 저서 : 『中國教育思想史』, 『中國古代学校』, 『中國古代考试制度』, 『中國古代教育家』, 『中國古代学校和书院』, 『中国远古暨三代教育史』, 『简明中国教育史』, 『陆九渊教育思想研究』외 다수

주요 논문 : 「阳明学研究的一个突破－儒学的转折」, 「中国传统文化与当代市场经济」, 「论中国传统教育的基本特征及其现代价值」, 「西学东渐与中国教育目标的近代化」, 「中国传统教育哲学与全球论理」외 다수

역자 / 임진호任振鎬

현재 초당대학교 국제학과 교수

주요 저서 : 『갑골문甲骨文 발견과 연구』, 『문화문자학』, 『길위에서 만난 공자孔子』, 『1421년 세계 최초의 항해가 정화』, 『디지털시대의 언어와 문학연구』외 다수

주요 논문 : 「설문해자說文解字에 인용된 시경詩經의 석례연구釋例研究」, 「시경詩經에 대한 유협의 문심조룡文心雕龍의 인식연구認識研究」, 「한대漢代의 사부창작辭賦創作과 경학經學」, 「유종원柳宗元의 산수소품문山水小品文에 대한 미학적美學的 이해理解」외 다수

중국 고대 교육사 -학교와 서원-

2022년 6월 25일 초판인쇄
2022년 6월 30일 초판발행

지 은 이 곽 제 가
옮 긴 이 임 진 호

펴 낸 이 한 신 규
본문/표지 이 은 영
펴 낸 곳 **문현**출판
05827 서울특별시 송파구 동남로11길 19(가락동)
전화 02-443-0211 팩스 02-443-0212 메일 mun2009@naver.com
등   록 2009년 2월 24일(제2009-14호)

출력·인쇄 수이북스 **제본** 보경문화사 **용지** 종이나무

ⓒ 임진호, 2022
ⓒ 문현출판, 2022, printed in Korea

ISBN 979-11-87505-56-3 93820   정가 23,000원